Verlag Bibliothek der Provinz

Christoph Braendle
Aus den Augen
Roman
herausgegeben von Richard Pils
lektoriert von Dorothea Trauttmansdorff
ISBN 978-3-99028-823-8

A-3970 WEITRA 02856/3794
www.bibliothekderprovinz.at

Cover:
Reinhold Genböck »Nur einer hat Blickkontakt mit der kleinen rassigen Frau«

Christoph Braendle

AUS DEN AUGEN

Roman

Für Dich,
[illegible] Christoph
Herzlich
Christoph

Für meine Allerliebsten: Coco, Anna und Johanna

Er tritt auf die Minute pünktlich ein. Heute trägt er einen braunen Mantel, wahrscheinlich aus Kaschmirwolle, dazu braune Lederschuhe und einen passenden braunen Hut. Auch sein Stock ist rotbraun, Rosenholz vielleicht oder Nuss. Er stellt sich an der Bar und trinkt seinen Cognac. Aber statt, wie gewohnt, zu bezahlen und das Lokal zu verlassen, tritt er an meinen Tisch. Fragt, ob er sich setzen dürfe. Ich nicke überrascht. Er räuspert sich, nimmt die dunkle Brille ab und schaut mir direkt in die Augen. Seine sind von einem hellen, wässerigen Blau. Die Haut, die an die Augäpfel anliegt, ist rot und geschwollen, wie wenn er lange und heftig geweint hätte, und unter den Augen liegen schwarze Schatten. Er wirkt sehr alt, älter noch, als ich vermutete, solange er seine Brille trug. Er räuspert sich noch einmal. Ich weiß, dass Sie Künstler sind, und ich weiß, dass Sie zeichnen. Verfügen Sie über eine akademische Ausbildung?

Ja.

Öl auf Leinwand, können Sie damit umgehen?

Ja.

Wie lange gedenken Sie, in Rom zu bleiben?

Ich weiß nicht, ein paar Wochen, ein paar Monate vielleicht.

Wo leben Sie normalerweise?

In Wien.

Die Schöne an der blauen Donau.

Blau hab‘ ich die Donau noch nie gesehen.

Sie sind ferienhalber in Rom?

Nein, ich ... Ich überlege, ob ich ihm erzählen soll, was mich aus Wien vertrieben hat. Lasse es bleiben. Ich bin in Rom, um die Werke der alten Meister im Original zu studieren, Giotto, Leonardo, Raffael, Michelangelo etcetera, sage ich stattdessen, ich beschäftige mich hauptsächlich mit der Darstellung der Madonna.

Ausgezeichnet, ausgezeichnet! Ich habe mir von den Kellnerinnen sagen lassen, dass Sie gerne Leute, die hier verkehren, porträtieren?

Mein Hauptwerk, erkläre ich, ist das Porträt.

Sehen Sie, sehen Sie, ich habe mich in Ihnen nicht getäuscht. Darf ich Ihnen ein Glas Weißwein offerieren, und vielleicht ein Stück Kuchen? Nein. Gut. Ich möchte Sie nämlich meiner Frau vorstellen.

Sie möchten …?

Ich möchte Sie meiner Frau vorstellen, wiederholt er leise, fast flüsternd, ich möchte, dass Sie sie malen. Nackt. Sie haben im Moment nichts Dringendes vor?

Nackt?

Ja, nackt und mehr. Ich muss wohl ein bisschen ausholen. Darf ich Sie nicht doch zu etwas einladen? Zu einem Cognac vielleicht? Oder einem Prosecco? Ein Bier vielleicht? Was immer Sie möchten. Manuela! Der Herr möchte ein …

Seit ein paar Wochen sitze ich regelmäßig im nur wenige Schritte von meinem Zimmer entfernten Caffè della Pace und mache das, was mir am meisten Vergnügen bereitet: Ich zeichne, ich skizziere, ich halte fest, was mir vor die Augen kommt. Ich versuche, flüchtigen Augenblicken Dauer zu verleihen. Zeichnen ist eine andere Form, Tagebuch zu führen. Ich bin ein Gewohnheitstier, und weil hier alles so ist, als wäre es immer so gewesen, und niemand glaubt, es bedürfe einer modischen Veränderung, fühle ich mich hier besonders wohl. Das Caffè della Pace ist ein in sich ruhender, seiner historischen Bedeutung bewusster Raum mit uralter Holzdecke auf einer zentralen Marmorsäule. Runde Tischchen mit hellen Marmorplatten. Holzstühle mit grünen Ledersitzflächen. Altrosa getünchte Wände. Der Tresen natürlich. Eine gewaltige Glasvase mit mächtig ausladendem Blumenschmuck. Ein Holzregal mit Weinflaschen, guten Weinen ohne Zweifel. Ein unbenütztes schwarzes Klavier. Es gibt ein paar Nebenräume und Hinterzimmer. Und es gibt ausgesprochen hübsche Kellnerinnen, die deutlich signalisieren, dass das Bedienen nicht ihrer wahren Berufung entspricht. Hier arbeiten Models und Schauspielerinnen.

Ich sitze gerne am immer gleichen Tischchen. Zeichne die jungen Damen, wie sie bedienen. Zeichne Leute, die eintreten, sich an die Bar stellen, einen Espresso trinken, bezahlen und wieder gehen. Gäste, die sich hinsetzen, allein, zu zweit, in kleinen Gruppen.

Eine Person ist mir dabei immer wieder aufgefallen. Der alte Herr. Recht groß, ziemlich schlank, aristokratisch anmutender Schädel, von dem in leichten Wellen schlohweißes Haar bis fast auf die Schulter fällt. Große Sonnenbrille von der Art, wie man sie oft bei Blinden sieht. Dunkelblauer Mantel. Hut mit breiter Krempe. Schwarze Lederschuhe, schwarze Handschuhe und, was man heute kaum noch sieht, ein Stock mit Silberknauf. Der Herr stellt sich an die Bar, bestellt einen Cognac, schnuppert, trinkt, bezahlt und verlässt die Bar. Interessanter Typ. Strahlt etwas aus. Er taucht jeden Tag um die gleiche Zeit auf, bestellt Cognac, steckt die Nase ins Glas, trinkt aus, bezahlt und verlässt das Lokal.

Frage die Kellnerinnen, die ab und zu ein paar Worte mit mir wechseln, wenige Worte nur, weil mein Italienisch miserabel ist und ihr Englisch auch nicht besser, wer dieser Herr sei. Il tedesco, antworten sie, der Deutsche. Ich versuche etliche Male, ihn zu zeichnen, aber er hält sich so kurz am Tresen auf, dass ich ihn nie richtig erwische.

Im Übrigen bin in sehr zufrieden. Meine Skizzierbücher füllen sich. Viele Madonnen, aber auch gewöhnliche Leute, draussen und hier im Café. Ein paar Sehenswürdigkeiten, flüchtig hingeworfen. Habe wieder richtig Freude am Zeichnen und Aquarellieren. Mein Stil verändert sich, der Strich ist jetzt kräftiger, bestimmter, es ist, als ob das Werkzeug seinen Weg nicht suchen müsse, sondern vorgezeichneten Bahnen folgen könne. Wenn ich dem Pinsel freien Lauf lasse, führt er mich zu dem, was ich selbst nicht tun könnte. Natürlich ist es ein ungeheurer Vorteil, dass ich kaum Italienisch spreche und auch sonst niemanden kenne: keiner lenkt mich ab.

Der alte Herr allerdings … Er beschäftigt mich. Jeden Tag das gleich Ritual – ich weiß das deshalb so genau, weil ich seit ein paar Tagen schon vor ihm im Kaffeehaus sitze und auf ihn warte. Er ist immer pünktlich. Immer elegant. Und immer ganz schnell wieder weg.

Bis heute. Jetzt sitzt er mir gegenüber.

Sie sind ein Freigeist, ein Künstler, sagt er, Sie kennen natürlich die Kirche des Heiligen Ignatius, ich nehme an, Sie haben sich die Deckengemälde genau angeschaut, ein wunderbares Beispiel illusionistischer Malerei. Ist Ihnen die schwarze Kuppel vor dem Altar aufgefallen?

Selbstverständlich, entgegne ich, ein unglaubliches …

Dann wissen Sie, meint er, dass es da gar keine Kuppel gibt. Eine Illusion, wie gesagt, ein *trompe l'oeil*. Ursprünglich war wohl tatsächlich eine Kuppel geplant, aber man hat sie nicht gebaut und stattdessen eine Malerei ausführen lassen, die den Eindruck einer Kuppel erweckt. Schein und Sein. Ein Widerspruch, der uns alle betrifft. Nur, dass es kein Widerspruch ist. Alles, jedes Ding, jede Handlung, jedes Gefühl, ist immer sowohl Sein als auch Schein. Das wissen Sie, als Maler, als Künstler, aber Sie können vermutlich, eben weil Sie Maler sind, weil Sie Künstler sind, besser als die Meisten erkennen, was an einem Ding, einer Handlung, einem Gefühl Schein ist und was Sein.

Die Position des Künstlers ist bescheiden, sage ich, der Künstler ist im Wesentlichen ein Kanal.

Ich halte mich für einen Menschenkenner, erwidert er, aber ich muss dennoch ein wenig im Trüben fischen. Sie sind Künstler, soviel ist klar, und Sie sprechen Deutsch, weil Sie jeden Tag die Süddeutsche lesen. Ich wusste also, dass ich kein Risiko eingehe, wenn ich Sie anspreche. Und ich durfte vermuten, dass Sie mich nicht zurückweisen würden. Sie sitzen immer allein und reden mit niemandem. Natürlich besteht die Möglichkeit, dass Sie grundsätzlich nicht gerne reden und prinzipiell menschlichen Kontakt scheuen, aber dann würden Sie sich wohl nicht ausgerechnet in dieses Kaffeehaus setzen? Nein, ich konnte davon ausgehen, dass Ihr Italienisch höchst mangelhaft ist und dass Sie nichts dagegen einwenden, mit jemandem zu plaudern, der Ihre Sprache beherrscht.

Ich bewundere Ihren Scharfsinn, sage ich, wieso haben Sie mich nicht schon früher angesprochen?

Nun, meint er. Dann schweigt er. Lange. Schaut vor sich hin und scheint tief in Gedanken verloren. Schließlich gibt er sich einen Ruck,

Bringen Sie mir bitte ein Glas Weißwein, bestelle ich endlich in meinem schlechten Italienisch.

Nachdem der Wein serviert ist, beginnt der Herr zu reden. Der Höflichkeit halber muss ich mich vorstellen, sagt er, ich heiße Roland Mercken, ich bin, wie Sie sich denken können, Deutscher, ich stamme aus Hamburg, Spross einer alten Handelsfamilie, vermögend also, sehr vermögend sogar. Ich führte in meinen jüngeren Jahren die Familiengeschäfte, sehr erfolgreich übrigens, zog mich aber vor fast zwanzig Jahren aus dem aktiven Berufsleben zurück. Ich war verheiratet, habe erwachsene Kinder und ein paar Enkel, meine erste Gattin verstarb vor zwanzig Jahren an Krebs, es war für uns alle eine Tragödie. Sie war eine gute Frau, ich habe sie sehr geliebt, manchmal vermisse ich sie noch immer. Ich reiste ein paar Jahre nach dem Tod meiner Frau für ein paar Tage nach Rom. Dabei verliebte ich mich in die Stadt. Ich gab meinen Wohnsitz in Hamburg auf und zog ganz hierher. Nachdem der Schmerz um meine Frau dumpfer und weniger beherrschend geworden war, fügte ich mich allmählich ins gesellschaftliche Leben ein. Oper, Theater, Konzerte, Ausstellungen und was man sonst tut, wenn man nichts zu tun hat. Ich hatte wohl auch die eine und andere Affäre, nichts, was von Dauer gewesen wäre, weil das Andenken an meine verstorbene Gattin zu präsent war. Flüchtige Begegnungen also, die für ein paar Momente ihren Zweck erfüllten, aber darüber hinaus keinen Eindruck hinterließen. So gingen Jahre durchs Land. Mein Italienisch wurde besser und gut, die Stadt mir vertraut. In den Kreisen, die mich kannten, galt ich als reicher Sonderling mit tragischer Vergangenheit, aber von diesen Figuren gibt es in Rom viele, dass niemand ein Aufheben macht. Ich wurde oft eingeladen. Abendessen, Feierlichkeiten, ein Geburtstag vielleicht, eine Taufe, eine Hochzeit. Man schien mich zu schätzen, il tedesco, den Deutschen, der als sehr großzügig galt, ich hatte ja kaum Verpflichtungen und genug Mittel, um großzügig zu sein. Nach Deutschland fuhr ich nur noch ein bis zweimal pro Jahr, vor allem, um meine Kinder zu besuchen, aber die hatten ihr eigenes Leben, in dem es für den Vater wenig Platz gab. Allerdings kamen sie gerne nach Rom, weniger, um mich zu besuchen, sondern vor allem, weil ich ihnen interessante gesellschaftliche Möglichkeiten bot. Mein ältester Sohn ist inzwischen mit einer Römerin verheiratet, allerdings leben sie in Hamburg. Er führt die Familiengeschäfte äusserst erfolgreich, obwohl die Anforderungen inzwischen gewaltig geworden sind. Wie er das Unternehmen gegen mächtige Konkurrenz behauptet! Wunderbar! Eine fantastische Leistung. Ich bin sehr stolz auf ihn. Aber ich schweife ab. Obwohl dieser ganze Familienkram nicht unerheblich ist für den Fortgang der Geschichte. Möchten Sie vielleicht etwas essen? Sie haben ganz ausgezeichnete Torten hier, die Amaretto-Torte kann ihn besonders empfehlen.

Danke, erwidere ich, ich habe im Moment keinen Hunger. Aber ich möchte kurz vor die Tür, um eine Zigarette zu rauchen. Eine Zigarette brauche ich dringend.

Oh, wie selbstsüchtig von mir, Sie mit meiner Geschichte zu überfallen, ohne auf Ihre Bedürfnisse

Rücksicht zu nehmen, entschuldigt er sich. Macht es Ihnen etwas aus, wenn ich sitzen bleibe?

Nicht im Geringsten, bin leider, was das Rauchen betrifft, unverbesserlich.

Gehen Sie, rauchen Sie, aber machen Sie bitte einem alten Mann die Freude, nachher noch eine Weile lang seiner Geschichte zu lauschen.

Stelle mich vor die Tür. Sauge gierig an meiner Zigarette. Obwohl es recht kühl ist, sitzen ein paar Leute an den Tischchen vor dem Lokal. Die Kreuzung der beiden Gassen Via della Pace und Tor Millina sind wie üblich sehr belebt. Touristen flanieren, Einheimische schlendern, manche begrüssen sich, plaudern miteinander und gehen dann weiter. Weinflaschen und ganze Schinken in den Schaufenstern der Antica Bottega dei Sapori. Auch vor dem Restaurant Serafini vis-á-vis sitzen ein paar Leute. Die Piazza Navona ist keine fünfzig Meter entfernt.

Das gegenüber liegende Stadthaus mit den großen, braunen Fensterläden, die alle geschlossen sind, mit verwitterter ockerfarbener Fassade und einem großen Eingangstor, über dem ein Balkon hängt, auf dessen Geländer in dichter Reihe Töpfe mit roten Blumen stehen, kann oder will mir keine Antwort auf die Frage geben, wieso es der geheimnisvolle Herr so umständlich macht. Ich soll seine Frau porträtieren? Brauche ich dazu seine Lebensgeschichte? Ich kann seine Frau auch ohne Lebensgeschichte porträtieren, aber wahrscheinlich ist er einer von denen, die ein Interesse an der Kunst vorschützen, um reden und reden und reden zu können. Wenn ich für jedes nutzlose Gespräch, das damit beginnt, man wolle ein Bild von mir erwerben, einen Taler erhalten hätte, wäre ich ein reicher Mann.

Künstlerisch hat mich immer der Mensch in Bewegung interessiert. Insofern ist es bemerkenswert, dass ich ausgerechnet mit Porträts am erfolgreichsten bin. Es ist allerdings nur scheinbar ein Widerspruch. Wenn es mir gelingt, den entscheidenden Augenblick einer Bewegung festzuhalten … Wenn ich Geschichte und Konsequenz des Augenblicks zu fixieren vermag …

Einen Moment lang überlege ich, ob ich heim gehen soll. Bin dann doch zu neugierig. Zeit habe ich auch. Und natürlich hofft man als Künstler immer, an der Schwelle zu etwas ganz Besonderem zu stehen. Falls das mit dem Reichtum und den Beziehungen stimmt, kann mir der alte Herr vielleicht ein paar Türen öffnen. Möglicherweise will er seine Frau wirklich porträtieren lassen.

Dämpfe die Zigarette aus und gehe wieder hinein. Er sitzt an seinem Platz, als ob er sich nicht bewegt hätte. Nur die Sonnenbrille hat er wieder aufgesetzt. Auch als ich mich hinsetze, bewegt er sich nicht. Scheint mich nicht wahrzunehmen. Schließlich räuspere ich mich. Er schreckt auf. Oh, entschuldigen Sie bitte, ich muss in Gedanken weit weg gewesen sein. Ich habe wohl befürchtet, dass Sie nicht zurückkehren könnten.

Ich habe mit dem Gedanken gespielt …

Ich wünsche mir von Herzen, dass Sie noch ein wenig Geduld aufbringen.

Ich bin ausserordentlich geduldig, wenn ich am Ende kriege, was ich will.

Was wollen Sie?

Den Auftrag.

Ein leises Lächeln umspielt seine Lippen. Gemach, junger Mann. Möchten Sie nicht doch vielleicht den Kuchen probieren, er ist wirklich gut.

Danke, nein. Machen Sie jetzt lieber mit Ihrer Geschichte voran.

Das Gras wächst nicht schneller, wenn man daran zieht, lächelte er wieder. Aber gut. Meine Geschichte beginnt an einem Samstag in einem Mai. Ich war wieder einmal auf eine Hochzeit eingeladen, die Tochter eines Grafen heiratete irgendeinen Industriellensohn, die Namen tun nichts zur Sache, die beiden spielen in der Geschichte keine Rolle. Die Hochzeit fand in der Toscana statt, auf dem Landsitz der Grafenfamilie. Weinberge, Olivenbäume, die ganzen Klischees eines prächtigen Sonnentags, das Laub zu Häupten ist grün und dicht, ein paar Hühner gackern unter den Tischen, am Waldrand sirren Bienen, Zikaden zirpen, und über den reglosen Halmen hoher Wiesen schlenkern bunte Schmetterlinge. Ungefähr dreihundert Gäste, festlich gekleidet natürlich alle, eine feine italienische Gesellschaft, die das Ereignis des Jahres feiert. Hochzeitszeremonie am Vormittag, danach ein Empfang und am Abend das große Fest, das bei Sonnenuntergang begann. Ich war mit einer Bekannten oder vielmehr der Mätresse des Moments unterwegs. Leider langeweilte sie mich schon, sie war hochnäsig und hirnlos, ein Modepüppchen, dem wichtiger als jedes Gefühl und jede Leidenschaft der perfekte Sitz des Makeups ist und die von jedem Gespräch, das sich nicht um Äusserlichkeiten dreht, augenblicklich Kopfschmerzen kriegt. Clara hatte mich eine Weile lang amüsiert, hatte wohl auch meiner Eitelkeit geschmeichelt, weil sie eine jener wirklich makellosen Schönheiten war, mit der man sich gerne in der Öffentlichkeit zeigt. Aber ich war mir schon seit Wochen sicher, dass ich mich von ihr trennen würde. Wahrscheinlich ahnte sie das bevorstehende Ende unserer Affäre. Jedenfalls rang sie mir das Versprechen ab, dass ich sie auf die Hochzeit mitnehme. Sie dachte wohl, dort eine Bekanntschaft zu machen. Unglücklicherweise blieb sie schon bald mit ihren hochhackigen Schuhen zwischen zwei Terracottaplatten stecken. Der Stöckel brach ab, und damit war die Nacht für sie gelaufen.

Ein Model hat doch immer Ersatzschuhe dabei, werfe ich ein.

Mercken nimmt die Brille ab und schaut mich mit einem Blick an, in dem eine Spur Verärgerung mitschwingt. Offenbar lässt er sich nicht gern unterbrechen.

Natürlich, natürlich! Schon setzt er die Brille wieder auf. Aber Clara hatte sich schon in eine Hysterie hineingesteigert, aus der sie auch keine Ersatzschuhe zu erlösen vermochten. Sie verlangte, dass wir nach Hause fahren. Ich lehnte ab. Sie machte eine Szene. Es berührte mich nicht im Geringsten. Die Familie der Braut lieh ihr Limousine und Fahrer. Ich war froh, als ich sie los war. Ich dachte nicht einmal im Traum daran, ihretwegen ein wirklich gelungenes Fest zu verlassen. Ich muss erwähnen, dass ich sehr gerne und leidlich gut tanze. So befand ich mich denn fast die ganze Zeit auf der Tanzfläche. Ich tanzte mit vielen Damen. Manche kannte ich vom Sehen, manche nicht. Jedenfalls war ich, weil sich auch in Italien viele der verheirateten Männer nicht mehr auf die Tanzfläche wagen, keinen Augenblick lang um eine Partnerin verlegen. Als ich die Nächste zu einer Salsa-Nummer in die Arme nahm, passierte plötzlich etwas ganz und gar Unerwartetes. Ich hatte das Gefühl, einen Menschen, eine Frau in den Armen zu halten, die mir vertrauter war als irgendjemand seit dem Tod meiner Gattin. Ich hatte sie vorher noch nie gesehen. Sie war mir weder in der Kirche noch während des nachmittäglichen Empfangs und bis zu diesem Moment nicht aufgefallen. Wir tanzten mehrere Stücke lang schweigend, und ich hatte die ganze Zeit dieses Gefühl einer unfassbar vertrauten Innigkeit. Als die Musik endete und die Kapelle eine Pause machte, erzählte sie, dass sie erst spät zur Gesellschaft gestoßen sei, weil sie Verpflichtungen gehabt habe. Schon hielt ich die Frau wieder in meinen Armen, wir schwebten über den Tanzboden, während mein Herz raste. Ich schaute sie mir genauer an. Sie hatte dunkles, aber nicht schwarzes Haar, das ihr ihn leichten Wellen bis auf den Rücken fiel. Sie trug ein Kleid aus silberdurchwirktem Brokatstoff, das nichts über ihre Figur aussagte, es hing fast gerade von ihren Schultern bis eine Handbreit über dem Boden. Wenn ich sie nur gesehen hätte, hätte ich sie für mollig gehalten. Beim Tanzen merkte ich allerdings, dass sie eine schmale Taille hatte. Sie war ziemlich groß, und sie glich ein wenig der Schauspielerin Monica Vitti, die Sie vielleicht kennen. Ihre Augen waren von einem bernsteinfarbenen Braun, die Lippen schön geschwungen und die Nase nicht groß und nicht klein. Sie war keine Mannequinschönheit wie Clara, aber sie hatte etwas an sich, das ich unwiderstehlich fand. Was mich allerdings wirklich verblüffte, war dieser bizarre Eindruck, mit einer unbekannten Frau ganz und gar vertraut zu sein. In jener Nacht entließ ich sie, als sei es die selbstverständlichste Sache der Welt, nicht mehr aus meinem Armen, bis die Kapelle die Instrumente zusammenzupacken begann. Manchmal plauderten wir leise miteinander, auch während die Musik spielte, oft schwiegen wir und genossen es einfach, den anderen zu spüren, ihm nahe zu sein, und wenn ich hier ‚wir' sage, dann deshalb, weil sie mir später bestätigte, dass es ihr ganz ähnlich ergangen sei. Nach dem Ende des letzten Tanzes und in der Stunde der Morgendämmerung standen wir beieinander im Garten und tranken noch ein Glas Champagner. Ich war inzwischen einigermassen betrunken, aber irgendetwas hielt mich davon ab, unverschämt oder zudringlich zu werden und die Situation auszunützen. Ich erfuhr, dass sie fast so gut deutsch wie ich italienisch sprach, weil sie Deutsch und Englisch studierte. Sie hieß Lisa, Lisa Zanelli, und sie half ab und zu in der Kunstgalerie einer Bekannten aus, zeitgenössische Kunst, in Rom eine schwierige Sache. Die Braut kannte sie seit Kindertagen. Ihr Vater, der allerdings schon früh gestorben war, war ein Angestellter der Grafenfamilie gewesen.

Mercken hält inne. Nimmt die Brille ab. Reibt sich die Augen. Das viele Reden macht durstig, sagt er dann. Vielleicht gönne ich mir doch noch einen kleinen Cognac. Und Sie nehmen bestimmt noch ein Glas Wein? Manuela!, ruft er, ohne meine Antwort abzuwarten, und bestellt. Waren Sie schon einmal verliebt?, fragt er dann.

Ich muss lachen.

Mercken will wissen, wieso ich lache.

Weil ich an das Fresco denken muss, das ich kürzlich im Oratorio del Gonfalone gesehen habe, einer wunderbaren Kirche in der Via del Gonfalone, Sie kennen sie bestimmt. Zentral die *Madonna di Raccomandati e Trinità* von Cesare Nebbia. In der Mitte des Bildes eine Madonna, sie schaut himmelwärts, links und rechts über ihr thronen auf Wolken Gott Vater und Sohn, direkt über ihr als Taube der Heilige Geist. Zwischen ihr und dem Heiligen Geist verläuft eine gelbe Linie, die den Weg der Erleuchtung darstellt. Sie sollte schauen mit einem Blick, der fromm und voll der Gnade ist. Stattdessen schaut sie leidend. Es sieht nämlich aus, als pisse ihr die Taube auf die Stirn. So ist es mit der Liebe und mit mir. Die Liebe hat mir schon einige Male auf die Stirn gepisst.

Mercken lacht laut auf.

Manuela bringt den Cognac und den Weißwein und eine Schale mit Erdnüssen.

Ich beschäftige mich, sage ich, ziemlich intensiv mit alten Madonnendarstellungen. Auffällig ist, dass sie sich in überwältigender Mehrheit gleichen, als läge ihnen allen ein einziges Modell zu Grunde, eine unveränderliche Stereotypie: weißes Kopftuch, blauer Schleier. Ovales Gesicht, recht süsslich und hübsch, aber überraschend belanglos, banal und flach, ja trivial. Ein Gesicht ohne Charakter und Eigenart. Zum Glück gibt es Ausnahmen. Im Pantheon hängt eine Kopie einer sehr frühen Madonna. Sie strahlt noch eine Wildheit aus, wie sie den heidnischen Göttinnen eigen war, der Arthemis etwa oder der Astarte und Isis.

Mercken hat höflich zugehört. Minderwertige Malerei entsteht durch den Anspruch, alles wiedergeben zu wollen, sagt er jetzt. Das Ganze versinkt in den Details. Langeweile ist die Folge.

Es ist die Erregung, die Ehrlichkeit des Naturempfindens, werfe ich ein, die die Hand führen soll. Und wenn diese Erregung manchmal so stark ist, dass ich arbeite, ohne es zu merken – wenn manchmal die Pinselstriche in rascher Folge kommen und sich aneinanderfügen wie die Worte in einem Gespräch –, so darf man doch nicht vergessen, dass es nicht immer so ist und dass es viele niederdrückende Tage ohne jede Inspiration gegeben hat und geben wird.

Mercken schmunzelt. Der Eindruck, der aus der einfachen Verteilung von Farben, Lichtern und Schatten hervorgeht, sagt er, das ist die Musik des Bildes. Bevor man überhaupt weiß, was das Bild darstellt, ist man bereits ergriffen. Das ist die wahre Überlegenheit der Malerei, weil jede Ergriffenheit den innersten Teil der Seele trifft. Aber ich wollte Ihnen von der Hochzeit bei

Rom und von Lisa erzählen. Im Laufe des Vormittags nach der Hochzeit musste ich zurück nach Rom. Lisa wollte noch ein paar Tage auf dem Landsitz der Grafen bleiben. Sie versprach, mich in einer Woche zu treffen, und zwar hier, im Caffè della Pace. Kurzfristig sagte sie ab. Eine Freundin sei krank geworden und brauche ihre Hilfe. Mir war das nicht ganz unrecht: während der Woche nach der Hochzeitsfeier hatte sich nämlich meine Mätresse gemeldet. Sie wollte sich mit mir versöhnen. Sie setzte all ihre Verführungskünste, die nicht unbeträchtlich waren, ein, um mich noch einmal herumzukriegen. Es gelang ihr nicht wirklich, ich war in Gedanken schon zu sehr mit Lisa beschäftigt. Aber ich merkte, dass ich mich zuerst ganz lösen musste. Ich wollte einen freien Kopf und ein freies Herz für eine neue Romanze.

Er überlegt eine Weile. Ich kann mich, sagt er dann, an die Empfindungen, die mich damals beherrschten, sehr genau erinnern. Sie hatten durchaus etwas Schizophrenes an sich. Auf der einen Seite war mir völlig klar, dass ich der Nacht des Hochzeitsfestes nicht zu viel Bedeutung beimessen durfte. Sie war zwar wunderbar schön und romantisch gewesen, aber sie hatte zu keinerlei Verpflichtung geführt. Lisa hatte die flüchtigen Stunden vielleicht schon vergessen. Vielleicht hatte sie einen Verlobten, einen Freund. Wir hatten darüber nicht gesprochen. Im Nachhinein merkte ich, dass wir nichts beredet hatten, was etwas über unsere Intimsphären verraten hätte. Auf der anderen Seite hatte ich dieses Gefühl des Vertrautseins so intensiv erlebt. Es konnte keine Täuschung sein. Diese andere Seite wusste kristallklar, dass es sich um eine schicksalshafte Begegnung gehandelt hatte. Knocking on heavens door. Sie kennen das alte Lied, nicht wahr? Darin geht es zwar um den Tod, aber auch ich hatte an eine Himmeltür geklopft, aber ich fühlte mich lebendiger den je und mochte gar nicht zweifeln, dass mir die Tür geöffnet werden würde, und mich dahiinger ein Paradies, ein sehr irdisches Paradies allerdings erwarten würde. Eines allerdings wusste ich mit absoluter Sicherheit: wenn ich mich mit dieser Frau einlasse, dann will ich ganz frei sein von allem Ballast, den mir die Vergangenheit aufgeladen haben mag.

Während der folgenden Tage telefonierten wir mehrmals miteinander und versuchten, einen neuen Termin zu fixieren. Es dauerte schließlich viele Wochen, bis wir uns wiedersahen. Während der Zeit, da ich unser Treffen herbeisehnte, befand ich mich in einer eigenartigen Stimmung. Sie unterschied sich deutlich von anderen, früheren Perioden des Wartens. Wo ich bislang ungeduldig und nervös gewesen war, blieb ich diesmal erstaunlich ruhig. So wie es eine Vertrautheit gab, so gab es auch eine Gewissheit. Lisa und ich, wir gehörten zusammen. Ich empfand ihre Ausflüchte, die ohne jeden Zweifel Ausflüchte waren, weil ich ihr nicht abnahm, dass sie jeden Abend entweder eine unverschiebbare Verpflichtung im Freundeskreis, einen beruflichen Anlass oder eine Familiensache wahrnehmen musste, nicht als Bedrohung, sondern als einen letzten Versuch, sich dem Schicksal und seiner Bestimmung zu entziehen. Ich hatte mehr als nur einmal das Bild eines Fischers vor Augen, der einen besonders prächtigen Burschen an der Angel hat, ihn aber nicht einfach an Land reißen kann, sondern mit viel Gefühl immer wieder Leine geben muss, um ihn langsam zum Ufer hin zu manövrieren. Ihm, obwohl er längst an der Angel hängt, das Gefühl vermitteln, es gäbe noch einen freien Willen und es gäbe noch die Möglichkeit, dem unausweichlichen Ende zu entkommen. Wenn Lisa mir am Telefon freundlich, aber bestimmt mitteilte, dass sie weder heute noch morgen oder übermorgen auch nur eine einzige freie Minute habe, dann lächelte ich, fragte, ob ich sie in ein paar Tagen wieder anrufen dürfe, plauderte über Belangloses und vermied es unter allen Umständen, sie unter Druck zu setzen. Am Ende jedes Telefonats sagte sie, dass sie sich freuen würde, wenn ich mich wieder bei ihr melden möchte, und wenn ich anrief, merkte ich, dass sie meine Aufmerksamkeiten genoss. Wir machten daraus schließlich so etwas wie ein Spiel. Ich fragte, ob sie vielleicht Lust habe, mit mir zu dieser Auktion oder zu jenem Konzert zu gehen. Sie sagte unter dem Vorbehalt zu, zuerst in ihrem Terminkalender nachschauen zu müssen, um dann diesen oder jenen Vorwand vorzubringen, dass es ihr leider gerade an dem Tag unmöglich sei, sich freizumachen, weil sie bereits das und das geplant habe, und zwar schon so lange, dass sie nicht mehr absagen könne.

Der Zufall half mir schließlich weiter. Ich hatte sie telefonisch wieder einmal um ein Treffen gebeten, und zwar für den Freitagabend der gleichen Woche. Sie meinte, sie sei über das Wochenende leider gar nicht in Rom, sondern bei Freunden im ungefähr eine Stunde nördlich von Rom gelegenen Viterbo. Natürlich kannte ich Viterbo, immerhin gilt die Altstadt als eine der besterhaltenen mittelalterlichen Städte Mittelitaliens. Vielleicht ist Ihnen bekannt, dass in Viterbo jedes Jahr am 3. September die Prozession zu Ehren der heiligen Rosa stattfindet, während der die Macchina di Santa Rosa, ein dreißig Meter hoher und fünf Tonnen schwerer, zeremonieller Turm von mehr als hundert Männern durch die Stadt getragen wird? Ich hatte mir diese Prozession mehr als einmal angesehen und dabei

Bekanntschaft mit etlichen Leuten gemacht, von denen ich einen inzwischen auch zu meinem Freundeskreis zählte, nämlich Giovanni Lorenzo, der Professor an der Universität Tuscia in Viterbo ist und einen Ruf genießt als Veranstalter rauschender Feste, die in und um den Turm herum stattfinden, den er mit seinen fünf Kindern bewohnt. Als ich mit der Frau, der ich nun schon eine schöne Weile lang nachlief, telefonierte und sie erwähnte, dass sie auf einem Fest in Viterbo eingeladen sei, kam mir natürlich sofort Giovanni in den Sinn. Ich sagte davon allerdings nichts. Stattdessen fragte ich mit der unschuldigsten Stimme, um was für ein Fest es sich handle. Eine Art Frühlingsfest, antwortete sie, auf einer Burg in der Nähe der etruskischen Nekropole Castel d'Asso. Genaueres wisse sie nicht, eine Freundin habe sie eingeladen. Nun, Giovannis Rundturm steht auf einem Hügel bei Castel d'Asso. Ich rief ihn an und fragte, ob das Gerücht, dass er wieder eines seiner Feste gebe, stimme, und wieso er mich nicht eingeladen habe. Er entschuldigte sich wortreich. Das Fest finde tatsächlich statt, es werde aber nicht von ihm, sondern von seinem ältesten Sohn veranstaltet. Er habe mit den Einladungen nichts zu tun, im Gegenteil, man habe ihn ausdrücklich gebeten, sich nicht einzumischen. Allerdings würde er sich über Besuch freuen, damit er wenigstens einen vernünftigen Menschen um sich habe. Ich bedankte mich herzlich und versprach, schon am Freitagnachmittag anzureisen und bis am Sonntag zu bleiben. Ein wenig unsicher war ich natürlich. Schließlich hatte ich so etwas wie einen Überfall vor. Andererseits konnte ich ja nun wirklich nichts dafür, zufällig zur gleichen Zeit am gleichen Ort eingeladen zu sein. Ich überlegte, ob ich Giovanni von meinem Plan, einer von mir verehrte Dame in seinem Haus aufzulauern, erzählen wolle, ließ es aber bleiben. Ich sagte mir, dass ich mir diese kleine Scharade erlauben durfte, nachdem sie mich so oft mit den fadenscheinigsten Vorwänden versetzt hatte.

Das milde Frühlingswetter behauptete sich noch, allerdings merkte man, dass der Sommer mit aller Macht nach Mittelitalien hereinzudrängen begann. Es würde ein heißes Wochenende werden, und auch die Abende und Nächte würden sich wohl nicht allzu sehr abkühlen. Leichte Kleidung war angebracht. Ich packte helle Sommeranzüge ein, dazu gutes Schuhwerk, weil ich wusste, dass Giovanni sehr gerne ausgedehnte Spaziergänge durch die Hügellandschaft unternimmt. Er war zwar schon deutlich über sechzig und stand kurz vor seiner Pensionierung, aber er war noch immer ein mehr als nur rüstiger Mann, der darüber hinaus zu Ungeduld neigte, wenn man mit ihm nicht Schritt halten konnte. Am Donnerstag telefonierte ich noch einmal mit Lisa. Ich bedauerte sehr, dass ich sie während dieses Wochenendes nicht sehen würde. Ich sagte beiläufig, dass ich statt dessen einen Freund besuchen wolle, und offenbar gelang mir die Beiläufigkeit so gut, dass sie nicht nachfragte, wer dieser Freund sei und wo er wohne. Ich hätte sie nicht belügen können. Ich wünschte ihr ein schönes Fest und ergänzte, dass ich sie vermissen würde, worauf sie meinte, auch sie werde mich vermissen. Es war unser gewohntes Geplänkel. Wir lachten beide. Legten auf. Das Leben war gut. Ich war zufrieden. Das Wochenende würde uns näherbringen.

Als ich am Freitag nach der Mittagszeit bei Giovanni eintraf, herrschte prächtigstes Wetter. Es war sommerlich heiß, aber noch hatte die Sonne die Blumen- und Blütenpracht des Frühlings nicht verbrannt. Rosmarin,

Salbei, Lavendel, alles schien vor Kraft und Freude explodieren zu wollen, Thymian, Oleander und Erdbeerbäume, die Myrte, der Ginster, die Zitrone. Die Luft war von rauschhaften Gerüchen erfüllt, Zikaden zirpten, als ob auch sie ein großes Fest feierten, und auf der Wiese vor Giovannis Turm standen lange Tafeln, die schon gedeckt waren, obwohl die Gäste erst am Abend eintreffen würden. Es gab eine kleine Bühne für eine Jazzband, und überall hingen Girlanden, Lampions und farbige Glühbirnen, um die Nacht zu verzaubern.

Giovannis ältester Sohn Francesco scheuchte seine Helfer hierhin und dorthin, um die letzten Vorbereitungen zu treffen. Als er mich sah, lachte er übers ganze Gesicht. Für alte Leute ist der Park heute gesperrt, sagte er. Er umarmte mich und klopfte mir auf den Rücken. Giovanni erwarte mich oben im großen Saal sehnsüchtig, erklärte er und meinte noch, er hoffe doch sehr, dass die Alten über so viel Anstand verfügten, die Jugend heute Nacht in Ruhe zu lassen. Ich versprach es hoch und heilig, aber ich wusste natürlich, dass er es nicht ernst meinte. Francesco schätzt mich, und auch ich mag den jungen Mann sehr gerne. Er ist klug und gebildet, hatte schon damals zu vielen Themen seine eigene, unabhängige Meinung, und er sieht zu allem Überfluss verflixt gut aus.

Giovanni empfing mich im großen Saal des Rundturms, der sicher sieben Meter hoch und bis auf einen kleinen, abgetrennten Teil kreisrund ist und einen Durchmesser von vielleicht fünfzehn Metern hat. Es gibt einen gewaltigen, offenen und in jenem Vorsommer natürlich kalten Kamin und in der Mitte des Raumes einen großen Holztisch. Hoch oben sind ein paar schießschartenartige Fenster angebracht, durch die genug Licht hereinströmt, um den Raum hell und freundlich wirken zu lassen. Die Wände sind unverputzt, der ganze Turm besteht aus großen Granitblöcken.

Giovanni sass am Tisch vor einer Karaffe mit Weißwein und einer Holzplatte mit Käse, Brot und Schinken. Er ass, nein, er stopfte das Essen in sich hinein. Giovanni ist ein gewaltiger Mann. Beinahe zwei Meter groß und bestimmt an die hundertfünfzig Kilo schwer. Er trug braune Cordhosen und einen blauen Pullover, und als er mich sah, lärmte er: Rodolfo, finalmente, come stai? Setz dich, fuhr er fort, iss, du siehst verhungert aus, wieso nimmst du dir nicht endlich eine Frau, die für dich sorgt?

Ich lachte und meinte, alles zu seiner Zeit. Ich setzte mich, und während wir assen und tranken, erzählte er mir, dass ihn sein Sohn mit diesem Fest in den Wahnsinn treibe. Alles nur, weil er irgendein Weibsbild beeindrucken wolle, und sie sei noch nicht einmal hübsch. Ich glaubte ihm kein Wort. Ich wusste, dass Giovanni seine Kinder abgöttisch liebt. Seine Frau war nach der Geburt des fünften Kindes mit einem Franzosen durchgebrannt, er hatte die Brut mehr oder weniger allein großgezogen. Giovanni erzählte, dass er jetzt endlich wisse, was er nach seiner Pensionierung machen werde. Er habe genug von der Familie, die es nur darauf angelegt habe, ihn zu ärgern. Wir Alten, sagte er, wir haben die Welt erfunden, wir haben uns die Welt erfunden. Und wir glauben, dass unsere Vorstellung der Welt die richtige ist. Aber sie ist nicht die richtige, sie ist nur eine Möglichkeit von sehr vielen. Deshalb müssen die Jungen sich ihre Welten selbst neu erfinden. Um der Menschheit die Chance zu geben, alle ihre Möglichkeiten auszunützen. Aber ich muss dabei nicht zusehen, weil ich mich ja doch nur die ganze Zeit ärgere. Er habe, meinte er, genug von Italien, das immer mehr zu einem Saustall werde, und er habe überhaupt genug von Europa, dem inzwischen jeglicher Sinn für das schöne Gute abhandengekommen sei. Er werde sich ein Segelboot kaufen und übers Mittelmeer schippern, hinaus auf den Atlantik und hinüber in die Neue Welt, wo er seinen Lebensabend zu verbringen gedenke.

Ich musste schallend lachen. Giovanni, sagte ich, wann hast du den Segelschein gemacht? Ach, entgegnete er, das ist nun wirklich kein Problem, den habe ich im Handumdrehen, schließlich bin ich ja nicht auf den Kopf gefallen.

Da bin ich mir nicht so sicher, entgegnete ich. Giovanni verabscheut jede Form des Reisens, er verabscheut es im Grunde sogar, seinen Turm für etwas anderes als für seine Spaziergänge zu verlassen. Darüber hinaus wäre er ausserstande, seine Kinder zurück zu lassen. Ich erinnere mich heute noch an den beinahe rasenden Zorn, der ihn gepackt hatte, als sein ältester Sohn im mitteilte, er wolle nach Bologna ziehen, um dort zu studieren. Ist dir Viterbo nicht gut genug?, hatte er gebrüllt, Viterbo hat die beste Universität der Welt! Er hatte sich erst beruhigt, als Francesco schwor, jedes Wochenende nach Hause zu kommen.

Komm, sagte er, als er satt war, wir gehen spazieren. Wir wanderten durch eine malerische Hügellandschaft, während er sein zukünftiges Leben auf einer karibischen Insel oder auf Florida in den glühendsten Farben schilderte. Er werde Golf spielen, er werde fischen, er werde jeden Abend in eine Kneipe gehen und Bier trinken und im Fernsehen Sportsendungen schauen, Baseball, Football, Basketball und was noch ...

Ich hörte ihm zu, wunderte mich, was ihn zu diesen absurden Träumereien bewegen mochte, die so überhaupt nicht zu ihm passten, Giovanni hasst alle Arten von Sport und er verabscheut Bier, bis es mir dämmerte. Giovanni, fragte ich schließlich, hast du dich verliebt?

Er blieb jäh stehen, wurde, soweit das bei seinem massigen, roten Gesicht überhaupt ging, noch röter und schrie: ich bring ihn um, ich bring den grässlichen Balg um! Ich habe ihm gesagt, nein, ich habe ihn gebeten, ich habe ihn angefleht, dass er seine vorlaute Klappe halten soll! Aber natürlich kann er nicht gehorchen! Natürlich muss er mich verraten! Wer?, fragte ich.

Francesco natürlich!, lärmte er. Woher solltest du sonst wissen, dass ich …

Lass du mal Francesco aus dem Spiel. Francesco hat nichts gesagt, aber dein Verhalten ist so bizarr, dass der Verdacht naheliegt. Wenn du nämlich dermassen spinnst, dann kann nur eine Frau im Spiel sein. Also, verrate schon, hast du dich verliebt?

Giovanni atmete aus und fiel in sich zusammen. Er glich einem ertappten Kind. Naja, murmelte er dann, irgendwie, irgendwie wohl schon. Schließlich erzählte er. Es stellte sich heraus, dass er mit einer Gastprofessorin, die ein Semester lang an seiner Universität unterrichtete, in eine romantische Beziehung geraten war. Er habe sich zwar dagegen gewehrt, schließlich könne er das ja seinen Kindern nicht zumuten. Aber die Liebe sei wohl stärker gewesen, und jetzt wisse er nicht, was er machen solle. An sich wäre sie bereit, ihre Anstellung an der Universität zu verlängern, und weil sie auch nicht weit von der Pensionierung entfernt sei, könnten sie sich beide sogar einen gemeinsamen Lebensabend vorstellen, und vielleicht würde er ihr zuliebe sogar mit Golfspielen beginnen, aber natürlich habe er Angst, ganz furchtbare Angst sogar. Vielleicht ist das alles nur ein Traum, aus dem ich eines Tages aufwachen werde, um dann so schrecklich enttäuscht zu sein, dass ich mich nur noch umbringen kann …

So hatte ich Giovanni noch nie erlebt. Er wirkte jetzt ganz klein und ganz unsicher, was beängstigte bei diesem Berg von Mann, der normalerweise vor Lebenslust nur so strotzt. Wir gingen nebeneinander her, und ich wusste, um ihn zu beruhigen, nichts besseres, als ihm meine Verliebtheit zu gestehen und von der Finte zu berichten, dass mein Besuch nicht nur ihm gelte, sondern einer Frau, in die ich verliebt sei. Mein Geständnis hatte die erwünschte Wirkung. Giovanni fand zu seinem üblichen Temperament zurück, und zusammen planten wir, wie ich meine Eroberung anzustellen hätte. Wir kicherten und lachten wie Schulbuben, jetzt, da wir wussten, dass wir beide auf Freiersfüssen wandelten. Wir gaben uns gute Ratschläge, malten uns alles Schöne und Schreckliche einer Liebesbeziehung aus, stellten uns vor, wie wir zu viert über einen Golfplatz schlendern, und schmetterten dazwischen italienische Lieder in den Sonnenhimmel, bis es langsam Abend und Zeit wurde, in den Turm zurückzukehren.

Mercken hält inne. Müssen Sie nicht eine Zigarette rauchen?, fragt er dann.

Bin verblüfft. Habe tatsächlich in genau dem Moment daran gedacht. Nicke, stehe auf und trete vor die Tür. Es dämmert schon, wie lange sind wir gesessen, wie lange habe ich zugehört, ohne auch nur ein Wort einzuwerfen? Ziehe den Rauch tief in die Lunge. Halte ihn so lange, bis mir ein wenig schwindelig wird. Natürlich haben Liebesgeschichten etwas Packendes, etwas Ergreifendes an sich. Aber in dieser Ausführlichkeit? Liegt es daran, dass Mercken eine sehr angenehme Stimme hat. Tief, wohlklingend, voll … vielleicht hätte er Schauspieler werden sollen. Habe das Gefühl, dass er diese Geschichte nicht zum ersten Mal erzählt. Die Worte und Sätze strömen ohne Zögern, ohne Überlegen und ganz bar aller Unsicherheiten aus ihm heraus.

Wenn ich ehrlich bin, spielt selbstverständlich die Aussicht auf einen Auftrag eine Rolle. Ich habe mich auch von Nowatsky und Müller-Fottinghaus am Gängelband führen lassen. Wochenlang haben sie mich mit Versprechen und Schmeicheleien hingehalten, um den Auftrag dann doch Hipfl zu geben. Hipfl! der Schmierant! Dämpfe die Zigarette aus. Sei's drum. Soll Mercken weiterreden.

Setze mich zu ihm. Entschuldige mich für die Unterbrechung. Frage, ob ich ihn skizzieren darf, während er redet. Er macht eine ungeduldige Bewegung mit der Hand. Nur zu!, nur zu!, sagt er und nimmt die Erzählung an exakt dem Punkt auf, wo wir abgebrochen haben.

Francescos Gäste trafen ein, junge, sommerlich elegant gekleidet Leute, sie standen in kleinen Gruppen herum, tranken Prosecco und plauderten. Ich sah, dass Lisa noch nicht da war. Giovanni zog mich an der Gesellschaft vorbei und hinauf in seine Privaträume. Wir nahmen eine Platte mit Antipasti nach oben. Wir wollen nicht hungrig warten, meinte er. Wir hatten ausgemacht, dass wir uns versteckt hielten, bis das Fest in vollem Gang war, und uns erst dann unter die Gäste mischen würden. Wir diskutierten die politische Situation des Landes, die Giovanni grauenhaft fand. Jeder Aufbruch, sagte er, führt in ein nur noch grösseres Desaster. Italien ist verflucht. Italien liegt im Dreck, aber statt sich zu erheben, suhlt es sich auch noch darin. Er war seinen antiklerikalen und antikapitalistischen Ansichten immer treu geblieben, der typische Repräsentant einer verzweifelten Linken, saturierten Wohlstand genießend inmitten einer finsteren, Depression erzeugenden Welt.

Draussen wurde es finster. Durch die kleinen Fenster drangen Musik und der Lärm vieler Stimmen herein. Offenbar unterhielten sich die Gäste blendend. Wir beschlossen, dass es an der Zeit sei, meine Freundin zu überraschen. Ich muss gestehen, dass ich sehr nervös war. Sie konnte mir zwar nicht böse sein, schließlich war Giovanni ja wirklich mein guter Freund, aber irgendwie war mir jetzt doch nicht mehr ganz wohl bei der Sache. Ich konnte nur hoffen, dass sie mir die Zufälligkeit unserer Begegnung glaubte. Und dann fragte Giovanni auch noch, was ich zu tun gedenke, wenn sie in Begleitung eines Mannes sei. An diese Möglichkeit hatte ich nicht gedacht. Jetzt allerdings erschien sie mir als die wahrscheinlichste von allen, schließlich war ihr Verhalten während der letzten Tage und Wochen doch ziemlich seltsam gewesen. Wahrscheinlich hatte sie einen Freund und lebte in einer festen Beziehung. Wieso hatte sie das nie erwähnt? Naja, versuchte mich Giovanni zu beruhigen, sie muss nicht in einer Beziehung stecken. Vielleicht will sie sich nicht binden. Vielleicht genießt sie ihre Freiheit und nimmt, worauf sie Lust hat. Aber dann hätte sie ja mich nehmen können, warf ich ein. Du bist zu alt, lachte Giovanni. Ich war nun ganz und gar verunsichert, und zwar so sehr, dass ich meinte, das Beste sei wohl, wenn wir uns gar nicht zeigten. Unsinn, dröhnte Giovanni, du bist doch keine Memme.

Hintereinander stiegen wir die Steinstufen hinab zum Garten. Ich entdeckte Lisa in dem Moment, als wir durch die Tür ins Freie traten. Sie sah hinreißend aus. Sie trug ein leichtes, helles Sommerkleid mit einem breiten, roten Gürtel. Dazu rote Schuhe und einen roten

Strohhut. Sie stand mit drei anderen Frauen zusammen. Sie unterhielten sich und lachten dabei immer wieder laut auf. Sie waren ganz offensichtlich sehr vergnügt, und es schien, als hätten sie schon einen Schwips.

Ich sagte zu Giovanni, ich könne jetzt nicht einfach in diese Gesellschaft hineinplatzen, ich würde auf der Stelle die gute Stimmung zerstören. Giovanni hakte sich bei mir unter und machte die Runde durch die Gästeschar. Er kannte zwar bei weitem nicht alle Bekannten seines Sohnes, aber doch genug, dass es eine ganze Weile dauerte, bis wir in die Nähe der kleinen Gruppe um Lisa gelangten. Plötzlich entdeckte sie mich. Rodolfo, schrie sie, was machst du denn hier? Sie kam auf mich zugeflogen, umarmte und küsste mich stürmisch auf beide Wangen. Ihr kennt euch?, fragte Giovanni ganz unschuldig. Aber ja, wie kommst du denn her? Ich habe dir doch gesagt, dass ich einen Freund besuchen will. Ich stellte Giovanni vor. Sie führte uns zur Gruppe der Frauen, mit denen sie geredet hatte. Eine der drei anderen, Chiara, war mit Francesco befreundet und hatte Lisa hergebracht. Lisa staunte nicht schlecht, als ich ihr sagte, dass ich seit Jahren mit Giovanni befreundet sei und seine Kinder gut kenne. Wir redeten und lachten alle fünf durcheinander. Die Stimmung war blendend, und nichts von dem, was ich befürchtet hatte, traf ein, im Gegenteil, Lisa meinte, sie sei wirklich froh, mich hier zu treffen. Diese wunderbare Vollmondnacht!, sagte sie.

Tatsächlich stand der Mond voll und satt am Himmel, und weil überall Fackeln brannten, war alles ins romantischste Licht getaucht. Giovanni fragte Lisa, ob sie seinen Turm von innen sehen möchte. Ich solle ihn ihr doch zeigen. Wir stiegen bis auf die Zinne hinauf. Über uns waren nur noch der Nachthimmel und der volle Mond.

Ich war in diesem Moment einfach nur glücklich. Lisa, die Wärme ihres Körpers, ihr Atem. Wir waren still, hielten uns an den Händen, und wieder entstand dieses unglaubliche Gefühl der Vertrautheit, dieses Gefühl, dass man für immer mit dem einen Menschen zusammen sein wird. Das Schicksal hatte uns für einander bestimmt. Lange, lange standen wir so da. Schließlich drehte sie sich mir zu. Ich möchte dich jetzt küssen, sagte sie, aber ich kann nicht, noch nicht. Wieso?, fragte ich. Weil ein Kuss alles verändern wird. Wäre das so schlimm? Nein, bestimmt nicht, aber es ist noch zu früh. Zu früh? Ja. Ich bin noch nicht ganz dazu bereit, mein Leben in deine Hände zu geben und deines in meine zu nehmen. Ich kann warten, sagte ich, nicht mehr lange zwar, weil ich dich will, dich brauche, dich haben muss. Aber ein klein wenig halte ich es noch aus. Sie lächelte. Ich weiß, sagte sie, mir geht es nicht anderes, aber ich habe auch Angst. Wovor hast du Angst? Ich habe mich so sehr an meine Unabhängigkeit gewöhnt, dass ich sie nicht aufgeben kann, bevor ich mir nicht ganz sicher bin. Sie habe Affären und Liebschaften gehabt bisher, aber noch nie das Gefühl, dass es endgültig sei, für immer, für den Rest des Lebens. Und ein Leben, das könne lang, furchtbar lang sein. Es geht nicht nur um ein paar Wochen und Monate und Jahre, sagte sie, sondern vielleicht um Jahrzehnte.

Inzwischen kann ich nicht mehr genau erklären, was damals mit mir los war. Ich hatte ja seit dem Tod meiner Frau etliches erlebt und war nie besonders rücksichtsvoll oder zurückhaltend vorgegangen. Immerhin befinden wir uns in einer Epoche, in der es ganz normal ist, dass man miteinander ins Bett hüpft, ohne einander auch nur im Geringsten zu kennen.

Ich war mir ziemlich sicher, dass sie in jener Nacht nachgegeben hätte, wenn ich nur entschlossen genug darauf bestanden hätte. Stattdessen schwiegen wir wieder und atmeten, wie wenn wir ein Körper wären. Wir schauten hinab auf das Treiben der jungen Leute, die nun, da alle schon einigermassen betrunken waren, laut und wild aufeinander einredeten, um die Musik zu übertönen und weil es zum italienischen Wesen gehört, laut und wild aufeinander einzureden.

Spät stiegen wir hinab und gesellten uns zu Lisas Freundinnen. Wir unterhielten uns. Wir lachten viel, und es stellte sich heraus, dass alle drei von mir und meiner Existenz wussten. Ich war der geheimnisvolle Fremde, der Lisa den Kopf verdreht.

Der Morgen dämmerte. Chiara meinte, es sei Zeit, nach Rom zu fahren. Lisa und die beiden anderen Freundinnen wollten sie begleiten. Ich versuchte, Lisa zu überreden, das Wochenende bei Giovanni zu verbringen. Chiara sei zu betrunken, argumentierte ich, aber es stellte sich heraus, dass Chiara fast keinen Alkohol zu sich genommen hatte. Lisa erklärte, sie habe am nächsten Tag Verpflichtungen in Rom, die sie nicht verschieben könne. Wir tanzten noch ein wenig. Ich war glücklich, sie in meinen Armen zu halten. Ich rang ihr das Versprechen ab, mit mir die kommende Woche Abendessen zu gehen. Sie versprach es, und sie versprach auch, sich diesmal ohne Ausreden und Ausflüchte am nächsten Freitag pünktlich um 19 Uhr im Caffè della Pace einzufinden.

Wussten Sie, dass einem vor Glück das Herz wehtun kann? Kaum war das Auto dahin, legte Giovanni seinen Arm um meine Schultern und meinte, ich solle nicht traurig sein. Er nahm an, ich hätte eine Abfuhr erhalten. Ich entgegnete, dass ich nicht traurig, sondern im Gegenteil sehr froh sei, weil sich vieles geklärt habe. Wenn wir uns das nächste Mal treffen, sagte ich zu Giovanni, werden Lisa und ich ein Paar sein. Darauf müssen wir anstoßen!, lärmte er, stieg in den Keller hinab und holte eine Flasche von seinem besten Brunello herauf. Zu zweit tranken wir sie leer. Danach legte ich mich schlafen.

Als ich nach dem Wochenende nach Rom zurückkehrte, erwartete mich in meiner Wohnung Clara, mit der ich, wie erwähnt, eine Affäre gehabt hatte. Offenbar hatte sie sich ohne mein Wissen einen Nachschlüssel machen lassen. Sie machte mir eine ungeheure Szene. Was mit mir los sei, wieso ich mich nicht melde, wo ich das ganze Wochenende über gewesen sei und so weiter, sie schrie und weinte und schrie und weinte immer heftiger, je mehr sie merkte, dass sie damit nichts erreichte. Als sie begann, mit Geschirr und Vasen zu schmeißen, warf ich sie aus der Wohnung. Ich würde noch von ihr hören, brüllte sie im Stiegenhaus, ich sei der ärgste Dreckskerl, der ihr je untergekommen sei, ich hätte ihr Leben zerstört und so weiter. Inzwischen liefen die Nachbarn zusammen, halb verschreckt, halb vergnügt, dass in diesem gutbürgerlichen Haus endlich einmal etwas passiert. Clara beruhigte sich erst, als der Hausmeister drohte, sie mit der Polizei aus dem Haus zu entfernen. Sie reckte ihr Kinn in die Luft und marschierte ab.

Als ich am Abend das Haus verließ, um in der Nachbarschaft einen Aperitif zu trinken, passte sie mirchab. Sie hatte sich herausgeputzt, als ob wir in die Oper wollten. Sie war völlig verändert. Sie schnurrte und gurrte. Sie meinte, es tue ihr leid. Sie bat mich, wenigstens noch einmal mit ihr zu reden. Sie erklärte, sie habe verstanden, dass ich sie nicht mehr wolle, sie werde das irgendwann auch akzeptieren und mich vergessen können. Aber ich sei ihr für die Zeit, die wir zusammen verbracht hätten, etwas schuldig. Schließlich sei ich reich, und sie müsse, bis sie den nächsten Mann an der Angel habe, doch irgendwie überleben. Ich gestehe, dass mich das Ganze ziemlich amüsierte. Ich kam mir vor wie ein italienischer Renaissancefürst. Ich erklärte ihr, dass ich ihr zwar kein Geld geben würde, weil sie das in meinen Augen zu einer Nutte mache, ein Gedanke, den ich nicht ertragen könne. Aber ich versprach, beim Besitzer eine Modellagentur, den ich recht gut kannte, ein Wort für sie einzulegen. Noch in der Bar rief ich den Bekannten an und fixierte ein Casting für sie. Sie war zufrieden, umarmte mich, sagte, Rodolfo, sei un carino!, und entließ mich damit quasi offiziell aus ihren Fängen. Diese Affäre war erledigt. Ich konnte den kommenden Freitag kaum erwarten.

Trotzdem genoss ich die Spannung und die Anspannung, dieses Gefühl der Sehnsucht und des Verlangens, diesen fiebrigen Zustand, der alles Mögliche in den wildesten Farben auszumalen versteht. Natürlich plante und verwarf ich in meinem Kopf hundert Möglichkeiten, wie der Abend verlaufen würde. Jeder Plan endete immer damit, dass wir zusammen ins Bett fielen und uns liebten, aber die Wege vom ersten bis zu diesem Moment wurden immer umständlicher und verworrener, bis ich Kopfschmerzen kriegte. Offenbar war ich ernsthaft verliebt.

Mercken hält inne, nimmt die Brille ab, reibt mit Daumen und Mittelfinger die Nasenwurzel und fragt, ob er meine Skizzen sehen dürfe. Lehne ab, weil ich Skizzen prinzipiell nicht zeige.

Das Kaffeehaus ist bis auf ein älteres Paar, das Bier trinkt, leer. Habe Hunger. Vor allem hab‘ ich im Moment von seiner Geschichte genug. Es ist absehbar, dass er als nächstes erzählen wird, wann sie wo und wie mit einander gevögelt haben. Wenn allerdings ein Mann beginnt, sein Sexleben zu schildern, überschreitet er eine Grenze. Er will eine Freundschaft beginnen, eine Männerfreundschaft, weil es zum Wesen einer richtigen Männerfreundschaft gehört, dass man sich über sein Sexleben austauscht. Er will sich befreien, er will, dass wir uns über einen zentralen Punkt des Mannseins verständigen und uns zu einem gewissen Grundvertrauen verpflichten. Aber er weiß nicht, dass ich nicht der Typ für Männerfreundschaften bin. Wenn ich es wäre, würde ich jetzt stehen, wo Hipfl steht. Stattdessen habe ich mich immer abgegrenzt. Ich habe diese Grenze selten überschritten und lieber überhaupt nicht mit Männern gesprochen, als mit ihnen über ihr Sexleben zu sprechen.

Muss leider gehen, sage ich. Habe einen unverschiebbaren Termin.

Mercken schaut mich an, als habe ich ihm ins Gesicht geschlagen. Sie wollen schon gehen?

Es wird Nacht, antworte ich, ich habe Hunger, ich habe einen Termin.

Sie haben keinen Termin!, widerspricht er, und ich lade Sie gerne zum Essen ein.

Ich lehne ab. Heute nicht. Es reicht.

Sehe ich Sie morgen?, fragt er. Ich möchte …

Vielleicht. Sie wissen ja, ich sitze immer am gleichen Tisch.

Mercken wirkt bekümmert. Trotzdem lächelt er. Tapfer. Ich verspreche Ihnen, sagt er, Sie werden es nicht bereuen.

Raffe die Skizzen zusammen. Stehe auf. Reiche ihm die Hand. Schauen wir, was morgen wird. Danke für den Wein.

Bitte, sagt er, ich bitte Sie. Sie werden es nicht bereuen.

Gehe nach Hause, stelle mich unter die Dusche. Bin verwirrt. Irgendwie ist mir der Alte zu nah gekommen. Seine Geschichte. Die Art, wie er redet. Klar, präzise, stringent. Er redet so, wie ich male. Präge mir einen Menschen ein. Sein Gesicht, die Haltung, den Ausdruck. Greife erst zu den Pinseln, wenn ich das Bild deutlich vor mir habe. Aber dann … klar, präzise, stringent. Ohne Pause. Ohne Zögern. Für mein bislang bestes Werk habe ich zwei Jahre gebraucht. Meine Vorbereitungen sind aufwändig. Ich arbeite extrem langsam. Ich kann nicht improvisieren. Je länger ich mich beobachte, desto klarer wird mir, dass ich in meiner Arbeitsweise sehr klassisch bin. Zuerst mache ich eine Unmenge Skizzen. Danach arbeite ich weiter mit Gouache, bevor ich mich der Leinwand zuwende. Doch wenn ich damit beginne, bin ich mir ganz und gar sicher. Ich weiß, wo es langgeht. Man beginnt ein Bild mit der Idee, es zu beherrschen, zu tun, was man will. Aber irgendwann wird man gewahr, dass das Bild eigene Gesetze aufstellt, die unabhängig sind von den eigenen Gedanken und die einen zwingen, gewisse Dinge zu tun oder zu lassen.

Einem Strich folgt logisch der nächste. Eine Farbe verlangt zwingend nach einer bestimmten anderen. Jede Geste trägt die folgende schon in sich.

Aber das erklärt nicht, wieso mir Mercken seine Lebensgeschichte erzählt. Wieso stellt er mich nicht einfach seiner Frau vor und lässt mich in Ruhe arbeiten? Ich muss nun wirklich nicht alles wissen, wenn ich einen bestimmten Moment fixieren will.

Esse bei Baffetto eine Pizza. Trinke einen halben Liter Wein. Schaue meine Skizzen durch. Habe ihn nicht schlecht getroffen. Aber noch nicht gut. Die Brille. Diese dunkle Brille, die seine Augen verdeckt. Wenn er mich morgen treffen will, muss er die verdammte Brille abnehmen. Werde ihm nur zuhören, wenn er ohne Brille spricht.

Aus dem Zimmer hinter der Wand, an der mein Bett steht, Klaviergeklimper zuerst, dann Gesang. Ein Männerchor offenbar. Eine Studentenverbindung, nehme ich an. Gaudeamus igitur!, eins ums andere mal. Singen eine Strophe. Dann plaudern sie mit einander. Nach einer Viertelstunde singen sie wieder eine Strophe. Dann wird wieder geplaudert.

Überlege, ob ich hinübergehen und reklamieren soll. Lasse es bleiben. Sie singen zwar nicht schön. Aber sie lenken mich ab. Gaudeamus igitur sicher zehn Mal. Zum Abschluss Guter Mond du gehst so stille. Eine deutsche Bruderschaft? Wieso nicht. In Rom ist alles möglich.

Stehe früh auf. Spaziere zum Campo de' Fiori. Kaufe ein paar Früchte: Bananen, Mandarinen, Äpfel. Giordano Bruno schaut ernst von seinem Sockel herab. „Mit größerer Furcht verkündet Ihr vielleicht das Urteil gegen mich, als ich es entgegennehme." Das schleuderte er seinen Richtern entgegen, als sie verkündeten, dass er wegen Ketzerei auf dem Scheiterhaufen zu verbrennen sei. Tritt mit siebzehn in den Orden der Dominikaner ein und weigert sich glatt, Maria oder andere Heilige zu verehren. Sturer Kerl. Lässt sich nicht biegen und lässt sich nicht brechen. Hipfl hätte Giordano Bruno mit Begeisterung auf den Scheiterhaufen gebunden, einen, der sich nicht unterwirft und die herrschende Lehre nicht akzeptiert.

Hipfl war schon arriviert, als ich noch studierte. Auf der Vernissage seiner jüngsten Werke wagte ich zu bemerken, dass ich sein Jugendwerk, insbesondere ‚Die Stehende', nach wie vor für genial, die Malereien und Zeichnungen dieser Ausstellung allerdings für eher mittelmässig halte. Mehr hat es nicht gebraucht.

Wieso bin ich jetzt auf Hipfl gekommen? Ach ja, Mercken, der Auftrag. Muss vor jedem Auftrag an Hipfl denken, weil er mir schon zu viele vor der Nase weggeschnappt hat. Wenigstens hier in Rom wird es ihm nicht gelingen …

Betrete pünktlich um zwölf das Caffè della Pace. Mercken sitzt schon an meinem Tisch. Hat Hut und Mantel abgelegt und trommelt nervös mit den Fingern der rechten Hand auf die Tischplatte. Da sind Sie ja endlich, sagt er, während ich mich zu ihm setze.

Nehmen Sie die Brille ab, erwidere ich. Ich höre Ihnen nur zu, wenn Sie die Brille ablegen.

Mercken schaut mich verdutzt an. Zögert. Nimmt dann die Brille ab. Wenn es Ihnen wichtig ist.

Ich will Ihre Augen sehen. Sonst werden meine Skizzen nichts.

Der Verlust der Brille lässt ihn wieder altern. Die Augen sind immer noch rot gerändert. Eine Entzündung vielleicht? Lege meinen Skizzenblock und ein paar Stifte auf den Tisch. Also?, sage ich. Es ist jetzt wichtig, dass ich das Kommando übernehme. Er darf nicht den Eindruck gewinnen, dass ich mit mir spielen lasse. Vor allem muss ich darauf bestehen, dass er mir einen Vertrag unterbreitet. Ich sitze hier nicht zum Spass.

Ihn scheint mein neuer Ton nicht zu verwundern. Er fährt da fort, wo er gestern aufgehört hat, als wäre ich nur auf eine Zigarette draussen gewesen. Seine Stimme ist wirklich angenehm. Entspanne mich. Höre gerne zu.

An besagtem Freitagabend, hebt er an, sass ich schon eine halbe Stunde vor der ausgemachten Zeit im Caffè.

Ich hatte einen Martinicocktail vor mir stehen und schaute immer wieder zur Tür. Als sie eine Viertelstunde nach der vereinbarten Zeit eintrat, stockte mein Herz. Sie war atemberaubend schön, obwohl sie sich nicht besonders hergerichtet hatte. Sie trug Jeans und einen hellen Pullover und war nur ganz dezent geschminkt, aber sie war so liebreizend und strahlend, dass bei ihrem Eintreten für ein paar Augenblicke lang alle Gespräche verstummten. Wir begrüssten uns mit den üblichen Küsschen links und rechts auf die Wange. Sie bestellte ebenfalls einen Martinicocktail, fragte mich, wie das Wochenende mit Giovanni gewesen sei und erzählte, sie habe eine ziemlich anstrengende Woche hinter sich. Falls ich keine anderen Pläne habe, möchte sie am liebsten hier den einen und anderen Drink trinken und dann zu mir nach Hause gehen, ein wenig Musik hören, plaudern und einfach entspannen. Ich musste lachen. Die ganze Woche plane und plane ich, und sie wischt das mit einem Satz weg? Allerdings bekam ich jetzt plötzlich ein äusserst mulmiges Gefühl. Sah sie in mir nicht den möglichen Geliebten, sondern einen väterlichen Freund? So wie damals, als ich mit einem jungen Ding ausgegangen war. Wir hatten uns in einem Restaurant getroffen, und als ich nach der Nachspeise nach ihrer Hand griff, meinte sie, es tue ihr leid, aber sie stehe nicht auf ältere Herren. Natürlich hatte ich gelacht und gemeint, das mache nichts, Hauptsache, wir hätten den Abend genossen. Trotzdem hatte es mich getroffen. Zu Lisa sagte ich, das sei eine gute Idee. Ich hätte leckere Antipasti im Kühlschrank, und eine gute Flasche Rotwein würde sich auch finden lassen. Wir redeten, wieder ganz vertraut und ganz so, als ob wir uns schon lange kennten. Ich erzählte von meinem dolce far niente, sie unterhielt mich mit amüsanten Anekdoten aus der Welt des römischen Kunsthandels. Du kannst dir nicht vorstellen, sagte sie, wie oft Kunden in die Galerie kommen, behaupten, sich in ein bestimmtes Bild zu verlieben, aber dann unter den verrücktesten Vorwänden doch nicht kaufen. Oft kämen Männer allein in die Galerie, interessierten sich für ein bestimmtes Bild, ließen sich in aller Ausführlichkeit die Biographie des Malers erzählen, andere Werke zeigen, den Wert und mögliche Steigerungen des Wertes erklären, um am Ende zu versprechen, dass sie das Bild garantiert kaufen, aber es noch ihrer Frau zeigen wollten. Meistens tauchen sie nie wieder auf, aber wenn sie auftauchen, habe die Gattin immer dieses und jenes am Bild auszusetzen, so dass es fast nie zu einem Abschluss komme.

Nach dem zweiten Martinicocktail schlug sie vor, wir sollten gehen, bevor sie betrunken werde. Ich bezahlte, half ihr in den leichten Sommermantel und atmete den Geruch ihres Haares ein. Als wir schon vor meiner Haustür standen, meinte sie unversehens, an einem so wunderschönen Sommerabend müsse man unbedingt ein bisschen spazieren gehen. Sie hängte sich bei mir ein. Rom schien tatsächlich vor Lebensfreude beinahe ausser sich zu sein. Die Gastgärten der Trattorien und Ristoranti waren zum Bersten gefüllt, es wurde gelacht, geschrien und gesungen, als ob es das Leben an sich zu feiern gelte.

Wir spazierten die Via Coronari entlang, wobei sie erklärte, welches der vielen Antiquitätengeschäfte über wirklich gute Objekte verfügte und vor welchen man sich zu hüten habe. Wir folgten dem Largo Carlo Goldoni mit seinen exklusiven Modegeschäften, stiegen die Spanische Treppe hoch und gingen hinauf in die Gärten der Villa Borghese und zur Terrasse, von der aus man einen wunderbaren Blick über das Zentrum von Rom genießt. Als wir an der Brüstung standen, nahm ich sie in die Arme. Ich schaute ihr lange in die Augen. Und dann küsste ich sie. Ihre Lippen waren weich und warm, ich spürte ihre Zunge, wir küssten uns innig zuerst, und dann leidenschaftlich, bis ihre Augen zu flattern begannen und sich dann verdrehten, sie wurde ganz weich und schlaff in meinen Armen und sank dahin. Sie war ohnmächtig geworden. Ich konnte sie gerade noch auffangen, sonst wäre sie auf den harten Steinboden geknallt. Natürlich war ich zu Tode erschrocken. So etwas war mir nun wirklich noch nie passiert. Eine Frau verliert wegen eines Kusses die Besinnung!

Sofort lief eine Menge Leute zusammen. Ich hatte mich auf den Boden gesetzt und ihren Kopf in meinen Schoß gelegt. Nach kurzer Zeit öffnete sie die Augen wieder. Sie war desorientiert und brauchte eine Weile, bis ihr klar wurde, wo und bei wem sie sich befand. Darauf wurde sie über und über rot. Mein Gott, ist mir das peinlich, meinte sie, und dann bat sie mich, dass ich sie nach Hause bringe. Ich half ihr auf die Beine. Die Umstehenden bemerkten, dass alles in Ordnung war. Die Menge verlief sich rasch. Lisa wiederholte noch ein paar Mal, dass ihr so etwas noch nie passiert und dass es ihr ungeheuer peinlich sei. Aber dann mussten wir doch beide laut und lange lachen. Wir stiegen die Stufen hinab auf die Strasse, wo wir schnell ein Taxi fanden. Ich fragte sie, ob ich sie wirklich nach Hause bringen solle oder ob sie nicht doch zu mir kommen wolle. Sie meinte, wir sollten vielleicht noch irgendwo einen Kaffee trinken. Dann wolle sie gerne zu mir kommen. Sie möchte allerdings, wenn ich sie das nächste Mal küsse, gerne in einem Bett liegen, damit sie nicht wieder auf dem Boden zu sich komme. Noch nie in ihrem Leben habe sie einen Kuss so intensiv gespürt.

Wir hielten uns während der ganzen Taxifahrt an den Händen, und als wir schließlich in meiner Nachbarschaft ankamen, führte ich sie ins Etablì, eine Bar in der Via Tor Millina, in der jeden Abend eine Jazzband spielte, die wirklich ganz ausgezeichnet war. Wir setzten uns in eine der bequemen Polstergarnituren. Das Publikum war ein bisschen älter als die übliche Wochenendmenge, die sich in und um die Tor Millina herum zu versammeln pflegt, und die Band war gerade mitten in einem Stück. Der Kellner hatte uns kaum unsere White Russian gebracht, als Lisa mir um den Hals fiel und mich wild zu küssen begann. Es war, als ob eine Verdurstende endlich Wasser finde. Sie klammerte sich an mich und sie küsste mich mit einer Heftigkeit, die nun mich beinahe schwindelig werden ließ. Jetzt konnten wir die Hände kaum noch voneinander lassen. Am liebsten wären wir aufgesprungen, nach Hause und ins Bett gerannt, aber diese letzten Augenblicke des Herauszögerns von etwas, das nun absolut unvermeidlich war, erschienen uns beiden zu köstlich, als dass wir darauf verzichten wollten. Ich war aufs äusserste erregt, und als sie ihre Hand auf meinen Schoß legte, spürte sie, wie ich zuckte, wie ich pulsierte, und sie flüsterte mir ins Ohr, dass das, was sie spüre, so schön, so brutal, so notwendig sei und diese harte Männlichkeit sie ganz atemlos mache. Sie sagte, sie fürchte, hier auf diesem Sofa zu zerfließen, und ich müsse, falls sie wieder ohnmächtig werde, sie ganz schnell nach Hause bringen und endlich vollenden, wonach sie inzwischen die unstillbarste Sehnsucht habe.

Endlich hatten wir ausgetrunken und bezahlt, endlich standen wir auf und gingen, wie in Zeitlupe, den kurzen Weg bis zu meiner Wohnung. Kaum hatte ich die Tür hinter uns geschlossen, nestelten wir uns gegenseitig die Kleider vom Leib. Wir schafften es nicht bis ins Schlafzimmer, sondern liebten uns zum ersten Mal auf dem Teppich im Wohnzimmer mit einer heftigen Dringlichkeit, die uns, als wir uns beide erschöpft hatten, wieder laut auflachen ließ. Wir waren endlich, endlich zueinander heimgekommen. Es war alles so, wie es zu sein hatte, und es schien uns, als wäre es schon immer so gewesen und als sei die Zeit, während der wir uns angenähert hatten, nichts anderes gewesen als ein wunderbar langes, köstliches Vorspiel.

Jetzt habe ich einen Bärenhunger, sagte sie plötzlich. Nackt gingen wir in die Küche, und ich holte alles heraus, was der Kühlschrank hergab, um uns ein Mitternachtsmahl zuzubereiten. Nackt assen wir Scampi und in Öl eingelegte Artischocken, Auberginenpaste und Rohschinken, Melone und Käse, Oliven und sonnengetrocknete Tomaten. Es war eine Freude, ihr beim Essen zuzuschauen. Sie war eine Genießerin, sie ass mit einer Begeisterung und einem Appetit, die dem Appetit und der Begeisterung entsprach, mit der sie mich geliebt hatte. Was für ein Unterschied zu meiner letzten Affäre, zu Clara, die im Essen herum gepickt und ausser ein paar Salzstangen und Salatblättern kaum etwas zu sich genommen hatte. Lisa ass gern, und wenn ich sie mit einem Scampi fütterte und ihr das Öl vom Kinn auf die nackte Brust tropfte, dann schreckte sie nicht zurück, sondern wollte nur immer noch mehr davon. Wir tranken Wein, dann gingen wir wieder ins Bett. Als wir am nächsten Morgen erwachten, weil die Sonne ins Zimmer schien, beschloss sie, nicht zur Arbeit zu gehen.

Mercken schweigt. Er hat ohne Pause geredet, atemlos irgendwie trotz der Präzision seiner Worte, wie gehetzt und getrieben. Jetzt sitzt er ganz still. Schaut durch mich hindurch, als ob ich nicht da sei und als ob er die ganze Zeit mit sich selbst geredet habe, ein alter

Mann, mit sich und seinen Erinnerungen ins Gespräch vertieft. Sitzt da. Welke Hände im Schoß gefaltet. Schaut in eine Ferne, von der nur er weiß, wo sie sich befindet. Wage kaum zu atmen. Ahne, dass er etwas durchlebt, das ihm unendlich kostbar ist. Käme mir wie ein Dieb vor, wenn ich ihm diese Augenblicke raubte. Beide sitzen wir stumm und still. Der Sekundenzeiger der antiken Uhr tickt voran. Unerbittlich. Plötzlich reißt die Tür auf. Junge Leute drängen ins Kaffeehaus. Lärmen. Überschreien sich. Amerikaner natürlich, Studenten höchstwahrscheinlich auf einer ihrer Schnellreisen durch Europa. Gesprächsfetzen, in denen Prag, Paris und Brüssel vorkommen.

Mercken schreckt auf. Lächelt. Ah, die Ungeduld der Jugend. Nimmt mich scharf ins Auge. Ich hoffe, sagte er, ich bin Ihnen mit meiner Erzählung nicht zu nahegetreten.

Nein, nein, im Gegenteil, sage ich. Es stimmt tatsächlich. Schaue auf den Skizzenblock. Die Seite ist leer.

Sie sind ein höflicher Mensch, lächelt Mercken, und ein ausharrender dazu. Aber jetzt. Ich muss mich ausruhen. Ich habe … wissen Sie, ich bin … ich bin Ihnen dankbar, aber ich habe eine Bitte. Darf ich fragen, ob Sie heute Abend schon etwas vorhaben?

Nein, eigentlich nicht. Vermute natürlich, dass er jetzt auf sein ursprüngliches Anliegen zurückkommen wird und mir nun endlich seine Frau vorstellen will. Täusche mich allerdings. Ich weiß, sagte er, dass Sie denken, ich sollte Sie jetzt endlich meiner Frau vorstellen. Leider muss ich Ihnen vorher die ganze Geschichte erzählen. Darf ich Sie bitten, mich heute Abend zum Essen zu begleiten. Ich kenne eine sehr nette Osteria, in der nun wirklich keine Touristen verkehren. Das Essen ist ganz ausgezeichnet. Ich möchte Sie gerne einladen und ich möchte Ihnen als Unterhaltung die Fortsetzung meiner Geschichte anbieten. Würden Sie mir diesen Gefallen tun?

Zögere ein paar Augenblicke lang. Was will er wirklich von mir? Zum Glück strahlt er nichts aus, was auch nur im Geringsten bedrohlich wäre. Und neugierig … neugierig bin ich noch immer. Weiß gutes Essen zu schätzen. Habe nichts Besseres vor. Und … ich bin in Rom, um etwas zu erleben. Ein Abenteuer. Ein Amüsement. Schaue durch die Glasscheibe hinaus auf die Via Tor Millina. Es regnet. Nein, Trübsal blasen will ich nicht. Den Abend allein im Zimmer verbringen? Nein. Gut, sage ich, ich nehme Ihre Einladung gerne an. Aber wir sollten uns über das Porträt und einen Vertrag unterhalten.

Ausgezeichnet, antwortet Mercken, selbstverständlich! Darf ich Sie bitten, mich um acht Uhr hier zu treffen? Das Restaurant liegt nur fünf Minuten entfernt, wir können leicht zu Fuss hingehen. Bittet die Kellnerin um die Rechnung und bezahlt. Wir erheben uns, verlassen gemeinsam das Kaffeehau und gehen auseinander.

Bin schon wieder verwirrt. Gestern redet er wie ein Wasserfall, heute ist schon nach einer Stunde Schluss. Nun gut. Habe ja wirklich nichts Besseres vor. Kann dem Abend entgegensehen und hoffen, dass sich die Geduld, die ich mit ihm habe, auszahlen wird. Stelle mich zu Hause unter die Dusche. Dass er mich in ein gutes Restaurant führen wird, steht ausserhalb jeden Zweifels. Also Anzug, Hemd und Krawatte. Obwohl das vielleicht nicht unbedingt üblich ist. Touristen legen wenig Wert auf eine gepflegte Erscheinung. Aber erstens ist Mercken kein Tourist und zweitens auch ich nicht mehr wirklich, weil ich einen Auftrag in Aussicht habe und keine Lust, heimzufliegen, wo sich nicht nur Hipfl und Nowatsky und Müller-Fottinghaus befinden, sondern ein halbes Dutzend mehr oder weniger junge Damen darauf warten, dass ich ihnen endlich erkläre, wieso ich mich nicht melde. Vielleicht faszinierte mich deshalb diese – Fixierung des alten Mannes, dieser – Lebensentwurf, bei dem sich alles um die Liebe zu einer Frau zu drehen scheint, ein Lebensentwurf, der mir leider völlig verschlossen ist. Manchmal bin ich deswegen unglücklich. Aber zum Glück nicht oft. Die ganze Malerei ist ein Herumgehen um das Unsagbare, um ein schwarzes Loch oder um einen Krater, dessen Zentrum man nicht betreten kann, aber dieses Herumgehen fesselt all meine Zeit und Energie. Gegen eine schnelle Affäre habe ich nichts, aber das Interesse daran verflüchtigt sich jedes Mal erstaunlich rasch. Einer der Gründe, wieso ich Wien fluchtartig verließ, war, dass ich mich von zu vielen Seiten bedrängt fühlte. Eine Eigenart der Künstlerexistenz besteht bekanntlich darin, dass Frauen grundsätzlich annehmen, Künstler hätten die verrücktesten Launen, ja, ein Künstler sei nur dann ein wahrer Künstler, wenn er die allerverrücktesten Launen habe. Diese Verrücktheiten werden klaglos akzeptiert, da Frauen zu wissen glauben, wie es ist, sich mit einem Künstler einzulassen. Frauen wollen nicht begreifen, dass man nicht oder nicht mehr interessiert ist. Sie halten Zurückweisung für eine momentane Künstlerverrücktheit, die sich unter dem Ansturm ihrer Zuneigungen schnell verflüchtigen müsse. Sie wollen und können nicht akzeptieren, dass ich lieber im Atelier male, als über Beziehungen zu reden oder, wie es seit einiger Zeit so schön heißt, an einer Beziehung zu arbeiten.

Rom hat mich von dieser Last befreit. Trübsal blasen

kommt also nicht in Frage. Den Abend allein im Zimmer verbringen? Nein.

Wie wir uns zur vereinbarten Zeit treffen, trägt Mercken wie üblich Hut und dunklen Mantel. Darunter einen eleganten Dreiteiler von selbstverständlich hervorragender italienischer Qualität. Einen Regenschirm, weil es inzwischen nieselt. Mercken reicht mir die Hand, sagt, er freue sich, dass ich Wort halte, und meint, er habe mit seiner Frau in der Osteria, in die er mich führen wolle, viele Abende verbracht, sie seien vom Essen nie enttäuscht gewesen.

Wir schlendern durch die Via del Teatro Pace bis zum Corso Vittorio Emanuele, überqueren ihn und erreichten schnell die Via del Pellegrino.

Ich möchte Ihnen, sagt er, bevor wir essen gehen, gerne etwas zeigen. Wir gehen auf die Piazza Campo de' Fiori zu, aber noch bevor wir sie erreichen, führt er mich unter einem Steinbogen, dem Arco degli Aletari, hindurch auf ein kleines Plätzchen, das aus einer anderen Welt zu stammen scheint. Statt der üblichen Paläste und stattlichen Wohnhäuser umstehen es kleine, putzige Häuschen, die höchstens drei Stockwerke hoch sind und direkt aus dem Mittelalter stammen. Bäume, Topfpflanzen und Blumen machen das Plätzchen zu einem verzauberten Ort. Aus dem Ensemble ragt ein einzelnes Haus, das noch viel entzückender ist als alles darum herum. Ein Steinbogen mit Holztor beherrscht die Wohnung parterre, die wahrscheinlich aus einem einzigen Zimmer mit einem einzigen Fenster besteht. Eine steinerne Aussentreppe führt hinauf in den ersten Stock und zu einer Tür, die den Zugang zu dieser Wohnung bilden mag. Auch hier nur ein Fenster. Offenbar gibt es in der Wohnung eine Treppe, die sie mit dem zweiten Stock verbindet, der über zwei große Glastüren und eine schmale Veranda verfügt. Die Fassade des Hauses ist im für Rom typischen Rostrot vor vielen Jahren zum letzten Mal gestrichen worden. Das schmale Häuschen hat eine einzigartige Ausstrahlung. Wer da wohnt, denke ich, ist ein besonderer Mensch.

In diesem Haus, sagt Mercken, lebte Lisa, als ich sie kennenlernte. Wenn ich sie besuchte, kam sie heraus auf die Veranda, schaute hinab und winkte mir zu. Es war Romeo und Julia pur.

Ja, sagte ich, die Balkonszene ...

Mercken lacht. Lisa hat die Wohnung übrigens erst vor wenigen Jahren aufgegeben. Das Haus ist verkauft worden, und der neue Besitzer bewohnt es selbst.

Wieso haben nicht Sie es gekauft? So etwas gibt man nicht her.

Sie scheinen viel Vertrauen in meine finanziellen Möglichkeiten zu haben, junger Mann, entgegnet er, aber Sie haben Recht, ich hätte es tatsächlich kaufen können. Leider befanden wir uns damals nicht in Rom. Als wir zurückkamen, standen wir vor einem fait accompli. Allerdings hielt sich Lisas Trauer in Grenzen. Sie hatte sich kaum noch dort aufgehalten. Meine Wohnung ist doch um einiges grösser und komfortabler. Das Hexenhäuschen am Arco degli Aletari ist zwar putzig, aber die Zimmer sind so verflucht niedrig, dass ich mir ständig den Kopf anschlug. Ich wollte Ihnen diesen Ort vor allem deshalb zeigen, damit Sie sich ein Bild machen können, was für ein Mensch Lisa war, als ich sie kennen lernte.

Mercken und ich stehen nebeneinander unter seinem Regenschirm.

Werde ein andermal herkommen, um diesen Ort zu malen, sage ich.

Machen Sie das, antwortet er. Aber jetzt sollten sie

wirklich essen gehen, Sie haben bestimmt schon großen Hunger.

Gehen zurück auf die Via del Pellegrino, und ihr ein paar hundert Meter entlang, bis wir vor einem Haus stehen, in dem sich offenbar die Osteria versteckt, in die er mich einladen will. Diskret ein wenig zurück versetzter Eingang. Fenster mit Vorhang. Wenn man das nicht kennt, ist es unmöglich, es zu entdecken.

Drinnen nur sechs Tische. Fünf sind besetzt. Der Wirt eilt herbei. Schüttelt Mercken stürmisch die Hand. Redet lebhaft auf ihn ein. Verstehe kein Wort. Höre nur ein paar Mal ‚Signora Lisa'. Nehme an, dass der Wirt sich nach ihrem Befinden erkundigt. Bittet uns schließlich, Platz zu nehmen. Das Lokal ist schlicht und elegant. Helle Wände. Angenehmes Licht. Weiße Tischtücher. Eine Tür, die in die Küche führt. An den Tischen sitzen jeweils vier Personen. Mercken scheint die meisten zu kennen. Er nickt den Leuten zu. Wechselt mit einigen ein paar Worte. Ausnahmslos Italiener. Ausnahmslos nicht mehr jung.

Mercken fragt, ob es mir recht sei, wenn wir den Abend mit einem leichten Weißwein aus der Umgebung von Rom beginnen. Der Wirt stellt eine Karaffe auf den Tisch, dazu Wasser. Wir stoßen an. Mercken will wissen, ob ich diese und jene Sehenswürdigkeit schon besucht hätte und nennt eine Reihe von Orten, von denen ich noch nie gehört habe. Ich habe vor ein paar Jahren einen kleinen Führer besondere Orte Roms zusammengestellt, sagt er, den ich Ihnen gerne überlasse. Sie wissen ja, dass man ein Leben in Rom verbringen muss, um zu beginnen, die Stadt zu verstehen, es gibt einfach zu viel hier, das sehenswert ist. Allein die Kirchen! Viertausend soll es geben in der Heiligen Stadt, darunter vier Papstbasiliken und sieben Pilgerkirchen. Die zahllosen frühchristlichen und mittelalterlichen Kirchen, die gotischen, die Renaissance- und die Barockkirchen, die Kirchen des neunzehnten Jahrhunderts und des zwanzigsten, kann es verwundern, dass man die Sucht entwickelt, möglichst viele zu betreten? Diese grandios prächtigen Ummantelungen gewaltig leerer Räume. Allerdings macht sich bei den meisten Besuchern nach einer gewissen Zeit eine Übersättigung, ein Überdruss breit und ein Unwille, noch eine Kirche, noch eine Kunstsammlung und noch ein paar Relikte aus der Zeit der Cäsaren zu besuchen. Er habe die Erfahrung gemacht, dass die Leute aufhören, zu schauen, und meinen, Rom langweile sie.

Ich interessiere mich vor allem für die Darstellung von Madonnen, entgegne ich. Habe kürzlich eine gesehen, da musste ich lachen, stellen Sie sich vor, in der Kirche! Laut habe ich gelacht.

Wirklich?

Ja. Ein Altarbild von Lazzaro Baldi in Santa Maria sopra Minerva. 1668. Ist allerdings keine echte Madonna, keine Maria, meine ich, sondern Santa Rosa da Lima. Eine Frau in weißschwarzer Nonnentracht. Hält in ihren Armen ein Kind, ein nacktes Kind. Sie schaut es verliebt an, das Kind, sie strahlt über das ganze Gesicht. Aber das Kind ist riesig, es ist wohlgenährt, nein fett. Es ist viel zu groß und viel zu schwer für die kleine, zierliche Heilige. Die Disproportionalität ist unglaublich. Sie macht das Bild zu einer Absurdität. Total verrückt.

Mercken lacht. Sie haben ein Auge für das Besondere, nicht wahr, aber Sie müssen zugeben, dass Santa Maria sopra Minerva eine wirklich wunderschöne Kirche ist. Was halten Sie eigentlich von Michelangelos *Auferstandenem Christus*?

Der interessiert mich nicht, solange man den lächerlichen goldenen Lendenschurz, den man ihm aus Prüderie anlegte, nicht wieder entfernt.

Ganz meine Meinung, sagt Mercken. Ich hoffe, Sie haben nichts dagegen, wenn wir die Speisenwahl dem Wirt überlassen. Die Speisekarte ist im Moment eher klein, weil er sie nach den lokalen Angeboten auf den Märkten zusammenstellt, und die quellen im Winter mit Ware nicht über.

Kaum gesagt, stellt der Wirt schon eine ganze Batterie von Tellern mit den verschiedensten Köstlichkeiten auf unseren Tisch. Bohnen, Kichererbsen, die unvermeidlichen Artischocken natürlich, Crevetten, Tintenfisch, Jakobsmuscheln, daumennagelgroße Stücke Petersfisch, Auberginenmus, Kirschtomaten, scharf gewürzte Oliven, gebratene Polentaecken mit einem Hauch von Peccorino darauf und natürlich Brot, ganz unterschiedliches Brot, das Weißbrot ist frisch geröstet.

Habe wirklich Hunger. Arbeite mich mit wachsender Begeisterung durch die Vorspeisen. Sie sind, wie es für die römische Küche typisch ist, sehr einfach und ganz ohne Schnickschnack zubereitet, was den Eigengeschmack der Speise hervorragend zur Geltung bringt. Ein bisschen Salz. Ein wenig Pfeffer. Olivenöl und Zitrone. Mehr nicht. Da wird nichts vorgetäuscht und nichts übertrieben, sondern alles auf den richtigen Punkt gebracht.

Mercken isst nicht, aber er schaut erfreut zu, mit welcher Begeisterung und mit wie viel Appetit ich mich über die Köstlichkeiten hermache. Der Wirt strahlt auch. Es bereitet ihm offensichtlich Vergnügen, einen Gast von Mercken zu verwöhnen.

Ich habe Ihnen, nimmt Mercken seinen Bericht auf, erzählt, wie Lisa und ich nach langem Hin und Her zusammenkamen. Nach der ersten Liebesnacht gab es keine Zweifel mehr, dass wir einander gehörten. Es war wie ein einziges großes Fest, mit dieser Frau verbunden zu sein. Sie wusste die Genüsse des Lebens zu genießen. Sie liebte die Liebe und sie liebte, verzeihen Sie bitte, wenn ich das hier in aller Deutlichkeit ausspreche, den Sex. Sie liebte ihren Körper und meinen und sie liebte die Gefühle, die Erregungen und die Befriedigungen, die wir uns schenken konnten. Wie es bei frischverliebten Paaren üblich ist, verbrachten wir viel Zeit miteinander im Bett. Ich konnte von ihrer Haut, ihrem Geruch, von den Lauten der Erregung nicht genug bekommen. Ich war süchtig nach ihrer feuchten Wärme und ihren Berührungen. Und auch sie konnte nicht genug bekommen von dem, was ich mit ihr anstellte.

Allerdings wurden wir uns auch ausserhalb des Bettes nie zu viel. Wir verbrachten jede freie Minute miteinander. Wenn sie in der Kunstgalerie arbeitete, holte ich sie zum Feierabend ab. Wir spazierten, wenn immer es das Wetter erlaubte, stundenlang durch die Stadt und zeigten einander geheime Orte, die wir besonders liebten. Wir machten Ausflüge in die Umgebung, und weil Lisas kunstgeschichtliches Wissen immens ist, lernte ich Latium auf eine Art und Weise kennen, wie es nur wenigen Glücklichen vorbehalten ist. Wir gingen auf Vernissagen, und ich machte über sie Bekanntschaft mit zeitgenössischer Kunst und mit vielen Künstlern. Das war ein Feld, mit dem ich mich bisher kaum beschäftigt hatte. Ich merkte zu meinem Erstaunen, wie sehr mich moderne Kunst zu erfreuen und zu faszinieren begann. Rom ist ja nicht der beste Ort für eine künstlerische Avantgarde, aber gerade unter der Last des Historischen hatte sich eine Szene entwickelt, die Erstaunliches hervorzubringen im Stande ist. Jedenfalls fühlte ich mich in der Gesellschaft dieser jungen

Künstler wohl. Die Leute waren zwar ganz offensichtlich ebenso intrigant und eifersüchtig auf die eigenen Vorteile bedacht wie jede andere römische Gesellschaft, aber darüber hinaus fröhlich, spontan, unkompliziert und vor allem dem Neuen und Unerwarteten gegenüber offen und sehr tolerant. Man akzeptierte mich, und weil man wusste, dass ich wohlhabend genug bin, um als Käufer von Kunst in Frage zu kommen, wurden wir überall hin eingeladen.

An manchen Wochenenden fuhren wir nach Viterbo zu Giovanni. Er war entzückt, dass die auf seinem Grund und Boden gestiftete Liebe andauerte. Wir lernten seine neue Freundin Teresa, die Dozentin, kennen, eine kleine, zierliche Dame mit eisgrauem Haar, die neben dem mächtigen Giovanni wie eine Puppe wirkte. Theresa lebte inzwischen bei ihm. Sie war eine überaus energische Person, die Giovanni wohl ziemlich im Griff hatte. Von Fernreisen über die Meere und in die Neue Welt war keine Rede mehr.

Als wir eines Abends, es war inzwischen Spätherbst und die Nächte kühl geworden, in Giovannis Turm vor dem prasselnden Kaminfeuer sassen, meinte Theresa, wir sollten am nächsten Tag unbedingt ins Städtchen und zum Palazzo dei Papi fahren. Es gäbe eine Messe, die uns interessieren könnte. Lisa erzählte mir die Geschichte des Palastes. Er stammt aus der Mitte der 13. Jahrhunderts und wurde vom Stadtkommandanten Raniero Gatti erbaut, um den Päpsten, die in Rom nicht mehr sicher waren, eine angenehme Zuflucht zu bereiten. Viterbo sei, sagte sie, über drei Jahrzehnte hinweg Wohnort mehrerer Päpste gewesen. Wirklich berühmt wurde die Stadt und vor allem der Palast, weil, nach einem dreijährigen Interregnum, in dessen Verlauf sich die Kardinäle nicht auf einen neuen Papst einigen konnten, der Franziskanermönch Bonaventura die Stadtbevölkerung von Viterbo dazu brachte, die Kardinäle im großen Saal des Palastes einzusperren, bis sie zu einer Entscheidung kämen. Als das nichts half, ließ Bonaventura kurzerhand das Dach des Palastes abdecken und die hohen Würdenträger, die ein luxuriöses Leben gewohnt waren, auf strenge Diät setzen. Hunger, Kälte und Regen ließen die Kardinäle schnell die Streitigkeiten vergessen und Urban IV. zum neuen Papst zu wählen. Der Name der Papstwahl, das Konklave, gehe auf diese Episode zurück, weil Konklave nichts anderes bedeute als ‚mit Schlüssel', also eingesperrt sein.

Giovanni verdrehte die Augen himmelwärts. Wie hältst du es nur aus mit einer derart klugen Frau? Ich frage mich eher, antwortete ich, wie sie mich Ignoranten erträgt.

Ich fühlte mich so jung damals, so unbeschwert, so leicht, frei und glücklich. Am nächsten Tag fuhren Lisa und ich den kurzen Weg in die Stadt. Wir spazierten durch das mittelalterliche Viertel San Pellegrino, das mit seinen Gebäuden aus dunklem Lavagestein ein wenig unheimlich wirkt, hin zum Papstpalast und stellten vergnügt fest, dass uns Teresa zum Besuch einer Hochzeitsmesse verleitet hatte. Der große Saal, in dem vor langer Zeit die Kardinäle um eine Einigung gerungen hatten, war vollgestellt mit den prächtigsten Brautkleidern und entzückenden Accessoires. Ständig wurden uns Prospekte in die Hand gedrückt. Viele Stände verwiesen auf Landhäuser und Schlösser, die Hochzeitsfeiern ausrichteten. Tische waren aufgebaut mit all dem Porzellan und Silber und Kristall, das zu einem Fest gehört. Teresas Wink mit dem Zaunpfahl war so offensichtlich! Lisas Augen funkelten vergnügt.

In der Via San Pellegrino fanden wir das Lokal, das

uns Giovanni empfohlen hatte. Lo Scorfano della Pontolaccia war, was man von einem herausragenden italienischen Lokal erwartet: das Essen großartig, der Wein hervorragend, die Atmosphäre gemütlich und einfach. Es gab einen alten, offenen Kamin, in dem ein Feuer brannte. Daneben stand ein großer Grill, auf den der Wirt höchstpersönlich Fleischstücke und Fische legte und sie so sorgfältig und liebevoll briet, als bereite er jede einzelne Mahlzeit für seinen allerbesten Freund.

Bei Kaffee und Grappa fragte ich Lisa, ob sie sich vorstellen könne, mich zu heiraten. Mein Herz raste, als sie antwortete, es könne nichts Schöneres geben. Wir küssten uns. Dann erzählte sie dem Wirt, wir hätten uns eben verlobt. Sie wünsche sich jetzt etwas ganz Besonderes, um ihre flatternden Nerven zu beruhigen. Der Wirt verschwand. Und kehrte gleich wieder mit einem offenbar wirklich alten Cognac. Die Flasche habe mehrere Jahrzehnte im Keller gelagert, meinte er, weil er immer gewusst habe, dass er sie irgendwann für einen ganz besonderen Moment benötige. Sorgfältig öffnete er die Flasche, schenkte drei Gläser ein und stieß mit uns an. Auf ein langes Glück, sagte er, auf viele Kinder, auf das Leben.

Als wir zu Giovanni und Teresa zurückkehrten und ihnen von unserer Verlobung erzählten, konnten auch sie kaum an sich halten. Ich wusste es, ich wusste es, ich wusste es, rief Giovanni immer wieder und tanzte um uns herum und führte sich auf, als habe er endlich seinen dümmsten Sohn unter die Haube gebracht. Die so typisch italienische Begeisterungsfähigkeit überkam mit Leichtigkeit mein norddeutsches Temperament. Die Hochzeit findet selbstverständlich hier statt, lärmte Giovanni, und zwar zu Vollmond im Mai. Schon hatte er seinen Kalender hervorgekramt, den Tag gefunden, ein Samstag übrigens, und ihn mit roter Farbe dick markiert. Lisa meinte, ihre Mutter würde vielleicht auch ein Wort mitreden wollen, aber Giovanni ließ nicht mit sich diskutieren. Er könne sich keinen besseren Ort vorstellen als im Turm, wo unsere Liebe ihren Anfang genommen habe. Lisa beruhigte ihn. Ihre Mutter werde sein Angebot gerne akzeptieren. Allerdings müsse er versprechen, dass sie zumindest ein bisschen mitreden dürfe. Man könne die Wünsche einer Mutter nicht einfach in den Wind schlagen. Lisas Mutter lebte seit dem Tod ihres Mannes allein in einem kleinen Haus auf der Insel Giglio. Sie hatte zu Lisa ein herzliches Verhältnis, obwohl sie sich nicht oft sahen. Ich hatte sie bisher nur ein einziges Mal getroffen. Ich bin mir sicher, dass mein Alter sie schockierte. Sie war jünger als ich, sah aber deutliche älter aus. Eine kleine, rundliche Frau, die ihr Leben lang in sehr einfachen Verhältnissen gelebt hatte und die Spuren vieler Entbehrungen trug. Ich war mir sicher, dass mein Alter und mein Wohlstand ihr nicht geheuer waren, aber Lisa behauptete, dass ihre Mutter mich möge.

Mercken schweigt. Betrachtet seine Fingernägel. Hebt das Glas und trinkt einen Schluck. Er hat geredet, ohne auch nur ein einziges Mal nachdenken zu müssen. Bin mir inzwischen sicher, dass er seine Lebens- und Liebesgeschichte schon oft erzählt hat. Vielleicht Fremden. Vielleicht auch nur sich selbst.

Weiß nicht, ob er weiß, wie angenehm es ist, ihm zuzuhören. Wenn ich in Wien im Atelier arbeite, läuft oft das Radio. Musik manchmal, manchmal Dokumentarbeiträge und Reportagen. Ich weiß, wovon ich rede, wenn ich sage, dass ich eine angenehme Erzählstimme, die eine Spannung zu halten versteht, zu schätzen weiß. Dazu kommt, dass ich kitschige Liebesgeschichten mag. Hängt wohl damit zusammen, dass es mit mir und der Liebe nicht klappen will. Affären: ja. Lieben? Nein. Entflamme leicht, begeistere mich am eigenen Rausch, um schnell zu ernüchtern. Die Affären werden anstrengend. Ständig wird gefordert: Aufmerksamkeit, Achtsamkeit und Präsenz. Aber das geht nicht. Ich bin Maler. Ich bin Porträtist. Einen Alltag mit einem anderen Menschen halte ich nicht aus. Wenn es um Beziehungen geht, bin ich im Anfangen gut, aber schlecht im Weitermachen..

Mercken hat mich aufmerksam gemustert. Ich hoffe, sagt er jetzt, dass ich mich nicht zu lächerlich mache mit meinen exaltierten Schwärmereien. Das ist weibisch, nicht wahr, es geziemt sich nicht für einen erwachsenen Mann.

Kann nicht antworten. Mein Mund ist voll. Schüttle den Kopf. Habe, während er redete, die ganze Zeit gegessen. Die Antipasti sind zu köstlich. Weil es so viele verschiedene sind, ist es unmöglich, aufzuhören. Man wüsste nicht, womit.

Essen Sie!, essen Sie!, schmunzelt er. Mercken hat immer noch nichts angerührt. Nimmt endlich ein kleines Stück Brot. Legt sorgfältig eine Sardelle darauf. Steckt es sich in den Mund. Spült mit einem Schluck Wein.

Als sei das ein Zeichen, kommt der Wirt an den Tisch. Wechselt ein paar Worte mit Mercken, räumt das Geschirr ab. Fragt, ob ich als *primo* Risotto oder *pasta* will.

Pasta.

Für mich eine dünne Minestrone, sagt Mercken.

Wie immer, Signore Mercken, antwortet der Wirt.

Wieder in Rom, redet Mercken weiter, war Lisa bester Laune. Sie war verlobt und hatte einen Freund gewonnen, der sie aus tiefstem Herzen verehrte: Giovanni hatte ihr zur Verlobung eine wunderschöne Halskette aus Bernstein geschenkt.

Bevor wir heirateten, wollte ich mit Lisa das Grab meiner verstorbenen ersten Frau besuchen. Man mag es eine Sentimentalität nennen, aber ich hatte das Gefühl, dass ich es ihr schuldig war. Lisa willigte ohne Zögern ein. Sie verstand, worum es mir ging, und sie meinte, wir könnten sie zwar nicht um Erlaubnis fragen, aber vielleicht schicke uns der Himmel ein Zeichen.

Es war ein Tag mit typischem Hamburger Nieselregen. Lisa, zum ersten Mal hier, gefiel die Stadt. Ich zeigte ihr die Reeperbahn, wir speisten im legendären Cuneo, und Lisa war doch einigermassen verblüfft, wie hervorragend italienisches Essen in Norddeutschland schmecken kann. Später schauten wir uns ein Musical an und tranken danach im La Paloma ein paar *nightcups*. Musste mich natürlich ein bisschen aufblasen und für die Lektionen über Kunst in Latium revanchieren, und erklärte ihr, La Paloma habe leider nichts mehr mit der legendären Kneipe zu tun, die Jörg Immendorff einst zu einem aufregenden Künstlertreff gemacht hatte. Du kennst Immendorff natürlich, sagte ich, einer unser Malerfürsten, der Titan. Ich zeigte ihr die Skulptur, die den Platz vor dem La Paloma beherrscht, und erzählte, dass Immendorf diese Hans Albers darstellende Plastik 1986 der Stadt Hamburg geschenkt habe. Irgendwann sei es zu einem Disput mit dem Hamburger Senat gekommen. Da habe Immendorf die Skulptur vom Sockel abbauen und nach Düsseldorf transportieren lassen. Dem Senat der Stadt Hamburg war das dann allerdings auch nicht recht, und so bestellte er bei Immendorff eine Kopie. Was du hier siehst, liebe Lisa, ist eine Kopie jenes Originals, das sich hier befinden müsste, aber stattdessen in Düsseldorf steht.

Und wer ist jetzt Hans Albers?, fragte Lisa und

schaute mich dabei so schelmisch an, dass ich sie sofort ins Taxi und ins Hotel befördern musste.

Meine verstorbene Gattin liegt auf dem Nienstedtener Friedhof in Hamburg, und als Lisa und ich die Elbchaussee entlang gingen, war uns melancholisch zumute. Das Grab meiner Frau war sehr gepflegt und mit Wildblumen geschmückt. Meine Söhne kümmern sich gut um die Ruhestätte ihrer Mutter. Als wir Arm in Arm vor dem Grab standen, riss plötzlich der Himmel auf und die Sonne tauchte den ganzen Friedhof in ein wunderschön warmes Licht. Ich erschrak. Das ist das Zeichen des Himmels ohne Zweifel, sagte ich, aber ein bisschen unheimlich ist es doch. Lisa umarmte mich. All die anderen sind geblendet vom Licht, flüsterte sie, aber ich: ich schaue mitten hinein, doch es blendet mich nicht.

Wir heirateten an einem Donnerstag in allerkleinstem Kreis auf dem Standesamt des Capitols. Nur Giovanni und Teresa, meine beiden Söhne, Lisas Mutter und ihre beiden besten Freundinnen nahmen an der Zeremonie teil. Danach fuhren wir alle nach Viterbo. Am Samstag fand das Fest statt, das Giovanni für uns ausrichtete. Lisa trug ein wunderschönes, weißes Brautkleid von einem italienischen Designer. Wie nicht anders zu erwarten, war es eine raffinierte Mischung aus Erotik und Eleganz. Lisa sah unglaublich begehrenswert aus. Über hundert Gäste waren angereist, aber ihre natürliche Schönheit überstrahlte alle. Giovanni hatte im Garten gewaltige Tafeln aufbauen lassen, die sich unter zahllosen Köstlichkeiten bogen. Der Himmel zeigte sich von seiner besten Seite: ein paar Zirruswölkchen, die sich zum Sonnenuntergang hin kitschig verfärbten. Danach eine Vollmondnacht, wie sie nicht romantischer sein könnte. Giovanni hielt eine Rede, die er immer wieder unterbrechen musste, weil ihn seine eigenen Worte zu Tränen rührten. Er lobte die Liebe und das Leben und wünschte uns zahllose Kinder. Die Gäste lachten und jubelten und hoben die Gläser zu einem Toast nach dem anderen. Eine Kapelle spielte alte italienische Canzoni und die Klassiker von Celentano, Nannini, Dalla und so weiter und neue Schmonzetten von Musikern, deren Namen ich noch nie gehört hatte. Spät nach Mitternacht gelang es Lisa und mir, uns unauffällig von der inzwischen wild feiernden Gesellschaft zu entfernen. Wir liebten uns, versteckt hinter Pinien und Ginsterbüschen, und hielten uns nachher lange in den Armen.

Ich glaube, ich war nie in meinem Leben so glücklich wie in jenen Momenten. Noch viel fantastischer allerdings war, dass die Glücksgefühle lange über das Fest hinaus und bis weit in den Alltag hinein anhielten. Lisa ist eine sehr sinnliche Frau. Ich hatte eine derart intensive Konzentration auf die Genüsse des Leibes bisher noch nie in dem Ausmass und vor allem mit dieser Selbstverständlichkeit erlebt. Eine derart hemmungslose Hingabe, bar aller Schuldgefühle, zu allem, was Lust zu verschaffen vermag, war für mich neu. Vielleicht war ich doch sehr deutsch und sehr pflichtversessen gewesen? Ich glaube, ich habe es schon erwähnt, aber Lisa war die erste Frau meines Lebens, die es ohne jeden Rückhalt genoss, zu essen. Gut zu essen. Reichlich zu essen. Mit Vorspeisen, Hauptspeisen und Nachspeisen und allem, was dazu gehört. Sie konnte essen, soviel sie wollte. Es wirkte sich auf ihre Figur nicht im Geringsten aus. Ah! Da kommen Ihre Spaghetti. Im richtigen Moment.

Der Wirt stellt die Teller hin. Die dünne Suppe für Mercken. *Bucatini all' amatriciana* für den Freund von Signor Mercken. Der Wirt reibt Pecorino darüber.

Wünscht guten Appetit. Betörender Duft steigt mir in die Nase.

Mercken entschuldigt sich. Steht auf. Geht zur Toilette. Bin nicht sicher, ob ich mit Essen warten soll, bis er wieder da ist. Wer weiß, wie lange er wegbleibt, denke ich. Schiebe mir ein paar der dicken Nudeln in den Mund. Himmlisch!

Bis Mercken sich an den Tisch setzt, ist mein Teller leer.

Ich habe Ihnen nicht zu viel versprochen, sagt er. Isst zwei Löffel von seiner Suppe, die inzwischen kalt ist. Winkt den Wirt herbei. Bittet ihn, abzutragen. Der Wirt fragt mich etwas. Verstehe ihn nicht. Mercken übersetzt. Ob ich mutig sei, abenteuerlustig, neugierig auf eine römische Spezialität.

Ja, klar, sag' ich. Nur Kutteln mag ich nicht.

Keine Kutteln, versichert Mercken. Lassen Sie sich überraschen.

Mercken betrachtet wieder seine Fingernägel. Legt die Fingerspitzen zusammen, schaut konzentriert vor sich hin. Es wirkt, als ob er bete. Atmet aus. Schaut mich an. Glück, sagt er dann. Glück hat seinen Preis. Ich glaube, Wilhelm Busch schrieb: „Ach, reines Glück gedeiht doch nie, // Wer zahlen soll und weiß nicht, wie". Ein Glück, das andauert und weit in den Alltag hinein reicht, hat wohl einen besonders hohen Preis. Weil die Götter eifersüchtig sind? Weil die Welt ein Jammertal sein muss? Ich weiß es nicht. Ich weiß es wirklich nicht. Ich weiß nur, dass man sich sehr, sehr leicht ans Glücklichsein gewöhnen und ebenso leicht vergessen kann, wie es wäre, wenn es endete. Ein andauerndes Glück macht fröhlich, aber es macht auch leichtsinnig, kindisch sogar.

Jedenfalls lebten Lisa und ich vollkommen unbeschwert durch die ersten Wochen, Monate und Jahre unserer Ehe. Es gab nichts, was unsere gute Laune trüben konnte. *La dolce vita* beschreibt, was wir taten und wie wir uns gaben. Sie wissen natürlich, dass eine gute Ehe in den vielen kleinen Gesten besteht, die man sich gegenseitig erweist. Lisa zeigte mir ihre Liebe mit hunderten dieser kleinen Gesten. Das konnte beim Frühstück beginnen, wenn das Spiegelei plötzlich herzförmig vor mir stand, weil sie in einem Küchengeschäft das entsprechende Gerät gefunden hatte. Ich liebte es, wie sie meine Krawatte richtete und mir dabei der verführerische Duft ihres neuesten Parfüms in die Nase stieg. Oder sie erhob sich mitten aus einem Abendessen und wollte sofort an den Tiber. Vollmond sei, sie müsse mich küssen. Am meisten faszinierte mich allerdings von Anfang an und immer und immer wieder, wie sich Lisas Gefühle in ihrem Gesicht wiederspiegeln. Man sagt, die Augen seien ein Spiegel der Seele. Bei ihr ist es das ganze Gesicht, und ich liebe es, in diesem Gesicht zu lesen, welche Emotion sie im Moment beschäftigt.

Mercken hält inne. Er lächelt vor sich hin. Ich kenne das inzwischen. Halte es für eine gute Gelegenheit, eine Zigarette zu rauchen. Gehe vor die Tür, stecke mir eine an. Eine Gruppe junger Burschen und Mädchen zieht vorbei. Italiener, sie lachen und schreien und singen alle zur gleichen Zeit und wild durcheinander. Als sie mich entdecken, pfeifen und johlen und jubeln sie. Eine Geburtstagsfeier wahrscheinlich auf dem Weg zum Campo de´ Fiori und seinen Nachtlokalen.

Kaum habe ich mich wieder hingesetzt, meint Mercken, der mich erwartet hat, er schlage vor, dass wir zur Hauptspeise einen Barolo nehmen. Der Wirt habe ein paar ganz ausgezeichnete Flaschen im Keller.

Klar, sag‘ ich. Mir ist alles recht. Trinke gerne Wein.

Ein Kenner bin ich zwar nicht. Aber in jedem Fall übertrifft, was Mercken hier auftischen lässt, alles, was ich bisher in Rom getrunken habe.

Es begann, fährt er fort, als wir Lisas Mutter auf Giglio besuchten. Natürlich bekochte sie uns, und es wäre nicht Giglio gewesen, wenn es nicht Fisch gegeben hätte. Als Lisa und ich mit der Fähre nach Porto Santo Stefano zurückfuhren, hatte ich ein flaues Gefühl im Unterleib. Ich gab dem Schaukeln des Schiffes die Schuld, aber es wurde nicht besser, als wir an Land kamen. Auch am nächsten Tag hatte ich noch immer Schmerzen im Unterleib. Lisa drängte mich, einen Arzt zu konsultieren. Ich sträubte mich eine Weile lang erfolgreich. Die Schmerzen blieben mir treu, aber sie waren nicht schlimm, sie waren nur eine ständige Erinnerung daran, dass irgendetwas nicht in Ordnung sei. Ich war nicht wirklich beunruhigt und verdrängte, wie es wahrscheinlich für viele Männer typisch ist. Lisa hingegen nahm es bei weitem nicht so gelassen. Sie bestand darauf, dass ich einen Spezialisten aufsuche. Eine Weile lang wehrte ich mich erfolgreich dagegen, aber schließlich gab ich nach. Nun, die Diagnose war erschreckend. Krebs. Bösartig. In fortgeschrittenem Stadium. Eine Operation war unumgänglich. Sie können mir glauben, dass eine Welt zusammenbrach. Wieso ich? Wieso musste das ausgerechnet mir passieren? Unsere Ehe war doch perfekt: ich war aufmerksam, konnte zuhören, ich wusste, wie man eine Waschmaschine und den Trockner füllt und hätte es gemacht, wenn es nötig gewesen wäre, ich hätte sogar meine Hemden selber gebügelt. Ich konnte kochen, bereitete regelmässig morgens das schönste Frühstück zu, war ein guter Liebhaber und die starke Schulter zum Ausweinen. Ich war reich und sensibel, ich sah gut aus und hatte Manieren. Ich war, in einem Wort, der beste Ehemann. Wieso also ich? Wieso ich?

Ich will Sie nicht mit den Details der zahllosen demütigenden Untersuchungen und der Operation langweilen. Die radikale Prostatektomie ist inzwischen eine Routineangelegenheit, sie wurde ordentlich und problemlos erledigt. Lisa war erleichtert, dass die Operation gut verlaufen war. Aber war sie das wirklich? Kann man wirklich von einem guten Verlauf sprechen, wenn das Ergebnis in einer erektilen Dysfunktion besteht? Ich war impotent. Und das war nun wirklich nicht witzig. Können Sie sich vorstellen, wie erniedrigend, wie grauenhaft, wie ganz und gar unfassbar das war? Ich liebte Lisa über alles, und ich hatte den Sex mit ihr wahnsinnig genossen. Die Vorstellung, darauf nun verzichten zu müssen, war weit mehr als nur schrecklich, sie war ganz und gar unerträglich und total niederschmetternd.

Mercken schaut mir direkt in die Augen. Ich weiß, dass Sie meine Probleme nicht interessieren müssen, sagt er, sie sind geschmacklos, schändlich, ungeziemend und peinlich und haben im Licht der Öffentlichkeit nichts zu suchen. Aber ich bin zu alt, um mich für mein egoistisches Verhalten schämen zu können. Und ich habe keine Zeit mehr für Rücksichsnahmen. Ich muss zu Ende bringen, was ich begonnen habe. Ich muss die verbleibenden Momente nützen.

Bin tatsächlich hin und her gerissen. Will ich wissen, dass er impotent ist? Was habe ich davon? Was mache ich mit Wissen, das mir ungefragt aufgedrängt wird? Wissen, das sich wie Gift ins Hirn hineinfressen wird. Der impotente Mann ist doch immer auch ein wenig ein lächerlicher, unvollständiger, weibischer Mann, den man auf einer unbewussten Ebene nicht mehr ganz und gar ernst nehmen wird. Andererseits: endlich gesellt sich zum Liebesgesülze ein dramatisches Element. Was bislang nach Rosa und Himmelblau verlangte, erlaubt endlich dunkle und düsterere Farben.

Schon kommt der Wirt. Stellt zwei leere Teller vor uns. Zwischen uns eine Platte. Bringt den Wein. Zeigt Mercken die Flasche. Mercken nickt. Der Wirt entkorkt, während er Mercken irgendetwas erklärt. Gießt ein. Ich koste. Großartig. Ein Wein von der Art, wie ich ihn liebe. Voll, stark, erdig. Ein Männerwein. Nicke. Mercken übersetzt, dass der Wirt zwei römische Spezialitäten zu einem Gericht verbunden habe. *Pajata*, das üblicherweise mit Nudeln serviert werde, und *coda alla vacchinara*. Beide Speisen seien Gerichte, die in der Not entstanden sind. Die eine ist sehr mild, die andere sehr kräftig. *Coda alla vaccinara* ist Ochsenschwanz. Wird mit Sellerie und Tomaten geschmort. *Pajata* sind die noch mit Milch gefüllten Därme des Kalbes. Dieses Gericht kultiviert die Verwertung des fünften Viertels, der Schlachtabfälle, die früher Teil der Bezahlung für die Arbeiter in den Schlachthäusern waren. Die klassische römische Küche hat aus der Not eine Tugend gemacht, sagt Mercken, was für das, was ich Ihnen nun erzähle, das passende Symbol darstellt. Wenn Sie erlauben, möchte ich gerne fortfahren.

Frage ihn, ob er nicht wenigstens ein bisschen essen wolle. Am Abend, entgegnete er, esse ich wie ein Spatz. Aber lassen Sie sich bitte nicht abhalten, ich möchte, dass Sie für Ihre Geduld entschädigt werden.

Das Fleisch zergeht auf der Zunge. Mild und würzig. Dazu der kräftige Wein. Soll er reden, soviel er will. Ich bin zufrieden. Soll er seine Erektionsprobleme beweinen. Habe mit Essen und Trinken reichlich zu tun.

Mercken lässt nicht lange bitten. Es war natürlich

viel schlimmer als nur beschämend oder demütigend, fährt er fort, es war in Wirklichkeit eine Katastrophe, eine unvorstellbare Tragödie, ein Desaster von wirklich unfassbarer Dimension. Unsere Liebe war auch deshalb so stark und unverbrüchlich gewesen, weil sich unsere Körper hervorragend verstanden und weil das Männliche und Weibliche mit der natürlichsten Selbstverständlichkeit zu einander gefunden und zu einander gepasst hatten. Meine erste Ehe war in erotischer Hinsicht nun wirklich kein Feuerwerk gewesen. Sie und ich, wir entstammen sehr konservativen Familien. Sex galt als Notwendigkeit, um den Stammbaum zu sichern. Diese Pflicht wurde rasch und doppelt erfüllt. Aber Lisa … Lisa weckte mich auf. Sie zeigte mir, zu was ein Mann und eine Frau fähig sind und zu welchen Gipfeln der Lust sie sich emporschwingen können. Und das sollte nun nicht mehr sein? Nie mehr? Es war, neben allen anderen furchtbaren Gefühlen, auch das Gefühl, meine geliebte Frau im Stich zu lassen. Ich konnte ihr nicht mehr zeigen, wie stark meine Liebe und meine Zuneigung waren und wie sehr ich sie begehrte. Ich glaube, dass ich vor allem das kaum akzeptieren konnte: mein Begehren verfügte über kein Symbol, kein Zeichen und keine sichtbare Äusserung mehr.

Sie können mir glauben, dass ich verzweifelte, auch wenn Lisa ständig versicherte, dass ich ihr doch auch auf andere Art Lust verschaffen könne. Ich kann Ihnen nicht beschreiben, wie elend uns dennoch in dieser Zeit zumute war. Wir fühlten uns wie vom Himmel gestürzte Engel, wie Könige, die ihres Reiches verlustig gegangen sind. Wenn wir uns verzweifelt und wie Ertrinkende an einander klammerten, so war das Manko in unserer Liebe trotzdem immer präsent.

Es half nichts, dass ich Lisa mit teuren Geschenken

überschüttete. Im Gegenteil. Jedes Geschenk erinnerte nur an den Mangel, bis sie mich bat, damit aufzuhören.

Ich war von den Gedanken an meine Unzulänglichkeit vollständig besessen. Immer und immer und immer musste ich daran denken. Jeder Blick und jeder Klang lösten eine Assoziationskette aus, die geradewegs zu dem einen Gedanken hinführte und mit der einen Gewissheit endete: du bist ein Versager! Du bist ein Nichts!

Auch meine Träume waren von Bildern des Fiaskos erfüllt, und ständig quälten mich Albträume, aus denen ich schreiend erwachte.

Tagsüber war ich unglücklich, niedergeschlagen, bedrückt, verzweifelt und resigniert. Ich brach bei jeder Kleinigkeit in Tränen aus, konnte mich auch über positive Ereignisse nicht freuen noch konnte ich sie als solche wahrnehmen. Alles war leer, stumpf und wie abgetötet, und es schien, als ob mich eine seelische Mauer umgebe.

In einer späteren Phase hatte ich ständig eine verzehrende Wut in mir, die sich gegen alles richtete, was mich ausmachte: mein Alter, mein Aussehen, meinen Verstand, meine Bildung, mein Vermögen. Im günstigeren Fall hatte ich Wut auf alle anderen. Ich hasste Menschen, die lachten, die beschwingt durch die Strassen schritten, ich hasste Liebespaare, ich hasste meine Freunde, meine Nachbarn, die Künstler, die um uns herumschwirrten, ich hasste im Grunde den ganzen Rest der Welt. In meiner glühenden Wut war ich unverstanden und unglücklich, einsam und verdrossen. Ich wurde bitter und stumpfte gegen alles ab, was nicht mit meiner Unzulänglichkeit zusammenhing.

Lisa hielt sich tapfer, unglaublich tapfer. Sie war mir eine Freundin und Gefährtin, aber natürlich änderte das nichts an der Tatsache … Ich war isoliert und gab mich bedingungslos meinem Kummer hin. Wie oft stand ich weit oben in der Kuppel des Petersdoms und dachte darüber nach, ob nicht der Tod die einzige Erlösung aus meinem Elend sei? Ich starrte hinab auf den nachtschwarzen Petrusalter, der sich tief unter mir befand, und überlegte, ob ich mich dorthin stürzen solle in den Tod. Was hielt mich davon ab? Vielleicht, dass mir der Ort um einen Hauch zu theatralisch erschien? Wahrscheinlich auch, dass ich insgeheim wusste, dass dieser Selbstmord nicht nur eine Flucht vor dem Schmerz, sondern auch ein Racheakt an einem Gott wäre, der mein Elend zugelassen hatte.

Haben Sie es denn nicht mal mit Viagra oder sowas versucht?, werfe ich ein.

Mercken zuckt zurück, als ob ich ihn geschlagen hätte. Wieder dieser böse Blick. Er mag es wirklich nicht, wenn man ihn unterbricht. Schnell fasst er sich. Natürlich versuchte ich, abgesehen von Tigerzähnen und zerstoßenen Nashornhörnern, so ziemlich alles, was der Markt anzubieten hat. Ich wurde zu einem Experten auf dem Gebiet der Stimulationshilfen. Es half nichts. Mein Unterleib blieb tot. Ich bot Lisa an, sich von mir zu trennen. Ich sagte, sie sei zu jung, um den Rest des Lebens mit einem Krüppel verbringen zu müssen. Sie wollte davon nichts wissen. In guten und in schlechten Tagen, sagte sie, in guten und in schlechten.

Diese furchtbare Epoche dauerte vielleicht ein halbes Jahr, bis es mir gelang, sie zu überwinden. Wir versuchten, unser altes Leben aufzunehmen. Wir spielten Normalität. Lisa hatte ja während der ganzen Zeit in der Galerie weitergearbeitet. Nun besuchten wir wieder Theateraufführungen, Ausstellungen, Konzerte. Wir gingen auf Vernissagen, trafen Freunde und Bekannte, machten Ausflüge in die Umgebung von Rom. Uns unterschied nichts von anderen Paaren. Mit der Ausnahme vielleicht, dass wir jetzt distanzierter miteinander umgingen, uns selten umarmten, selten an den Händen hielten und uns kaum noch unserer Liebe versicherten.

Eine Weile lang ging das ganz gut. Dann begann Lisa sich unwohl zu fühlen. Sie klagte über Kopfschmerzen und Verspannungen im Nacken und im Rücken. Sie hatte Migräneanfälle. Mir war klar, dass es sich um Symptome handelt, die nur eines bedeuten konnten: ihr fehlte etwas, und natürlich wusste ich, was ihr fehlte. Es bedurfte keiner ärztlichen Diagnosen. Pulver und Pillen vermochten die Schmerzen für eine Weile zu mildern. An ihrem Grundzustand änderte sich nichts. Es lag ein Fluch auf uns. Wir befanden uns auf einem gefährlichen Weg und in einer Spirale, die nur abwärtsführte. Wir würden uns nur befreien können, wenn wir eine radikale Lösung versuchten.

Mercken nimmt die Serviette, die auf seinem Schoß liegt, und tupft sich die Lippen ab. Eine sinnlose Geste. Er hat kaum etwas gegessen. Ich hingegen … Bin inzwischen wohlig satt. Seltsames Gefühl, der Leidensgeschichte dieses Mannes zuzuhören und sich dabei großartig zu fühlen. Kann es nicht ändern. Habe schon lange nicht mehr so gut gegessen. Der Wein erledigt den Rest. Schaue Mercken an. Versuche, meinem Gesicht den Ausdruck des Mitgefühls zu verleihen. Scheitere kläglich. Wische mit einem Stück Brot den Teller sauber. Nur nichts übriglassen. Es wäre schade darum.

Teufelskreis?, frage ich. Radikale Lösung?

Mercken lächelt. Ja, sagt er. Radikal. Ich bat Lisa, sich einen Liebhaber zu nehmen. Sie wies den Vorschlag zurück. Sie könne das nicht, meinte sie, sie liebe mich und niemanden sonst. Abgesehen davon sei Sex ja nun wirklich nicht wichtig. Ich bedrängte sie nicht. Wir ließen das Thema versickern. Aber je länger Lisas Unausgeglichenheit, ihre nervösen Zustände und die Migräneattacken anhielten, umso mehr wusste ich, dass es keinen anderen Weg aus unserer Misere gab als zu akzeptieren, dass sie wenigstens ab und zu eines richtigen Mannes bedurfte.

Der Wirt fragt, ob wir eine Nachspeise wollen.

Bestelle Kaffee.

Nehmen Sie einen Grappa, drängt Mercken.

Lieber eine *Vecchia Romagna*.

Selbstverständlich, sagt der Wirt. Bleibt stehen. Plaudert mit Mercken. Verstehe wieder nichts. Schaue mich um. Das Restaurant ist leer. Wir sind die letzten Gäste. Es muss spät sein. Bin müde vom Zuhören und vom vielen Essen. Hoffentlich belebt mich der Kaffee, hoffentlich braucht Mercken auch mal eine Pause.

Gehe vor die Tür. Rauche eine Zigarette. Beinahe ist Mitternacht. Vereinzelte Flaneure auf der Via del Pellegrino. Vom Campo de' Fiori her laute Stimmen, splitterndes Glas, Gelächter. Könnte einfach gehen. Könnte Mercken sitzen lassen. Soll er sich mit dem Wirt unterhalten. Mir reicht es, habe genug. Nichts gegen tragische Liebesgeschichten. Aber das Gejammer eines alten Mannes? Obwohl: er klagt nicht, er jammert nicht, er erzählt so, wie er die ganze Zeit über erzählt hat: klar, präzise und stringent. Das, was er beschreibt, mag schmerzhaft gewesen sein, aber die Art, wie er das Unglück beschreibt, ist leicht, flüssig, fast vergnügt. Das ist ein Mann, denke ich, der seinen tiefen Schmerz mit Humor umkapselt hat. Stecke mir eine zweite Zigarette an. Inhaliere tief. Es nieselt noch immer. Aber es ist erstaunlich warm für Mitternacht im Januar. Kaffee und Cognac, denke ich. Solange geb' ich ihm noch.

Trete ein. Die beiden plaudern. Der Wirt gießt den Weinbrand aus der bauchigen Flasche in ein großes Glas. *Vecchia Romagna Riserva*, sagt er. Fünfzehn Jahre alt. Der Wirt lässt uns allein. Mercken trinkt Grappa.

So brachte ich das Thema eines Liebhabers für Lisa nach einer Weile dann halt doch wieder aufs Tapet, sagt er. Sie wehrte sich nicht mehr so entschieden. Mich dünkte, dass sie der Idee einiges abgewinnen konnte. Sie machte Scherze, meinte, er müsse das Gegenteil von mir sein: jung, sportlich, muskulös, ein Südländer selbstverständlich, temperamentvoll, vielleicht ein Künstler. Es war, als habe sich bei ihr eine Tür geöffnet, durch die Licht und der Duft des Frühlings hereinbrach. Wir überboten uns bezüglich der Fähigkeiten ihres Phantasieliebhabers. Am Ende lag sie in meinen Armen. Sie weinte. Tränen des Glücks!, sagte sie. Sie schmiegte sich eng an mich und flüsterte immer wieder, wie sehr sie mich liebe.

Ich ließ es dabei bewenden und griff das Thema während der nächsten Wochen nicht mehr auf. Aber ich hatte das Gefühl, dass die Idee eines Liebhabers sich wie ein langsam wirkendes Gift in ihr ausbreitete. Ich bemerkte, dass sie immer mal wieder mit anderen Männern flirtete. Ich war mir nicht sicher, ob sie es tat, weil sie daran Gefallen fand, oder ob sie mich testen wollte. Schließlich hätte ich eifersüchtig reagieren können. Erstaunlicherweise war ich es nicht, im Gegenteil, es machte mir Spass, zu sehen, wie lebhaft und lebendig Lisa nun wieder war und wie niedergeschlagen sie gewesen sein musste. Ihre Augen strahlten, ihre Haut leuchtete, ihre Bewegungen waren mädchenhaft. Sie sah, in einem Wort, fantastisch aus. Ihre Wirkung auf Männer war entsprechend.

Es dauerte dann allerdings noch etliche Monate, bis

sich das ereignete, was unserer Geschichte die entscheidende Wendung geben würde hin zu dem, wo wir uns heute befinden. Es passierte natürlich auf einer Vernissage eines Künstlers aus Mailand, sein Name tut hier nichts zur Sache, ganz abgesehen davon, dass er offensichtlich homosexuell war. In seiner Begleitung befand sich ein junger Mann, ein gewisser Angelo de Rota, der nicht nur blendend aussah, sondern auch wirklich sympathisch wirkte. Er mochte um die dreißig sein, hatte dunkles Haar, das ihm bis auf die Schultern fiel, und fast schwarze Augen. Er war groß, schlank, sehr elegant gekleidet, und er hatte eine Stimme, mit der er ohne Schwierigkeiten jeden Raum zu füllen vermochte. Lisa geriet augenblicklich in seinen Bann. Sie wirkte nun auf eine entzückende Art schüchtern. Sie spielte mit ihren Haaren, und wenn sie mit ihm redete, wurde ihre Stimme klein. Süss sah sie aus, und sie warf mir auch immer wieder Blicke zu, mit denen sie mich zu fragen schien, ob es mir gut gehe und ob ich nicht böse auf sie sei, wenn sie sich von diesem Mann beeindrucken lasse. Ich gab ihr zu verstehen, dass sie weitermachen dürfe. Ich gab ihr einen Freibrief dafür, mit diesem Mann eine Affäre zu beginnen.

Als wir spätnachts zusammen in unserem Bett lagen, wollte sie wissen, ob mich ihr Verhalten wirklich nicht gestört habe. Als ich ihr versicherte, dass es mich stolz mache, zu sehen, wie sie diesen beeindruckenden Mann um ihren Finger gewickelt habe, drängte sie sich an mich und küsste mich mit aller Leidenschaft, zu der sie fähig war. Es könne sie schon reizen, den Typen auszuprobieren, sagte sie, meinte allerdings auch, dass sie sich fürchte, unsere Beziehung damit einer Belastung auszusetzen, die diese vielleicht nicht überstehe.

Ich beruhigte Lisa. Schlimmer könne es weder für sie

noch für mich nicht werden. Sie solle es doch einfach wagen. Wir könnten nachher entscheiden, ob es sich um einen guten Weg handle. Lisa meinte schließlich, es sei vielleicht wirklich das Beste, ins kalte Wasser zu springen. Sie gab zu, dass sie endlich wieder einmal eine harte Männlichkeit in sich spüren wolle. Sie habe Angst, sagte sie, verrückt zu werden, wenn sich diese ganz spezielle Leere in ihrem Innersten nicht ab und zu fülle.

Wir kamen überein, dass sie mit Angelo eine Liebesnacht verbringen dürfe. Ich dachte, Angelo sei auch deshalb ein idealer Kandidat, weil er nicht in Rom, sondern in Turin lebte. Sie meinte, dass es ihr genüge, ihn alle paar Monate zu sehen. Mehr brauche und mehr wolle sie nicht. Schon am nächsten Tag rief sie ihn an. Sie beschlossen, sich am folgenden Samstag an der Bar des Hotels zu treffen, in dem er abzusteigen pflegte. Was dann geschah, sagt Mercken, erzähle ich Ihnen morgen. Für heute ist genug. Sie sind satt und zufrieden. Ich bin erschöpft. Das Gedächtnis liebt das Chaos, geordnete Erinnerungen strengen an. Darf ich vorschlagen, dass wir uns morgen zur gewohnten Zeit am üblichen Ort treffen? Meine Frau ist übrigens ein paar Tage zu ihrer Mutter gefahren. Sie wird am Wochenende wieder in Rom sein, damit sie Sie endlich kennen lernt. Und jetzt darf ich Sie bitten, mich zu verlassen. Ich möchte gerne ein paar Minuten allein hier sitzen, und danach muss ich mich kurz mit dem Wirt besprechen.

Bedanke mich für das großartige Essen. Trete auf die Gasse hinaus. Zünde eine Zigarette an, gehe zum Campo de' Fiori. Bin plötzlich missmutig, übel gelaunt, beinahe zornig. Fühle mich verarscht. Mercken redet und redet und redet und hält mich doch nur hin. Von wegen Auftrag. Sind alle gleich, die reichen Säcke. Ob sie nun Mercken, Nowatsky oder Müller-Fottinghaus heißen. Glauben, meine Zeit sei nichts wert. Also blah, blah, blah und noch mehr blah, blah, blah. Am Ende tschüss, das mit dem Auftrag, daraus wird leider nichts.

Schwanke ein wenig. Weißwein, Barolo, Vecchia Romagna. Menschentrauben vor dem Drunken Ship und vor Sloppy Sams. Italienisch-amerikanische Verschwisterungen zum Teil sehr junger Leute. Man lacht. Lärmt. Überschreit sich gegenseitig. Glasscherben überall. Sollte auch eine Flasche zertrümmern. Einfach so. Um den Zorn los zu werden. Das ist mein! Leben. Was erlaubt sich Mercken, in mein! Leben einzudringen.

Zu Füssen von Giordano Bruno schmust ein Paar. Bruno schaut grimmig auf die beiden herab. Mit größerer Furcht verkündet Ihr vielleicht das Urteil gegen mich, als ich es entgegennehme! Was für ein Mönch, was für ein seltsam widerborstiger Kerl. Setze mich in die Nähe des Paares auf den Sockel. Nur einfach, um sie zu stören. Starre die beiden an. Bald stehen sie auf und gehen weg. Ein seltsames Gefühl des Triumphes überwältigt mich.

Stehe auch auf und gehe heimwärts. Trinke in der Bar del Fico einen letzten Absacker. Menschenmassen auch hier, im Lokal und draussen auf dem Platz. Alle reden, schreien, lärmen, lachen. Nur ich werd‘ immer zorniger. Das ist mein Leben! Meins! Mercken, Nowatsky, Müller-Fottinghaus: sind alle gleich. Führen dich am Nasenring. Versprechen. Versprechen. Versprechen. Zehn Porträts von den zehn Vorstandsmitgliedern der Fottinghauser Privatbank. Ein Auftragsvolumen von rund dreihunderttausend Euro. Alles schon besprochen. Grösse der einzelnen Tableaus. Hintergrund. Lichteinfall. Aber dann … Leider, leider! Zu unserem Bedauern müssen wir Ihnen mitteilen … Weil Hipfl halt doch renommierter … Blödsinn! Unfug! Lüge!

Das einzige, was Hipfl auszeichnet, ist seine Fähigkeit, sich einzuschleimen. Mit den wichtigen Galeristen, Kunstkritikern und Ausstellungsmachern poussieren. Glänzende Oberflächenschmierereien produzieren. Das ist Hipfl. Kunst ist das nicht. Hipfl macht Kunsthandwerk für Reiche. Man sammelt Hipfl wie Yachten, Autos, teuren Schmuck. Sein Gepinsel kaufen Leute, die sich von ihren Ehe- und Midlifekrisen ablenken wollen. Er bedient den Eskapismus jener, die mit ihren Spekulationen den Untergang der Welt beschleunigen. Meine Gemälde hingegen … setzen sich mit prinzipiellen Fragen der Malerei auseinander … haben Tiefe, Geist und Virtuosität … Kunst ist künstlich und keineswegs natürlich: Schaffen heißt nicht die Natur nachahmen, sondern ihr gleichkommen und sie sogar mittels jener Erfindung übertreffen, deren unter allen Lebenden nur der Mensch und nur der Künstler fähig ist. Der modere Künstler drückt eine innere Welt aus, er drückt Energie aus, Bewegung, Kraft, Potenz.

Natürlich entkommt mir Mercken, ohne dass ich irgendetwas Handfestes in der Hand habe. Weil ich einfach zu blöd bin. Als Künstler wird man immer mal wieder von potentiellen Käufern zum Essen eingeladen. Das potentielle Käufertum erschöpft sich nur leider oft genug in einer endlosen langen und endlos langweiligen Lebensgeschichte, die man sich während des Essens anhören darf und die meistens darin gipfelt, dass der Erzähler gesteht, er wäre beinahe auch Künstler geworden, an Talent habe es nicht gemangelt. Aber was kann man tun? Hätte ich eine Szene machen müssen? Was ist jetzt mit diesem Auftrag!, schreien, wo ist der Vorschuss? wo, verdammt, ist der verfluchte, verschissene Vertrag??? Rumbrüllen, ein wenig toben, so, wie man es von einem richtigen Künstler erwartet, weil sie ja alle verrückt sind, die richtigen Künstler, und ohne Rumbrüllen und Toben gar nicht denkbar. Dabei sind wir doch bloß Lakaien. Den Launen potentieller Käufer hilflos ausgeliefert. Nur die Hipfls dieser Welt, die können sich alles erlauben. Wir anderen müssen rennen ums Brot und uns auch noch verarschen lassen.

Es dauert, bis die bösen Gedanken von der Erinnerung an das sensationelle Essen vertrieben werden und ich mich endlich beruhige. Tatsächlich habe ich ein so unglaublich köstliches und befriedigendes Essen wie heute Abend nicht oft erlebt. Gehe einigermassen versöhnt nach Hause. Schlafe bald ein.

Bleibe bis am Nachmittag im Bett. Soll doch Mercken seinen Cognac alleine trinken. Spaziere später die Via del Corso entlang. Wieder diese Menschenmassen. Offenbar ist ganz Rom auf den Beinen. Verübeln kann man's den Leuten nicht. Wetter zum Verlieben. Blauer Himmel, eine strahlende Sonne, die den Abend und ihren Untergang schon erahnen lässt. Man schlendert, schlendert auf und ab und betrachtet Auslagen der Warenhäuser und Boutiquen. Stilgefühl und Eleganz scheinen den Leuten im Blut zu liegen. Ohne herausgeputzt zu sein, machen Männer und Frauen eine gute Figur. Natürliche, schlichte Schönheit. Selbstbewusstsein und Lebensfreude. Schaue gerne. Die Leute sind ein Augenfest.

Auch in Santa Maria del Popolo drängten sich Massen. Vor allem vor der Chigi-Kapelle natürlich, einer Arbeit von Raffael und Bernini. Und vor den beiden Gemälden Caravaggios. Die ‚Kreuzigung des Heiligen Petrus' packt mich, bin völlig überrascht, kenne das Bild natürlich, aber ich habe es nie im Original gesehen. Und hier hängt es. Einfach so. In einer recht unbedeutenden Kirche. Diese ruhige, in sich gekehrte Dramatik. Dieses brillante Spiel mit Licht und Schwärze.

Über vierhundert Jahre alt ist das Bild inzwischen und wirkt doch, als komme es frisch und feucht aus dem Atelier des Künstlers. Verneige mich vor dieser Könnerschaft. In einer der Seitenkapellen hängen gleich drei Madonnen mit Kind. Daneben eine Pieta. Die Gesichter wie in fast allen Kirchen Roms auch hier gleichförmig und nichtssagend. Ein charakterloses Durchschnittsgesicht. Verstehe nicht, was man daran anbetungswürdig finden kann.

Kehre heim. Betrete kaum die Wohnung, hör‘ ich schon Klaviergeklimper. Die Wand zwischen uns scheint papierdünn zu sein. Das Geklimper bricht nach einer Weile ab. Ein Männerchor setzt ein. Gaudeamus igitur zuerst, dann, wie üblich, Guter Mond, du gehst so stille. Gehe in den Flur, läute an der Tür der Nachbarwohnung. Ein junger Mann öffnet.

Ja, bitte?

Wie lange wollt ihr noch singen?

Oh, Entschuldigung, stören wir Sie? Sehr höflich, der Bursche, sehr wohlerzogen. Sehr blass, ein Milchgesicht.

Nein, nein, ihr stört nicht. Ich möchte nur wissen … Wer seid ihr?

Die Katholische Akademische Verbindung Capitolina.

Aha. Seid ihr Deutsche?

Ja.

Aha.

Ja. Die Capitolina bietet deutschen und österreichischen katholischen Couleurstudenten eine Anlaufstelle während ihres Studienaufenthalts in der Ewigen Stadt. Unser prominentestes Mitglied ist Papst Benedikt XVI. Als Kardinal Ratzinger unterschrieb er die Gründungsurkunde. Er ist unser allererster Alter Herr.

Das ist ja wirklich hochinteressant. Ich nehme allerdings nicht an, dass er mitsingt?

Ein feines Lächeln umspielt die blassen Lippen des Burschen. Nein, sagt er, aber wir beten jeden Tag für den Heiligen Vater.

Na, dann singt mal schön weiter, sage ich und kehre in meine Wohnung zurück.

Wir stören Sie auch wirklich nicht?, ruft er mir nach.

Nein, nein, im Gegenteil. Singen Sie! Singen Sie!

Gaudeamus igitur. Guter Mond, du gehst so stille. Mehr als diese zwei Lieder scheinen sie nicht zu können. Bis nach Mitternacht geht das so weiter: eine Strophe, eine Viertelstunde Geplauder, wieder eine Strophe.

Die Wirkung des guten Essens hat sich längst verflüchtigt. Bin wieder recht sauer. Vor allem auf mich. Irgendwie hat mich der Kerl an den Eiern. Wenn ich zurückdenke, wie oft man das mit mir gemacht hat. Aber da war es anders. Natürlich die Lebensgeschichte, aber man hat auch über Kunst geredet, über Technik, Material, Preise, man hat den Kunstmarkt diskutiert, hat Anekdoten einfließen lassen, die Stellung und Bedeutung Dieser und Jenes im Kunstmarkt erhellen, man hat ergriffene und verpasste Chancen diskutiert und wenigstens so getan, als stehe das Kunstwerk und der Künstler im Mittelpunkt, und wenn diese Unterhaltungen einseitig waren und ich vor allem als Stichwortlieferant diente: Kunst ist Harmonie. Harmonie ist Einheit von Kontrasten und von Ähnlichem. Im Ton, in der Farbe, in der Linie. Ton, das heißt Hell und Dunkel. Farbe, das heißt Rot und seine Komplementärfarbe Grün, Orange und Blau, Gelb und Violett. Linie, das ist die Richtung im Verhältnis zur Waagrechten –, dann spielte ich mit, weil ich wusste, dass es ein Spiel ist, ein Spiel, in dem es Gewinner und Verlierer gibt, wobei man selbstverständlich immer hofft, auch mal zu den Gewinnern zu gehören.

Ich habe mich nur selten getäuscht. Einmal allerdings besonders heftig. Peter VanClef. Blasser, junger Kerl, frisch aus New York zugezogen, wo sein Vater eine bedeutende Galerie leitete. Macht in Wien seine Galerie auf, die sofort zum Hippsten gehört, was die Stadt kennt. Kann sich fast nicht einkriegen, wie er zu mir ins Atelier kommt. Was für eine Begeisterung! Will mich exklusiv unter Vertrag nehmen, will die nächste Einzelausstellung mit mir ausrichten, wird mich seinem Vater vorstellen und Sammlern in aller Herren Länder. Bis er merkt, dass ich mit ihm nicht ins Bett steigen werde. Verkündet darauf lauthals in der ganzen Kunstszene, dass mein Werk ebenso banal wie epigonal sei. Das tat weh. Das tat wirklich weh. Aber man lernt. Man wird misstrauisch. Man entwickelt ein Gefühl. Fottinghaus zum Beispiel. Hatte während der ganzen Verhandlungen ein seltsames Gefühl. Hatte das Gefühl, dass es ihm nicht wirklich ernst ist bei der Sache. Deshalb war ich auch so wütend. Weil ich nicht auf mich gehört hatte. War hauptsächlich wütend auf mich selbst.

Passiert wieder das Gleiche, diesmal mit Mercken? Kann ich ihm trauen, meint er es ernst? Wann werde ich seine Frau kennen lernen?

Ziehe das Kissen über den Kopf. Schlafe endlich ein.

Meide auch am nächsten Tag das Caffè della Pace. Vor allem muss ich verhindern, dass er zu viel Macht über mich gewinnt. Muss meine Neugierde zügeln, muss ihn ungeduldig machen. Langer Spaziergang entlang der Via Appia Antica. Paare, Familien und Gruppen überall. Es nervt. Bin ich als Einziger allein unterwegs? Nach der vierten römischen Meile wird die Via Appia Antica ruhiger und ländlicher. An den Seiten große und kleine Grabmäler, einigermassen zerstörtes Originalpflaster bildet den Weg, das Vorankommen ist umständlich, muss aufpassen, nicht in Löcher zu treten.

Stumme Porträts von Leuten, die vor zweitausend Jahren bestattet wurden. Überwucherte Steinhaufen, Totenhäuser mit Grabnischen und so weiter. Mache ein paar Skizzen. Reiße die Blätter aus dem Heft. Zerknülle, werfe sie weg. Ein verlorener Tag? Irgendwer hat mal gesagt, der verlorenste aller Tage sei der, an dem man nicht gelacht hat. Setze mich auf einen Grabstein. Verziehe das Gesicht, hechle. Lächle, befehle ich mir. Lächle, und du wirst immer der Stärkere sein.

Fahre mit verschiedenen Bussen zurück in die Innenstadt. Verschlinge bei Baffetto eine Pizza. Gehe früh schlafen.

Der nächste Tag. Genug gewartet. Sitze in meinem Kaffeehaus. Bestelle einen Cognac. Während er mir serviert wird, muss ich lachen. Mercken trinkt Cognac. Ich nicht. Normalerweise jedenfalls. Trinke tagsüber prinzipiell keinen Alkohol. Macht mich nur müde. Lasse ihn stehen. Cappuccino stattdessen. Mercken tritt ein. Setzt sich ohne zu fragen an meinen Tisch. Sie müssen entschuldigen, sagt er, dass ich mich seit unserem Abendessen nicht mehr bei Ihnen gemeldet habe. Die Mutter meiner Frau war unpässlich, ich habe den ganzen Tag am Telefon verbracht. Ich hoffe, Sie haben nicht zu lange vergeblich auf mich gewartet? Oh, Sie haben einen Cognac bestellt? Für mich? Das ist ausserordentlich aufmerksam von Ihnen, ich hatte das Gefühl, dass Sie mir ein wenig böse waren unlängst. Ja, ich weiß, ich weiß, ich habe die Angewohnheit, zu viel und viel zu lange zu reden.

Bin sprachlos. Entwaffnet. Nicke nur. Schaue, wie er am Cognac nippt. Die Arroganz dieses Kerls. Oder ist es Unsicherheit und Angst, die ihn anmassend und hochmütig erscheinen lassen? Bin mir nicht sicher. Er wirkt so gelöst heute. Gut, sagt er. Reibt sich die Hände.

Legt die Brille ab. Seine Augen funkeln. Ich habe Ihnen von Angelo erzählt und davon, dass wir beschlossen, Lisa solle ihn an einem Samstag an der Bar seines Hotels treffen. Lisa meinte zwar, es sei schon sehr seltsam, mit meinem Wissen ein Fickdate mit einem anderen Mann auszumachen. Fickdate! Das war ihr Wort. Sie machte einen aufgekratzten Eindruck, sie wirkte beinahe ... hysterisch. Den Samstagnachmittag verbrachte sie damit, sich für das Treffen bereit zu machen. Sie erlaubte mir, zuzuschauen, und natürlich war ich hingerissen, wie sie ihre natürliche Schönheit mit ein paar Kunstgriffen in etwas beinahe übernatürlich Begehrenswertes zu verwandeln verstand. Am Ende trug sie eine schwarze Bluse, einen schmalen schwarzen Rock und schwarze hochhakige Schuhe. Sie wirkte unnahbar, aber ich wusste natürlich, dass in dieser Frau ein Vulkan brodelte. Sie schmiegte sich eng an mich und küsste mich heftig, bevor sie das Haus verließ. Es war einundzwanzig Uhr.

Die nächsten Stunden waren für mich ... ich weiß nicht, ob ich beschreiben kann, wie es sich anfühlte. Jedenfalls war ich mitten hindurch zerrissen. Auf der einen Seite freute ich mich für Lisa und hoffte ehrlich und überzeugt, dass sie eine wunderbare Nacht verbringen möge. Auf der anderen Seite war ich beinahe rasend vor Eifersucht. Ich war besessen vom Gedanken, aufzuspringen, ins Hotel zu rennen und sie aus den Armen des anderen Mannes zu reißen. Eifersucht, dieses grüngeäugte Scheusal, das in brennender Eile alles macht, was unerträglich ist. Ich hatte dieses grässliche Gefühl so bisher noch nie erlebt. Es traf mich wie eine Eisenfaust. Es zertrümmerte meinen Magen, meine Eingeweide, mein Herz. Ich versuchte, mich abzulenken. Ich schaute fern, ich las, ich trank, zwischendurch telefonierte ich mit einem Bekannten, brach das Gespräch aber bald wieder ab, da ich mich nicht konzentrieren konnte und nicht im Stande war, seine Worte aufzunehmen. Die Minuten krochen lähmend dahin, immer wieder starrte ich auf die Uhr, wie um die Zeiger zu zwingen, endlich voran zu machen. Es half nichts, absolut nichts, und natürlich verlangsamte sich die Zeit, je mehr ich sie anzutreiben versuchte. Kam mir bald vor wie ein besorgter Vater, dessen Tochter nicht zur vorgesehenen Zeit nach Hause kommt, bald ging ich wie ein Raubtier in seinem Käfig auf und ab, bald krümmte ich mich und wimmerte und schwor, dass ich das nicht noch einmal zulassen würde. Jedenfalls war ich von Sinnen, als ich Lisa um halb eins die Treppe hinaufkommen hörte. Ich stürzte zur Tür, riss sie auf und wollte Lisa in meine Arme schließen, als ich sah, dass sie übel zugerichtet war. Die Bluse zerrissen, die Strümpfe ebenso, ihre Oberlippe aufgeplatzt und über dem linken Auge eine böse, dunkel anlaufende Schwellung.

Was ist passiert, schrie ich.

Sie warf sich in meine Arme, schluchzte und weinte und klagte und brabbelte, ohne dass ich ein Wort verstanden hätte. Sie schien sich überhaupt nicht mehr beruhigen zu können. Schnell zog ich sie in die Wohnung. Ich führte sie ins Bad und legte ihr einen kühlenden Waschlappen auf die Schwellung über ihrem Auge. Dann reinigte ich ihr Gesicht, half ihr aus den Kleidern und trug sie vorsichtig zum Bett. Ich deckte sie zu, legte mich neben sie und hielt sie so lange in den Armen, bis sie sich endlich beruhigt hatte und fähig war, zu erzählen. Der Abend hatte wie erwartet begonnen, Angelo hatte sie in der Bar erwartet. Sie hatten ein paar Cocktails getrunken und danach im Restaurant des Hotels ein leichtes Abendessen zu sich genommen.

Dann waren sie auf sein Zimmer gegangen. Er nahm mich in die Arme und wollte mich küssen, sagte Lisa, aber ich merkte in diesem Augenblick, dass ich nicht kann. Mir wurde eiskalt. Ich zitterte am ganzen Körper und ich sagte ihm, dass es mir leidtue, ich könne meinen Mann nicht betrügen, auch wenn es nicht wirklich ein Betrug sei.

Angelo ließ sie nicht los. Er redete auf sie ein, versuchte immer wieder, sie zu küssen. Sie bat, sie flehte, sie beschwor ihn, sie gehen zu lassen. Er lachte sie aus. Alle haben gesehen, dass du freiwillig aufs Zimmer gekommen bist, höhnte er. Er wurde wütend und beschimpfte sie. Er zerriss ihre Kleider und versuchte, sie zu vergewaltigen. Zum Glück war sie stark genug, um das Schlimmste zu verhindern. Da schlug er sie, mitten ins Gesicht, mehrmals. Ich habe um mein Leben gefürchtet, flüsterte Lisa, ich dachte, er bringt mich um.

Ich sagte, sie müsse ihn anzeigen, aber Lisa wollte davon nichts wissen. Sie könne sich nach diesem furchtbaren Erlebnis gerne eine weitere Demütigung durch die Behörden ersparen. Sie wolle nur so schnell wie möglich vergessen.

Ich war keineswegs einverstanden, dieses Arschloch durfte nicht ungestraft davonkommen, aber natürlich musste ich Lisas Willen akzeptieren.

Natürlich war ich auf mich selbst mindestens ebenso wütend wie auf den Typen. Ich fühlte mich mitschuldig. Hätte ich meinen Mann stehen können, wäre ihr die Katastrophe erspart geblieben. Mein Versagen zwang Lisa, sich auf ein furchtbar missglücktes Abenteuer einzulassen.

Gleichzeitig kochte, wie es in der Zauberflöte heißt, der Hölle Rache in meinem Herzen. Ich wollte, ich durfte, ich konnte den Kerl nicht ungeschoren davonkommen lassen. Leider reichte mein Einfluss nicht in seine Kreise hinein. Wie schön wäre es gewesen, wenn ich ihn beruflich hätte vernichten können. Aber es heißt auch, Rache sei ein Gericht, das man am besten kalt serviert. So schwor ich mir denn, dass der Kerl seine Rechnung noch präsentiert erhalten werde.

Wir brauchten Wochen und Monate, um wieder froh zu werden. Die Schatten waren schwarz, und sie reichten weit. Wir versuchten zwar, zu leben, wie wir es gewohnt waren. Es gelang nur halbwegs, und ich ertappte Lisa oft dabei, wie sie dasass und mit vollkommen leerem Blick vor sich hinstarrte.

In meiner Not wandte ich mich an Giovanni. Er war der einzige Mensch, dem ich unsere Qual anvertrauen konnte.

Was deine Impotenz betrifft, sagte Giovanni, kann ich dich vielleicht mit dem Hinweis trösten, dass du damit nun wirklich nicht allein bist. Ihm gehe es auch nicht viel anders. Wissenschaftliche Untersuchungen hätten ergeben, dass über fünfzig Prozent aller Männer über vierzig mehr oder weniger große Probleme mit ihrer Potenz hätten. Bei manchen helfen Hilfsmittel, bei anderen nicht. Schämen, meinte Giovanni, brauchst du dich nicht. Lass dir Zeit. Und glaub bloß nicht, ich zum Beispiel sei noch der große Stecher wie anno dazumal. Das Problem, schloss er, ist nicht die Impotenz, sondern die ständige Beschäftigung damit. Er schlug vor, wir sollten uns auf eine Reise begeben, eine lange Reise, eine Weltreise am besten. Es sei wichtig, dass Lisa die Umgebung, in der ihr so Schreckliches angetan wurde, für eine Weile nicht mehr sehen müsse.

Bestimmt hatte Giovanni mit seinen Bemerkungen bezüglich der Impotenz Recht, aber es half nichts. Ich verzehrte mich Tag und Nacht nach Lisa und hatte umso mehr Lust auf sie, je länger ich sie nicht besitzen konnte. Diese Lust, die Ohnmacht und der Zorn ergeben eine wilde Mischung, ein Gemenge, das leicht explodieren kann. Rohe Fantasien durchtobten mich. Ich ahnte, dass sie mörderisch sein können. Ich unternahm alles, um diese wilden Gefühle zu kontrollieren. Das führte dazu, dass wir kaum noch miteinander redeten. Aber das Ungesagte erschöpfte ebenso sehr wie die endlosen Gespräche zuvor.

Giovannis Vorschlag, eine Reise anzutreten, schien mir hingegen eine gute Möglichkeit, dem Wahnsinn zu entkommen.

Lisa war sofort einverstanden. Wir flogen nach Hamburg, Berlin, Paris und London, aber wo immer wir hinkamen, schien uns ein Fluch zu erwarten. Das Wetter war scheusslich, es regnete die ganze Zeit, und es schien, als ob uns alle Leute nur missmutig, mürrisch, gereizt und brüsk begegnen wollten. Es war niederschmetternd und ganz und gar deprimierend.

Wir beschlossen weiter zu fliegen, südwärts, nach Madrid zuerst und schließlich nach Marrakesch, wo man nicht ständig fröstelt, und wo die Sonne scheint und der Himmel blau ist und bunt die Menschen sind.

So lernten wir, nicht immer nur unglücklich zu sein. Wir lernten wieder lachen, wir lernten Fröhlichkeit. Marrakesch zeigte sich von seiner besten Seite. Auf den Gipfeln des Atlas lag noch Schnee, aber die Temperaturen stiegen tagsüber auf über dreißig Grad.

Ohne Zweifel half, dass man nicht mehr ständig nur an Sex erinnert wurde. Die Stadt war nicht mit anzüglicher Werbung vollgepflastert, und die Leute kleideten sich so, dass sie ihre Körper nicht anpriesen, sondern verhüllten. Zu essen gebt ihm, zu wohnen, steht irgendwo bei Schiller, habt ihr die Blösse bedeckt, gibt sich die Würde von selbst. Ich glaube, Schiller hatte Recht, und es heißt vielleicht auch zu Recht, dass die Scham überall dort existiert, wo es ein Mysterium gibt. Nun, Mysterien gibt es in Marrakesch genug. Marrakesch al-Hamra, die Rote, die Rose vor den Mauern des Hohen Atlas, das Tor, die Perle des Südens, das Paris der Sahara, die Geheimnisvolle und Geheimnisumwitterte mit den Märchenerzählern und Schlangenbeschwörern und mit seinen überdeckten Souks und den Teppichhändlern, den Händlern für Textilien, Keramik, Glaslaternen, Gewürze und und und. Stimmengewirr, Motorengeknatter und Hufschläge. Die Düfte, der Farbenrausch. Sie sehen, ich gerate ins Schwärmen. Jedenfalls lebten Lisa und ich wieder auf. Die Verbitterung ließ nach und geriet allmählich in Vergessenheit.

Als wir eines Abends in einem netten Restaurant sassen, nahm Lisa meine Hand. Weißt du, sagte sie, ich hätte schon Lust gehabt, mit Angelo zu vögeln. Ich konnte es aber nicht ertragen, diesen intimen Moment ohne dich zu erleben. Wärst du dabei gewesen und hättest meine Hand gehalten, ich hätte mich dem Arschloch ohne Zögern hingegeben. In ihren Träumen stelle sie sich oft vor, wie es gewesen wäre, wenn sie mich dabeigehabt hätte. Ich liebe dich so sehr, sagte sie, dass ich das ohne dich nicht machen kann.

Kannst du das verstehen?, fragte sie. Tränen rannen ihr über die Wangen. Ich nickte. Ich meinte, auch ich hätte mich das gefragt. Was wäre gewesen, wenn … Haben wir eine Chance vertan?

Wir schauten uns eine Weile verblüfft an. Dann prusteten wir los wie Kinder. Wir ahnten, dass wir in diesem Moment eine Tür durchschritten. Wir stießen auf ein Ende und einen Beginn an. Dann gingen wir tanzen. Marrakesch wimmelt von Nachtclubs und Diskotheken. Wir waren in vielen in jener Nacht. Wir flüsterten uns unsere Fantasien ins Ohr, aber wir beschlossen auch, nichts zu überstürzen, sondern uns für den Moment und für die nahe Zukunft mit der Gewissheit zufrieden zu geben, dass vieles möglich ist, aber nichts sein muss.

Wir blieben noch eine Weile in Marokko und flogen dann nach Lissabon, wieder Madrid und schließlich Barcelona, wo uns ein Bekannter seine Wohnung an der Plaza del Rey überließ.

Barcelona tat uns gut. Ich weiß nicht, ob Sie das Gefühl kennen, aber irgendwie ist es erstaunlich, wie schnell man auch in einer fremden Stadt in eine Normalität hineinfindet und in einen Alltag, der sich kaum vom Alltag zu Hause unterscheidet.

Wir überlegten sogar, ob Lisa vielleicht ihren eigenen Kunstraum eröffnen wolle. Dabei lernten wir ein Paar kennen, Sabine Nef und Franz Huber, das seine Ferien in Barcelona verbrachte und mit dem wir uns in kürzester Zeit befreundeten. Er war ein Herr im besten Alter mit graumeliertem Haar, sie eine überaus lebhafte Person, die gerne und ununterbrochen viel Kluges und ebenso viel Banales redete. Es stellte sich heraus, dass die beiden in Wien lebten und in der Innenstadt ein Haus besassen, dessen obere Stockwerke sie als Hotel führten, während im Parterre mehrere Galerien angesiedelt waren. Eine stand zur Vermietung frei. Die beiden, die übrigens nicht verheiratet waren, sondern eine freundschaftliche Geschäftsbeziehung pflegten, luden uns ein, sie in Wien zu besuchen und zu schauen, ob Lisa ihren Kunstraum statt in Barcelona in Wien eröffnen wolle.

Oh mein Gott!, werfe ich ein. Sagen Sie, dass Sie das nicht getan haben?

Sie mögen Wien nicht?

Ich hasse Wien.

Mercken schaut mich mit sonderbaren Blicken an. Wird Wien nicht ständig zur lebenswertesten Stadt der Welt gewählt?, fragt er.

Muss lachen. Wien, sag' ich, ist ein Hexenkessel, eine Schlangengrube, ein Gebilde, das fortwährend zum Scheitern, das ununterbrochen zur Infamie und zu Geistesschwäche verurteilt und im Grunde das kunst- und geistfeindlichste ist, das man sich denken kann, ein stumpfsinniges Provinznest mit dummen Menschen und kalten Mauern, in welchen mit der Zeit alles zum Stumpfsinn gemacht wird, ausnahmslos.

Mercken schmunzelt.

Ich zitiere bloß, sag' ich. Thomas Bernhard. Unser Nationaldichter. Finden Sie mir irgendjemanden in Wien, der nicht sagt, dass Bernhard der grösste, beste, überragendste ist.

Nun, sagt Mercken, Wien kann doch ganz nett sein?

Also kennen Sie Wien gut?

Sie wirken erzürnt, sagt Mercken. Möchten Sie vielleicht ... es tut mir leid, ich habe geredet und geredet und mich nie nach Ihrem Befinden erkundigt.

Macht nichts. Bin's gewohnt. Machen Sie ruhig weiter. Sie glauben wahrscheinlich, ich hätte nichts zu tun. Ich ... Sie halten mich hin, und am Ende habe ich mir schon wieder eine schöne Lebensgeschichte anhören können und das war's dann oder so? Ich verstehe ja, dass Sie Probleme haben, nur sind meine Probleme leider anderer Natur, ich ... Ich hätte jetzt dann doch gerne einmal etwas Konkretes. Wie soll ich Ihre Frau malen, wenn ich sie immer noch nicht gesehen haben.

Verzeihen Sie, unterbricht Mercken, Sie haben Recht, wie unbedacht von mir, ich hätte natürlich sofort .... Hier! Er greift in seine Manteltasche, zieht etwas heraus und schiebt mir ein dickes, braunes Couvert zu.

Was ist das?

Darin ist ein Vorschuss auf das Porträt, das Sie malen werden. Ich nehme an, Sie werden sehr zufrieden sein. Ich vertraue Ihnen übrigens voll und ganz. Im Weiteren werden Sie im Couvert ein Notizbuch finden. Es handelt sich um eine Art Tagebuch, das ich in Wien geschrieben habe. Naja, Tagebuch ist vielleicht ein wenig übertrieben, es sind eher ziemlich unvollständige chronologische Notizen. Ich bitte Sie, das zu lesen. Es ist mir wichtig, dass Sie es lesen. Wenn wir uns das nächste Mal treffen, werde ich Sie endlich meiner Frau vorstellen. Sie ist schon sehr neugierig auf Sie. Sehe ich Sie am Freitag? Zur gleichen Zeit am gleichen Ort? Mercken lächelt. Steht auf, sagt Auf Wiedersehen und verlässt, ohne sich noch einmal umzublicken, das Lokal.

Sitze da. Grinse wie ein Idiot. Damit habe ich nicht gerechnet. Mit dieser Wendung hat mich Mercken nun wirklich verblüfft. Öffne das Couvert. Schüttle den Inhalt auf den Tisch. Ein zweites Couvert, länglich, weiß. Ein schwarzes Notizbuch, Format A5. Blättere darin. Schwarze Tinte. Klare, gut lesbare Schrift. Öffne das zweite Couvert. Ein dickes Bündel Banknoten. Stecke das Geld schnell zurück. Will nicht, dass es jemand sieht. Bin dann aber doch zu neugierig. Lege das Couvert auf meinen Schoß und zähle verstohlen das Geld. Zweitausend Euro. Wow! Damit habe ich auch nicht gerechnet. Offenbar ist es ihm mit dem Auftrag ernst. Stecke Geld und Notizbuch ins braune Couvert. Bezahle und eile nach Hause. Kaufe unterwegs in der *Antiqua Bottega dei Sapori* den teuersten Wein.

Klaviergeklimper, als ich die Wohnung erreiche. Jetzt nervt es mich. Weiß inzwischen, dass das stundenlang so weitergehen wird. Öffne die Flasche. Gieße mir ein Glas ein. Mercken hat mich wirklich bei den Eiern. Zweitausend Euro. Blättere noch einmal rasch durch das Notizbuch. Da steht nicht sehr viel drin. Werde es schnell gelesen haben. Aber nicht hier. Nicht jetzt. Gebe das Geld unter die Matratze. Das Büchlein steck' ich ein. Hinaus. Bloß hinaus an die Luft, die frische römische Luft. Schlendere zuerst, gehe dann schneller und schnell und renne am Ende beinahe, vorbei an der monumentalen Scheusslichkeit des Vittoriano, der ‚Hochzeitstorte' oder ‚Schreibmaschine', wie dieses die Stadt überragende Denkmal von den Römern verächtlich genannt wird, weil sie nicht vergessen haben, dass alleine zur Vorbereitung des Baulandes ein großer Teil des historisch unersetzbaren Kapitolshügels und wunderschöne Renaissancepaläste vernichtet wurden. Ein rücksichtslos monströses Bauwerk! denke ich jedes Mal, wenn ich daran vorbeikomme, das passende Symbol eines penetranten Nationalismus. Ich lasse es hinter mir. Renne über die Via dei Fori Imperiali und am Forum Romanum vorbei hin zum Kolosseum. Das Notizbuch brennt Löcher in meine Manteltasche. Es versengt mir den Oberschenkel. Setze mich auf eine Steinbank. Kann nicht anders. Muss lesen. Muss wissen, worum es wirklich geht. Geht es vielleicht darum: Sie wollen also, dass ich Ihre Gattin male? Und Sie wollen, dass ich während der Sitzung mit ihr schlafe. Sie wollen, dass ich sie ficke? Wollen Sie zuschauen? Wollen Sie ihre Hand halten, während ich meinen Schwanz in ihre Möse stoße?

7. Juli

Ich kann mich nicht immer nur kränken. Ich kann nicht immer nur mit 1 griesgrämigen Gesicht durch die Welt spazieren. Ich kann nicht immer nur so tun, als sei mein Leben 1 Qual. Wien also, wer hätte das gedacht. Ich bin neugierig auf die Stadt, die Leute, das Leben hier. Wien ist anders, heißt es, und es heißt: W bleibt W. Was will das bedeuten? Ich habe lange genug gemacht und getan und gekämpft, um L bei Laune zu halten und dabei meine eigene vergessen. Ja, L war unnahbar, sie war hässlich zu mir, sie war kalt. Aber dann, wie aus dem Nichts heraus, dieser 1 Abend in Marrakesch. Seither lebt sie wenigstens wieder. In W wird sie sich hoffentlich erwärmen. Das Kunsthotel Sonnenfels von S und F ist 1 großes Stadthaus mit Barockfassade. Schöner, schattiger Innenhof und Laubengängen auf allen fünf Stockwerken rund um den Hof herum. S/F vermieten uns 1 Suite zum Freundschaftspreis, bis wir 1 eigene Wohnung finden. Ich merke, dass das rastlose Reisen nicht meine Sache gewesen ist. Ich brauche 1 Hafen, 1 Ort, wo ich zu Hause bin. W also. Wer hätte das gedacht. Die Melancholie, die mich nun schon seit geraumer Zeit gefangen hält, findet vielleicht wirklich in W den schönsten Widerhall. Jedenfalls finde ich mich in diesen alten Mauern 1 alten Stadt wie heimgekommen. Auch Lisa tut W wohl. Sie ist unternehmungslustig. Sie will junge Künstler aus Italien präsentieren. F/S sind skeptisch. Der W Kunstmarkt sei schwierig, der Markt übersättigt. Die einheimischen Künstler hängen am Tropf des Staates, sagen sie, und die wenigen Käufer interessieren sich für die Stars der lokalen Szene und für Ware aus dem Osten. Lisa lässt sich nicht beirren. Sie ist optimistisch, sie strahlt 1 Zuversicht aus, die ich lange vermissen musste. Ich unterstütze natürlich, so gut ich kann. F gibt schließlich zu, dass man 1 Versuch allemal wagen dürfe. S glaubt, italienische Antiquitäten könnten funktionieren. Sie werden uns helfen. Zoll? Steuern? Bürokratie? Sie kennen sich aus. Heurigenbesuch am gleichen Abend. Der Wein ist gut. 1 wenig sauer vielleicht, aber gut. 1 Musikkapelle spielt auf. Die Leute singen mit. Fröhlich beschwipste Heiterkeit. W bleibt W, das ist grad das Schöne dran, singen sie, W bleibt W, dass man sich dran g›wöhnen kann. Während ich dieses wohlige W wie durch eine rosarote Brille betrachte, flirtet F ganz unverschämt mit L. Um mich kümmert er sich nicht. S dafür umso mehr. Sie sieht gut aus, keine Zweifel. Sie hat etwas. Die kleinen Hände, die 1 wenig fülligen Unterarme, die in sich vollkommen sind, das in 2 Wellen geteilte Haar … Ihre Haut ist 1 wenig unrein, ihre Stimme vielleicht 1 wenig zu laut und 1 wenig zu hoch. Sie lutscht, wenn sie nicht spricht, an ihren Fingerspitzen. Will sie mir damit etwas andeuten, 1 Versprechen? Wenigstens lacht L wieder. Sie lacht ganz heiter und ganz befreit.

9. Juli

Interessant ist, dass wir seit jenem Abend in M nur ganz wenige Male darüber geredet haben. Ich schneide das Thema nicht an, weil ich L in keine Richtung bedrängen will. Frage mich natürlich ab und zu, ob ich diese rasenden Eifersuchtsgefühle von damals noch 1x aushalten will. Aber wahrscheinlich ist wirklich alles anders, wenn ich dabei bin. Und ich würde auch die Eifersuchtsgefühle aushalten wollen, wenn L damit glücklich wird. Mein Makel würde damit zwar nicht gelöscht werden, aber die Wirkung könnte sich vielleicht 1 bisschen verflüchtigen.
S/F haben uns Frau Dr. Steiner vorgestellt. Sehr altmodisch, die Dame, und streng. Blondgefärbtes Haar, hochtoupiert. Schmale Goldrandbrille und braungraues Jackettkleid. Flache Schuhe, schwarze Lederhandtasche, Perlohrringe und Perlenkette. Sie besitzt 1 Haus in der Nähe des Kunsthotels. Noch so 1 schönes Barockgebäude mit romantischem Innenhof. Bäckerstrasse 2. 1 Wohnung steht frei. Nicht groß und nicht klein. Wohnzimmer, Küche, Schlafzimmer, Bad und WC. Für 2 Leute ideal. Offenbar lässt sie über den Mietpreis mit sich reden. Als alleinstehende Witwe ohne Kinder seien ihre finanziellen Forderungen bestimmt nicht unverschämt, behaupten F/S. Mir soll's Recht sein. Ich habe mich gleich mit dem

1. Blick in Haus und Wohnung verliebt.

10. Juli

Die Bäckerstrasse liegt 1 Steinwurf vom KH entfernt und gehört zum ältesten Teil der Stadt. Der Bereich um die Bäckerstrasse ist so etwas wie das Künstlerhauptsaufquadrat 1 Stadt, in der es von Kunst und Säufern wimmelt. Galerie an Galerie, Wirtshaus neben Wirtshaus und 1enorme Dichte an un- und be- und verkannten Künstlern.

Übrigens verstarb Dr. S' Gatte an Krebs. Viel zu jung und furchtbar elend dazu. Wir sind uns schnell einig geworden. Unterzeichnung des Mietvertrags. Kaution, aber 0 Maklergebühr. Für Ls Geschmack geht alles ein bisschen schnell. Ich hingegen … So umarmte ich sie und küsste sie, und sie küsste mich wider. Und so verharrten wir einige Zeit und küssten uns dann noch oft und oft.

Ich habe meinen höchstpersönlichen Lieblingsplatz in der von 1 älteren Wiener Ehepaar geführten Bar L'Ombra gefunden. Der Wirt, immer leicht vorneübergebeugt gehend und immer in komplexe Gedankengänge versunken, kocht nebenbei wunderbar. Seine Frau unterhält sich gerne und angeregt mit den Stammgästen. Mich begrüssen beide schon ganz freundlich. Sie wissen natürlich, dass ich beinahe Römer bin und lieben es, mit mir über Italien zu plaudern.

Jetzt dämmert es schon. Ich bin seltsam gestimmt. Ich schaue durch die Glasscheiben hinaus auf den Platz, über den Passanten hasten, aber ich sehe 1 fremde Männerhand, die L über die Wangen streicht und ihr ins Haar greift. Ich sehe, wie sie den Kopf schüttelt. Wie sie sich, die Augen geschlossen, die Lippen vor Ekel zusammengepresst, wie wild hin und her wirft. Unter dem zerrissenen Kleid wölben sich die Brüste. Sie setzt sich zur Wehr. Ich berühre ihre Hände. Ich lächle. Lächle wie 1 Idiot. Wie 1 Idiot.

11. Juli

L taut auf. Eigene Wohnung. Eigene Galerie. Das Schicksal hat entschieden. Wir feierten in der Eden-Bar. Offenbar 1 Legende, 1 Wiener Institution. Die Bar ist seit hundert Jahren nicht verändert worden. Tresen, Tanzfläche, kleine Bühne, Tische den Wänden entlang. Das Publikum ist großteils in meinem Alter. S/F sind Stammgäste. Wir erhalten den besten Tisch. F bestellt Champagner. Als F fragt, wieso wir wirklich von Rom nach Wien übersiedeln, wo doch der umgekehrte Weg der natürlichere sei, antwortet L, sie habe in Rom 1 sehr unangenehmes Erlebnis gehabt. Das musst du uns genauer erzählen, verlangt S mit so offener und natürlicher Neugier, dass L zu reden beginnt. So kommen auch meine Probleme ans Licht. Es ist mir sehr unangenehm, über mein Intimleben Auskunft geben zu müssen. Aber ich bin wohl betrunken genug. Beschreibe meine Gefühle, die Fantasien etc. Irgendwann liegt alles ausgebreitet da. Ich sitze wie nackt. S lacht hell auf und meint, uns habe der Himmel zusammengeführt. Mehr Champagner. Die Kapelle stimmt W-Lieder an. Alle singen mit: W bleibt W, das ist grad das Schöne dran; W bleibt W, dass man sich dran g›wöhnen kann.

12. Juli

Ich hatte 1 entsetzlichen Traum. Bin tot und werde begraben, aber ich komme zu spät zu meiner Beerdigung, alle erwarten mich schon, sind ungeduldig oder gar zornig, dass ausgerechnet ich zu spät komme. Ich sehe die vielen Blumengebinde und Kränze. Ich versuche zu erraten, welcher Kranz von L ist. Ich kann ihn nicht entdecken. Also weigere ich mich, in den Sarg zu steigen. S/F reden mir gut zu. Es sei, sagen sie, für alle das Beste. Ich hätte mich lange genug ans Leben geklammert, wo ich es doch schon vor Jahren verwirkt hätte. Vor der Dämmerung ist die Nacht am Dunkelsten. Ich schrecke auf aus dem Traum. Kann das Licht nicht finden. Ich fühle mich erschlagen und wie betäubt.

Später dann, nach dem Mittagessen, treffen wir S und F. Sie sind ganz offen, ganz freimütig, halten mit nichts hinter dem Berg. Kann das alles Zufall sein? Wir wussten zwar, das S/F kein Paar sind. Was wir nicht wussten: S ist 1 Lesbe. Was wir ebenfalls nicht wussten: F ist scharf auf L. Wir wussten nicht, dass S gerne zuschaut, wenn F mit 1 Frau schläft. Wir wussten nicht, dass sie mitmacht, wenn es geht. S/F meinen, die bizarre Konstellation unseres Vierergespanns eröffne zahlreiche Möglichkeiten. F und S tanzen abwechselnd mit L. In der Eden-Bar. Ich schaue zu. Wie sie sich eng aneinander schmiegen zur Musik. Wie sie ihren Hals abschlecken. Wie die Körper harmonieren, dass es mir 1 Stich versetzt. Momente der Panik. Momente des Glücks.
Es ist schön, zu sehen, dass es L gut geht. Es ist beruhigend, zu merken, dass ich dabei nicht vollständig zu Grunde gehe.

15. Juli
Das Toilettenfenster unserer Wohnung schaut auf den Turm des Stephansdoms, die übrigen Fenster führen auf 1 Innenhof. Sehr gepflegt alles, das Haus wurde offenbar vor wenigen Jahren renoviert. Überhaupt W: Das Morbide, das Verkommene, das Graue, Hässliche, Ostblockhafte, diese ganzen Klischees, nichts davon existiert mehr, die Stadt ist sauber aufgeräumt und herausgeputzt, sie gleicht 1 Frau, die sich für ihren Geliebten schön gemacht hat, und dieser Geliebte, das sind die Reichen aus aller Welt, die herziehen und hergezogen sind. Angenehm ist das, und am angenehmsten ist wohl die Innenstadt: hier gibt es kaum motorisierten Verkehr, und man kann sich auch nachts allein und frei bewegen. Im Übrigen habe ich L schon lange nicht mehr so fröhlich erlebt, so angeregt und mädchenhaft. Sie blüht. Sie sprüht.

16. Juli

L will ihrer Galerie in jedem Fall mindestens 1 Jahr lang 1 Chance geben. Danach werden wir analysieren, ob es sich finanziell lohnt oder ob wir das Experiment abbrechen müssen. L ist extrem optimistisch. Ich bin skeptischer. Der W Geschmack ist bieder und weniger elegant als der Römische. Er ist sehr rückwärtsgewandt und Neuem gegenüber nicht sehr aufgeschlossen. Ich sehe allerdings keinen Anlass, Ls Enthusiasmus zu bremsen. Ich freue mich, wie gut es ihr geht und wie sehr sie wieder die alte L geworden ist, die mich mit ihrem Lachen so herzlich zu verzaubern versteht. Das frivole Angebot unserer Freunde erwähnen wir mit 0 Wort. Es liegt da wie ein Geschenk, das wohlverpackt auf den richtigen Augenblick wartet, um geöffnet zu werden.
Es ist ohnehin genug zu tun. Dank meiner exzellenten Erfahrungen als Handelskaufmann fallen mir alle behördlichen Aufgaben zu. Die W Bürokratie scheint mit 1 Fuss noch tief in Zeiten der Monarchie zu stecken, man ist Neuem gegenüber grundsätzlich misstrauisch und sucht immer zuerst nach Gründen, warum gerade dieses oder jenes nun wirklich nicht möglich sei. Wenn wir dank den Beziehungen von S/F nicht immer Abkürzungen nehmen könnten … Beziehungen jedenfalls ist 1 Schlüsselwort in W.

18. Juli

Schon wieder ein seltsamer Traum. Ich stehe mit L auf dem Platz vor dem Stephansdom. Die Glocken schlagen. Ich bitte sie mit mir noch 1 Walzer zu tanzen. In diesem Moment kommt 1 Betrunkener und sagt ihr, ihr Zug fahre in 1 Minute ab. Aufgrund ihrer Reaktion wird mir schrecklich klar, dass sie nicht mehr mit mir tanzen wird. Ich bin dein guter lieber Mann nicht wahr?, sage ich. Oh nein, entgegnet sie, zuckt mit den Schultern und geht von mir weg, immer wieder, sie zuckt mit den Schultern und geht von mir weg, sie zuck mit den Schultern und geht von mir weg. Ich erzähle ihr den Traum nicht. Sie ist zu angespannt und zu aufgeregt. Der Tag der Eröffnung ist fixiert: der 12. Sept. L wird antike Marmortorsi mit Zeichnungen der jungen römischen Künstler Giaccomo de Andrè und Fernando Branguetti kombinieren. Natürlich wird es 1 Weile dauern, bis 1 tragfähiges Sammlernetz aufgebaut ist, aber wir sind zuversichtlich. S und F unterstützen uns. Ich vermute, dass sich F in L verliebt. Er liest ihr die Wünsche von den Augen ab. Das Leben erfüllt ihr jetzt alles, was sie mit der Seele innig wünscht.

20. Juli

Es ist verwerflich. Es ist böse. Es widerstrebt meinem puritanischen Geist. Und doch … Habe nicht ich damit angefangen, ihr Liebhaber vorzuschlagen? Habe nicht ich ganz bewusst in Kauf genommen, dass mir meine Frau Hörner aufsetzt? Kann ich es mir nicht vorstellen, kann ich sie nicht sehen, die Verstrickungen der Körper, das tierische Zucken, die intimen Verkrampfungen … ihre Lustschreie hören, so laut und wild, als würde ich sie wirklich hören. Solange diese Bilder nur immer damit enden, dass mich L anschaut und lächelt und flüstert, wie sehr sie mich liebe. Leide ich an meinem ehelichen Glück wie an 1 Krankheit, von der ich glaube, genesen zu können, wenn es mir gelänge, sie auf 1 anderen zu übertragen? Wenn 1 anderer zwar ihre Lust genießen darf, ihm ihre Liebe aber für immer verweigert bleibt?

Bin in R, um Ls Wohnung aufzulösen und um einige Möbel und vor allem die kleine Kunstsammlung, die sie im Laufe der Zeit angesammelt hat, nach W zu überstellen. Ich merke, dass ich R vermisst habe. Nichts gegen W. Aber R hat das gewisse Etwas. Ich habe 1 ganzen Vormittag im Caffè della P verbracht. Vielleicht ist es nur 1 Sentimentalität. Aber vielleicht ist es mehr. Vielleicht ist es Heimweh nach dem, was mir hier an Wunderbarem wiederfahren ist, bevor ich in 1 schwarzes Loch hinab geworfen wurde. Unvermittelt steigt alles wieder hoch und überflutet mich. Keuchend auf dem Stuhl sitzen. Angst vor dem Herzinfarkt. Schweißausbrüche. Bis 1 Bedienung kommt und mich fragt, ob ich 1 Arzt brauche. Nein, ich brauche keinen Arzt. Ich brauche Erlösung. Es genügt nicht, dass es L besser geht. Ich muss mit mir Frieden schließen.

21. Juli

1 der Möbeltransporteure heißt Lucca. 1 bulliger Kerl mit dickem Nacken. Er beklagt sich ständig, wie erbärmlich er für seine Arbeit bezahlt werde. Er habe Frau und fünf Kinder zu ernähren, aber wie? Und womit? Natürlich ist die Politik schuld. Die Politik, die Kirche und die Mafia machen Italien kaputt. Die schaufeln hemmungslos Geld. Die rauben das Land aus. Das Land verludert und verkommt. Bella Italia. Bald nur noch 1 Erinnerung. Ich lade ihn auf 1,2 Bier ein. Er erzählt, er habe in seinem Leben bisher nur Pech gehabt. Zweimal sei er im Gefängnis gesessen wegen Wirtshausraufereien, obwohl er nun wirklich nichts anderes als 1 unbeteiligter Beisteher gewesen sei. Aber ihn habe man verhaftet! Ihn habe man verurteilt! Ihn habe man eingesperrt! Ich versichere ihm mein allergrösstes Mitgefühl und sage, ich sei gerne bereit, ihm Luft zu verschaffen. Ich biete ihm 1 schönes Trinkgeld an – als er die Summe hört, schluckt er leer – für seine guten Dienste. Ich sagt, er erhalte das Zehnfache dieses Betrages, wenn ich irgendwann in der Zukunft erfahre, dass 1 gewisser Angelo de Rota aus Turin krankenhausreif geschlagen worden sei. Krankenhausreif, wohlverstanden, nicht tot. Er schaut mich zuerst verdutzt, dann listig an und meint, er solle also jemandem eine Abreibung verpassen? Dafür, sagt ich, gibt's 1 ordentlichen Vorschuss und nach Abschluss des Geschäfts eine tüchtige Belohnung. Du gehst 1 Risiko ein, meint er. Nein, entgegne ich, kein Risiko. Auch wenn er es nicht macht. Allein die Möglichkeit, dass er es tun könnte, verschafft mir

1 unglaubliche Befriedigung.

22. Juli

Lucca zögert. Er könne nicht wissen, ob ich meine Seite des Deals einhalten werde. Ich stecke ihm 1 schöne Summe zu. Ich weiss, dass er das Geld nimmt. Dann erkläre ich, dass die Übergabe der Belohnung selbstverständlich keine Spuren hinterlassen dürfe. 1 gewisses Risiko seinerseits bestehe tatsächlich. Er wird das Geld in mehreren Teilbeträgen in neutralen Couverts per Post erhalten. Du musst also nur Zuschlagen, sage ich, und dich danach freuen, weil die Post mit dir Weihnachten spielt. Aber 1 muss klar sein: ich zahle nichts, wenn du ihn totschlägst!

23. Juli

Das Trinkgeld wirkt. Die Männer geben sich große Mühe mit der Übersiedlung. Ich bin sehr zufrieden. Lucca allerdings hat sich noch nicht entschieden, ob er mein Angebot annehmen will.

26. Juli

Fliege beschwingt nach W zurück.
Schaue die Bücher durch, die ich im Handgepäck mitnehme. 1 handelt davon, dass 1 gewisser Octave, 1 alternder Theologieprofessor, seine Frau Roberte veranlasst, den „Gesetzen der Gastfreundschaft" zu gehorchen. Über dem Bett des Gästezimmers hängt die merkwürdige Bitte, der Gast möge sich doch seiner, Os, Frau bedienen. Nur so sei es möglich, die Grenze zwischen Gastgeber und Gast aufzuheben, was das höchste Ziel der Gastfreundschaft sei. Leider ist das Buch völlig unlesbar, jedenfalls für mich, finde es grässlich. Aber sein Kern, der fasziniert mich. Natürlich, als Gastgeber habe ich 1 Aufgabe, 1 Funktion, 1 Rolle, und ich kann diese Rolle auch anders spielen als O, ich kann 1 aktiver Gastgeber sein, 1 Regisseur, 1 Pornoregisseur, könnte man verleumdend sagen,

1 Regisseur der Lust und der Gefühle. Es gäbe mir – Macht, 1 Macht, welche die körperliche Ohnmacht ausgleicht.
L erwartete mich am Flughafen. Sie strahlte von innen heraus. Ich habe dich so vermisst, flüsterte sie. Ich atmete ihren Duft ein. Danach war ich wie betrunken. Mein Gott, ich liebte diese Frau. L meinte, F sei ihr eine enorme Hilfe gewesen bei allen Fragen, welche die Galerie betreffen. Und er habe dabei aufs Unverschämteste mit ihr geflirtet. Allerdings übertreibe er dabei so sehr, dass er sie damit ständig zum Lachen bringe. Ich frage sie, ob sie Lust habe, in meinem Beisein mit F zu schlafen. Sie meint, Lust schon, aber es komme trotzdem nicht in Frage. Sie wolle diese schöne Freundschaft nicht gefährden.

5. August

Der Möbelwagen ist eingetroffen. Lucca hat sich noch nicht entschieden. Ich beruhige ihn. Es eilt nicht. Ich kann nicht verlieren, und ich habe alle Zeit der Welt. Er weiß natürlich, dass er 1 Risiko eingeht. Er kann sich nicht sicher sein, ob ich auch wirklich bezahle. Aber die Gier wird nagen, das Verlangen nach dem Geld wird keine Ruhe geben. Aus Habgier entstehen fast alle Verbrechen und Übeltaten. Lucca wird sich immer und immer und immer wieder sagen, dass er kein Verbrecher ist. Aber er muss ja auch niemanden umbringen. Er weiß, dass er so viel Geld so leicht auf eine andere Art nie verdienen wird. Er steckt in 1 Netz, aus dem er sich nicht befreien wird.

14. August

Unglaublich, was L in der Zwischenzeit erreicht hat. Die beiden Räume sind frisch renoviert, die Möblierung ist exquisit. Den 1. Raum, 1 quadratisches Zimmer mit hoher Decke, hält sie ganz schlicht und ganz in Weiß mit heller indirekter Beleuchtung, klassisch modern würde ich das nennen, 1 Ort, der 0 Ablenkung bietet und die Kunstwerke ganz für sich

sprechen lässt. Der 2. Raum ist – römisch und so, dass man sich auf der Stelle in ihn verliebt. Die Wände in den typischen Farben – rot und ocker – Marmorstelen, elegante Tischchen und barocke Ablagen, alles dicht gedrängt. Man befindet sich im Allerheiligsten 1 schrulligen Antiquitätenhändlers, der sich von 0 trennen kann und zu jedem Stück eine Beziehung hat. Ls Sammlung ist ins beste Licht gerückt. In diesem Raum atmet man Geschichte. Man spürt, wie die schönen Dinge der Vergangenheit in die Gegenwart hineingreifen. Die Leute werden entzückt sein. Aber noch ist viel zu tun.
Vor allem ist jetzt nicht die Zeit, um erotische Eskapaden zu diskutieren. Was irgendwie auch schade ist. Die lärmenden Forderungen des sexuellen Triebs. Die irreführenden und widersprüchlichen Einflüsterungen der männlichen Besessenheit, einen bestimmten Akt zu wiederholen und wiederholen und wiederholen. Auch wenn man wie ein Eunuch dem wilden Treiben vitaler, potenter Akteure nur zuschauen kann. Vielleicht kann Zuschauen, kann bewusst aus den Augen schauen sogar 1 wie mich zum Teilnehmer an ungezügelter, tatkräftiger und rastloser Potenz machen. Das Beharren auf dem freiwillig gefassten Entschluss, die Impotenz zur Grundlage einer allgemeinen sexuellen Abstinenz zu machen, gerät ins Wanken.

21. August

Die Zeit rast. Noch ist manches zu erledigen. S/F meinen allerdings, es mache nichts, wenn nicht alle amtlichen Papiere ganz in Ordnung seien, so genau nehme man das in W nicht. Habe tatsächlich den Eindruck, dass W nur das Feiern und Trinken wirklich ernst nimmt. Kaum ist 1 Idee geboren, sitz man schon im Kaffeehaus. Kaum ist 1 Arbeit erledigt, sitzt man beim Heurigen. Am schönsten sind die Heurigen, die 1 Blick über die ganze Stadt hinweg offerieren. Das Ritual ist überall gleich: Man beginnt gemächlich, steigert sich in 1 gepflegten Rausch hinein und findet am Ende kein Ende. Die Wiener sind von ihrem Naturell her Sitzenbleiber.

12. September

L ist überglücklich. Die Eröffnung ihres Kunstraums war 1 großer Erfolg. Es müssen an die dreihundert Leute gekommen sein, die italienische Community natürlich inklusive Botschafter und Kulturattaché, und auch sonst alles, was in der W Kunstszene Rang und Namen hat, viel zu viele für die 2 kleinen Räume, die Leute standen auf der Strasse, aber es hat sich niemand nicht blendend amüsiert. Was wir allerdings nicht erwartet haben, war, dass gleich an diesem 1. Abend fast alles, was in der Galerie stand und hing, aufgekauft wurde. F/S meinen, dass sie so etwas noch nie erlebt hätten. Normalerweise, sagen sie, gehen die Leute auf Vernissagen, um Gratiswein zu trinken, mit Freunden zu schwätzen und die Kunst zu ignorieren. Jedenfalls haben wir an diesem einen Abend so viel umgesetzt, dass die Zukunft von Ls Kunstkammer vorläufig gesichert ist.

13. September

L schwebt. Sie ist leichtsinnig und übermütig. Nach der Vernissage gingen wir mit F/S und vielleicht zehn weiteren Leuten in die Eden-Bar. Wir haben bis in die Morgenstunden hinein gefeiert. L hat durchgetanzt. Sie war so schön und begehrenswert. Mit dabei war 1 gewisser Thomas Marx, 1 Deutscher aus Sachsen, vielleicht 35 Jahre alt. Er ist Kunsthistoriker und hält sich in Wien auf, weil er in den Archiven der Museen forscht, der Wiener Aktionismus ist sein Spezialgebiet, und hat uns glänzend unterhalten mit Anekdoten aus dieser wilden Zeit des Aufbruchs und der Rebellion. T ist 1 gutaussehender Mann mit kurzen, blonden Locken und einer modischen Hornbrille, die ihn älter macht, als er ist. Er tanzte mehrmals mit L. Als sie sich zwischen zwei Tän-

zen zu mir setzte, flüsterte sie mir ins Ohr, der Deutsche gefalle ihr. Er sei ziemlich aufdringlich und lasse sie 1 bemerkenswerte Männlichkeit spüren. Jedenfalls hatte L ein Funkeln in den Augen, das mir verriet, wie angenehm ihr diese spezielle Aufdringlichkeit war. Ich ermunterte sie, die Nacht zu genießen und sich bloß 0 Gedanken zu machen. Die beiden tanzten immer enger und inniger, dass es unangenehm hätte werden können, wenn F/S nicht in die Besonderheiten unserer Ehe eingeweiht und die anderen Gäste mit vollständigem Betrunkenwerden beschäftigt gewesen wären. Im Morgengrauen gingen wir zu 5. heimwärts. L lud T auf einen Nightcup ein. S/F wollten auch mitkommen, aber L meinte, das wäre ihr jetzt zu viel. Alles entwickelte sich mit einer solch unerbittlichen Logik und Konsequenz, dass wir uns mehr gewundert hätten, wenn der Abschluss der Nacht anders verlaufen wäre. L und T sassen auf dem Sofa, ich in meinem Lederohrensessel. Die beiden machten ohne die geringsten Hemmungen miteinander herum. Als wäre es die natürlichste Sache der Welt, dass ein junger Schönling die Gattin vernascht, während der Ehemann daneben sitzt und zuschaut. Irgendwann bat mich L, näher zu kommen und ihre Hand zu halten. Ich tat es, und ich muss gestehen, dass mich das, was ich erlebte, ziemlich erregte. Nur im Kopf zwar, aber doch so, dass es die Gefühle der Eifersucht bei weitem überstrahlte. Als er sich aus ihr herauszog und ihr große Mengen Samen über Brüste und Bauch spritzte, erfüllte L 1 zufriedene, 1 gesättigte Ruhe. Ihr Gesicht war zum ersten Mal seit unendlich langer Zeit wieder ganz entspannt. Später sassen wir noch eine Weile zusammen, ernüchtert irgendwie, aber nicht so sehr, dass es peinlich geworden wäre. Wir tranken noch 1 Cognac, dann zog sich T an und verließ unser Haus.

16. September

Das Erlebte hat mich erregt. Muss ich diese Erregung für moralisch falsch und verwerflich halten? L meint, es sei 1 bisschen eigenartig, dass in dieser Konstellation ausgerechnet ich es bin, der Angst hat, von seiner Frau für pervers gehalten und verachtet zu werden. Sie hingegen habe sich schon lange nicht mehr so lebendig gefühlt, so ganz Frau, ich solle mir also 0 Gedanken machen, denn eigentlich sei sie es, die sich schämen müsse, weil sie sich wie eine Hurenschlampe verhalten habe. Aber es gibt, sagt sie, in der Liebe 0 Schande. Menschen, die lieben, sind unschuldig. Egal, wen sie lieben und warum.
Wir tändeln und flirten wie 1 junges, frischverliebtes Paar.

17. September

Wir legen Regeln fest, falls es wieder einmal dazu kommen sollte. Die 1. und wichtigste: 0 Geheimnisse, 0 Lügen, 0 Affären ohne mein Dabeisein. 2.: 0 Männer aus unserem Bekanntenkreis. 3.: ich unterstütze sie bei der Wahl der Männer, weil sie auch mir gefallen müssen und weil Lisa nichts tun will, was mir 0 Vergnügen bereitet.

Anfang Oktober

Es hat sich nichts ereignet bezüglich unserer Abmachung. Versuche manchmal, mit L darüber zu reden, aber sie weicht jedes Mal geschickt aus. Das wird sich von allein ergeben, ist das Äusserste, was ich aus ihr herausholen kann. Aber natürlich gibt es 0 Ruhe. All das Glück und all die Turbulenzen. Hätte ich doch nur 1 zu meinem Alter passendes Verhalten. Hätte ich doch bloß die Würde 1 älteren Gentlemen, der 0 Verlangen verspürt und sich korrekt benimmt. Ich müsste nichts tun, das unschicklich, übereilt, unüberlegt und vielleicht katastrophal ist. Ich könnte von mir sagen, dass ich die sinnlichen Genüsse des Lebens aufgegeben habe. Stattdessen gebe ich mich dem Rausch und 1 fortwährenden Ausnahmezustand hin. Aber wenigsten möchte ich den Rausch und den Ausnahmezustand planen können, ich möchte ihn in 1 Ordnung bringen, ich möchte – ja, lenken und leiten. Scheitere allerdings kläglich, wenn ich mir konkrete Situationen vorzustellen versuche. Ich sehe das Liebespaar. Ich vergleiche das, was sie zusammen erleben, mit meinem eigenen jämmerlichen Zustand. Ich unternehme nicht einmal den Versuch, mich davon abzuhalten, mir die schmutzigsten Triebhaftigkeiten auszumalen, dieses wilde Treiben 1 vitalen, potenten Vereinigung. Aber mir kommen nur die kitschigsten Szenen aus Büchern und Filmen in den Sinn, und wenn ich in sie einzugreifen versuche und Einfluss nehmen will, verschwimmen und verblassen sie rasend schnell. Ich schaffe es auch nicht, über das visuelle Bild hinaus 1 Vorstellung zu entwickeln. Ich kann mir Geräusche nicht vorstellen, Gerüche, den Schweiß, die Bizarrerien der Körper. Oder vielmehr: ich kann mir zwar Gerüche etcetera vorstellen, aber nur jedes für sich isoliert. Schweiß etwa löst sich aus dem Gesamtbild und ist nur Schweiß. Ein gewisses Stöhnen oder Wimmern oder Ächzen höre ich nur für sich und ganz aus dem Zusammenhang herausgerissen. Was ich mir 0 vorstellen kann, sind Gefühle, sind vertraulichste Bewegungen, sind Küsse, Blicke. Was ich mir 0 vorstellen kann, ist das, was aus den Augen heraus strahlt, um ins Gegenüber hineinzudringen. Davon habe ich 0 Vorstellung, wenn ich mir vorzustellen versuche, wie 1 nächstes Treffen stattfinden wird und welche dabei meine Rolle ist.

Klappe das Notizbuch zu. Mercken tut mir leid. Armer, verzweifelter Kerl. Natürlich will er, dass ich seine Frau vögle. Soll mir recht sein. Scheint ja eine echte Schönheit zu sein, diese Lisa. Weiß zwar nicht, ob ich einen hochkriege, wenn mir wer zuschaut dabei. Aber ich bin kein Kind von Traurigkeit, wieso also nicht, man kann sich ja durchaus auch einmal etwas Besonderes gönnen.

Frage mich allerdings, wofür nun eigentlich der Vorschuss ist. Kenne mich nicht wirklich aus. Soll ich sie malen? Soll ich sie vögeln? Oder beides? Zugleich oder nacheinander? Macht nix. Wie heißt's so schön: kommt Zeit, kommt Unrat. Bemerke erst jetzt, dass ich immer noch beim Kolosseum sitze. Es riecht nach Nacht, nach Staub, nach Parfüms, guten und schlechten, nach Orangensaft, Kaffee, gepuderten Achselhöhlen und Zuckerwatte, nach Schweißfüssen, räudigen Hunden, Abfällen und Kleinkinderscheiße, es riecht nach Geilheit und Gier, nach morschen Häusern und kranken Katzen, es riecht nach Frühling und Moder und Zeugung und Tod. Stürze mich in die Menschentrauben hinein. Habe keine Ahnung, was gerade gefeiert wird. Vielleicht das Ende einer Epoche? Vielleicht der Untergang einer veralteten Ordnung? Kehre erst nach Mitternacht heim. Kein Klaviergeklimper, kein Männerchor. Es ist still. Man lässt mich schlafen …

Die Sonne scheint. Es ist warm. Spaziere zur Fontana di Trevi. Zahllose Schaulustige, wie immer. Alle werfen eine Münze mit der rechten Hand über die linke Schulter oder mit der linken Hand über die rechte Schulter. Meistens beides, um sicher zu gehen. Ständig hört man von überall her die Frage: Mit rechts über links oder mit links über rechts? Die Münzen werden ab und zu von Bediensteten der Stadt Rom aus dem Wasser gefischt. Über eine Million Euro soll's sein pro Jahr. Das Geld wird der Caritas gespendet. Überlege, ob ich auch eine Münze in den Brunnen werfen soll. Bin mir noch nicht einmal ganz sicher, was es bedeutet: bringt's Glück oder heißt es, dass man eines Tages wieder in Rom sein wird? Oder ist beides das gleiche? Egal. Schlendere über die Via dei Crociferi und die Via dei Sabini zur Piazza Colonna und von dort über die Via in

Aquiro und die Via della Scrofa zur Via di Sant'Agostino. Will mir endlich die *Madonna dei Pellegrini* anschauen, die in der Basilica di Sant'Agostino hängt. Caravaggio malte das Altarbild um 1605 herum. Löste damit einen Skandal aus, weil man im Modell für die Madonna eine stadtbekannte Prostituierte erkannte. Das Gemälde ist großartig, typisch Caravaggio. Endlich mal eine Madonna, deren Gesicht und Ausdruck fesseln. Diese Frau ist schön. Sie hat Temperament. Das nackte Kind in ihren Armen ist ebenso groß und wohlgenährt wie jenes auf den Armen der Santa Rosa. Hier wirkt das allerdings nicht grotesk, im Gegenteil, es beweist nur, wie stark diese Madonna ist. Verstörende Lebendigkeit von Caravaggio, dem Unverstandenen, dem Aussenseiter, dem Verzweifelten. Caravaggio, der Darsteller menschlicher Wirklichkeiten, des Leidens und der Kraft. Licht trifft links oben auf den Kopf der Madonna und ihr großzügiges Dekolleté und schließt ihr Kind mit ein. Weiter unten erleuchtet es die schmutzigen Waden des knienden Pilgers und die Kopfbedeckung der Pilgerin. Die Madonna trägt ein samtenes venezianisches Kleid. Sie blickt über ihre Schulter auf die beiden Pilger herab, schaut sie aber nicht wirklich an. Das große und schwere Kind hält sie leicht im Arm. Die Madonna steht locker und in der Haltung einer Tänzerin auf einer Treppe. Der Blick des zu ihren Füssen knieenden Pilgers ist unterwürfig. Er hat schmutzige Fußsohlen, hat wahrscheinlich noch nie Schuhe getragen. Das Hemd hängt ihm aus der Hose, auch seine Kleidung ist schmutzig. Neben ihm eine Frau, auch ihre Hände sind gefaltet und auch ihr Blick ist der Madonna zugewandt. Die Füsse des Pilgers kommen mir aus dem Gemälde heraus entgegen, man glaubt beinahe, sie anfassen zu können. Das verleiht dem Bild seine unglaubliche Tiefe. Es hängt fast verborgen in der hinteren Ecke einer Seitenkapelle, die ziemlich düster ist. Man muss einen Euro in einen Kasten einwerfen, damit die Madonna beleuchtet wird. Weiß nicht, wie lange ich vor dem Bild stehe und Euro um Euro in den Kasten werfe. Etliche Touristen profitieren mit. Stehen herum und warten, wenn das Licht nach ein paar Minuten wieder ausgeht, bis ich den nächsten Euro eingeworfen habe. Merke, wie mich dieses Parasitentum allmählich wütend macht. Schnauze sie schließlich an, aber sie schauen nur blöd.

Abendessen bei *Gino e Pietro.* Ein Teller Spaghetti, mehr nicht. Will Merckens Notizbuch zu Ende lesen. Das Lokal ist wie üblich brechend voll. Die Leute essen, trinken, reden, lärmen. Bin der einzige, der allein an einem der Tischchen sitzt.

Ende November

Viel Wasser ist seit dem letzten Eintrag die D hinuntergeflossen. Die Tage sind inzwischen sehr kurz geworden, aber der November war, wie man uns erklärte, für W ungewöhnlich sonnig und warm. Jetzt allerdings herrscht vorwiegend Düsternis. L hatte Ende Okt ihre zweite Vernissage. Sie war bei weitem nicht so erfolgreich wie die erste. Offenbar nützt sich der Neuigkeitswert in kürzester Zeit ab. Sie hat kaum etwas verkauft trotz der erlesenen Qualität sowohl der Antiquitäten als auch der graphischen Arbeiten von mehreren jungen römischen Künstlern. F/S meinten zwar, wir müssten zufrieden sein, über hundert Leute, das sei 1 toller Erfolg, weil in W die Leute eh nur zu Vernissagen kommen, um gesehen zu werden und um gratis Weißwein zu trinken. L war 1 paar Tage lang richtig deprimiert. Sie hat sich dann aber erstaunlich schnell erholt.

Wichtiger ist allerdings, dass wir uns seit der Liebesnacht mit

T zwei weitere Affären gönnten. Beide Male hatten wir unseren Spass, ja, auch ich kam auf meine Kosten, ich konnte mich in meine Rolle als Regisseur hineinversetzen: öffne den Reißverschluss an ihrem Kleid!, greif ihr zwischen die Beine!, härter, sanfter! und so weiter. Alles ist im Grunde 1 Choreographie, die vor Ewigkeiten niedergeschrieben wurde und sich seither nur in Nuancen verändert. Muss, aus der Sicht des Regisseurs, erwähnen, dass es sich bei den beiden Männern um ausgesprochen untalentierte Schauspieler handelte. 1 wenig beunruhigt bin ich noch wegen etwas anderem: L fantasiert inzwischen gerne, dass sie noch viel aufregendere Abenteuer erleben wolle. Sie wird dabei von F/S angestachelt, die von Abgründen und Perversionen erzählen, welche meinen Horizont bei weitem übersteigen. Die Rede ist von mehreren Männern zur gleichen Zeit, von ganzen Gruppen, von Bukkake und Gangbangs, von einschlägigen Lokalen und von Zirkeln, die den seltsamsten Leidenschaften frönen. Ich fürchte, dass L mir entgleiten, ich fürchte, dass sie nicht weiß, in welche Gefahren sie sich damit begeben könnte. Habe manchmal das Gefühl, nicht nur einen schlafenden Hund aufgeweckt zu haben, sondern eine ganze Meute. Andererseits ist L so gelöst, so … Ich käme mir vor, wie wenn ich 1 Kind 1 Spielzeug wegnehmen wollte …

L nennt mich inzwischen Cux oder Cuck oder Cucki. Dabei lacht sie und tut, als ob es die harmloseste Art 1 Kosewortes sei. Wusste am Anfang nicht, was sie damit meint. Inzwischen ist mir der Begriff bekannt. Cuckold ist 1 Mann, der in einer festen Partnerschaft oder Liebesbeziehung durch den intimen Kontakt seiner Partnerin mit anderen Männern sexuellen Lustgewinn erlangt. Dabei kann der Cuckold dominantes, voyeuristisches, masochistisches und/oder devotes Verhalten bevorzugen. Die deutsche Entsprechung ist Hahnrei. Das kann man alles nachlesen. Im Lexikon. Scheint also nicht ganz unüblich zu sein …

Das Gift der Emotionen, der seelische Schmerz, der viel heim-

tückischer ist als körperlicher und durch 0 Droge gelindert werden kann. Die Zerrissenheit. Die Sehnsucht danach, wieder ganz zu sein, und die Sucht nach dieser besonderen Art von Exzessen … Meine Gedanken, die ich seit inzwischen 1 halben Jahr notiere, haben viele Gesichter. Wenn sie gegen das schwache Fleisch mit aller Energie vorgehen, werden sie durch die Hoffnung befeuert, dass ich zu einem glücklichen Ende vordringen könnte sowie zur Überzeugung, dass vielleicht doch alles gut wird. Ich schreibe in der ehrlichsten Weise, auch wenn ich 1 Befangenheit verspüre, die sich niemals löst. Die grösste Demütigung besteht ohne Zweifel darin, dass mich das Zuschauen wirklich erregt und dass ich mich nicht nur als Zuschauer sehe, sondern auch als Akteur, ich sehe mich in den Rollen beider Akteure, als L und als ihren Geliebten, es ist wie der höchste Gipfel orgiastischer Möglichkeiten, alles zu sein zur gleichen Zeit. So bin ich. Und bin zur gleichen Zeit 0. Bin zur gleichen Zeit der Versager, der vollkommen zu Recht zutiefst erniedrigt und dem alles, was ihm an Würde geblieben ist, genommen wird. Was für 1 ungeheurer, unfassbarer, unerklärlicher, unglücklicher Widerspruch. Das allerverrückteste an diesem Widerspruch ist allerdings, dass das alles wie eingehüllt ist in 1 goldenen Mantel der Liebe, in 1 Wissen, dass L in ihrer Erregung endlich wieder so ist, wie ich sie immer und immer sehen wollte und sehen will. Genau so muss ich mir L in Erinnerung halten können, und wenn die Ekstase nicht von mir erzeugt wird, so will ich sie wenigstens erleben und sehen!

2. Dezember

Im Briefkasten liegt 1 Postkarte aus Turin. Auf der Bildseite die Fotografie des Krankenhauses Mauriziano am Corso Filipo Turati. Auf der Rückseite nur 1 Zimmernummer, nämlich die 134. 0 Gruss, 0 Unterschrift. Weiß trotzdem sofort, worum es geht. Ich zeige die Postkarte Lisa nicht, sage ihr nur, dass ich noch vor Weihnachten für 1 paar Tage nach Italien muss. Ich munkle etwas von 1 besonderen Geschenk für sie.

20. Dezember

Bin schon wieder in W. Der Ausflug nach T hat sich gelohnt. Kaufte in 1 Blumenhandlung 1 großen Blumenstrauss und 1 Glückwunschkarte, auf die ich ‚In Erinnerung an eine besondere Nacht' schrieb. Ich verschaffte mir Zutritt zum Zimmer 134, 1 Einzelzimmer, in dem tatsächlich R lag, von Kopf bis Fuss dick einbandagiert und an vielen Schläuchen und Apparaturen hängend. Er war brutal verprügelt worden. Der diensthabende Arzt, bei dem ich mich als Familienangehöriger ausgab, versicherte, dass R nicht in Lebensgefahr schwebe. Ich stellte den Blumenstrauss auf 1 Beistelltischchen, tätschelte dem armen Kerl nicht gerade sanft die Wange und verließ befriedigt das Krankenhaus. Verteilte noch am gleichen Tag die damals vereinbarte Summe auf mehrere Couverts, adressierte sie, immer 1 andere Schrift benützend, an den guten Lucca und steckte sie auf mehrere Briefkästen in Turin. Die Vorsichtsmassnahme ist wahrscheinlich völlig überflüssig, aber es machte mir Spass, die Räuberpistole bis zur Neige auszukosten. Dann flog ich zurück nach W.

24. Dezember

L hat mir eine Uhr von Piaget geschenkt, ich ihr einen Diamantring. Ich habe ihr erzählt, dass ich durch Zufall vernommen hätte, R sei übel verprügelt worden. Meinen Anteil an der Geschichte erwähnte ich nicht. Sie weinte und konnte sich fast nicht beruhigen. Als ich sie fragte, wieso sie weine, meinte sie, es gebe also doch noch Gerechtigkeit in der Welt. Danach sagte sie, sie habe jetzt auf nichts Anderes Lust als dass wir uns richtig betrinken.

Silvester/Neujahr

Silvesterparty mit F/S und noch ein paar anderen Paaren. Katastrophales Ende 1 Jahres oder katastrophaler Beginn? Ich bin mir inzwischen gar nicht mehr sicher, ob diese Leute der richtige Umgang für uns sind. Obwohl alles harmlos begann. Abendessen im Restaurant des Kunsthotels, 8 Damen, 10 Herren, Black-Tie-Affäre, die Damen in großer Garderobe, die Herren in Smoking oder Frack. Köstliches Fünf-Gang-Menu. Allerdings nahmen die Gespräche sehr schnell 1 Wendung, die mich stutzig machte. Es ging bald nur noch um erotische Eskapaden. Um Erlebnisse in dubiosen Etablissements, um sexuelle Prahlereien und perverse Hoppalas. Ein Beispiel, stellvertretend, das muss genügen: 1 der Damen, 1 extrem aufgedonnerte Fünfzigjährige, hatte sich gewünscht, dass ihr Gatte ihr 1 Gangbang organisiert, 1 Liebesnacht mit mindestens 6 Kerlen. Wir haben, erzählte sie, im Hotel Orient, Wiens bekanntestem Stundenhotel, die Kaisersuite reserviert. Zuvor wollten sie die Kandidaten in 1 verschwiegenen Bar treffen. Diese Kandidaten waren Fremde, die der Gatte mittels unverblümter Anzeigen im Internet gesucht hatte. Über 30 Herren hatten sich gemeldet. Die 2 baten alle zur gleichen Zeit in die gleiche Bar. Jeder sollte als Erkennungszeichen 1 rote Rose bei sich haben. Sie wollte dann die 6 Herren auswählen, die ihr am besten gefielen. Ratet mal, fragte der Gatte, wie viele Männer in der Bar auftauchten. 0!, schrie die Gattin mit schriller Stimme. Nicht ein einziger Mann! Die Kerle schwingen im Internet große Reden! Aber wenn es darauf ankommt! Brüllendes Gelächter unserer Silvesterrunde. Anzüglichkeiten etc., ich komme mir vor wie in 1 billigen Pornofilm, Lesbennummern, Gruppensex, sexhungrige Hausfrauen, nymphomane Schwiegermütter, schwanzgeile, schluckfreudige Alte und so weiter, bis mir endlich dämmerte, dass man jetzt und hier 1 Orgie plante. Ich Idiot. Die Komplimente, mit denen man L überschüttete, die Gier, mit der die Herren sie musterten. Das hätte mir alles schon viel früher auffallen müssen. Sie war die jüngste. Sie sah mit enormem Abstand am besten aus. Sie war das Lamm, das ich den Wölfen opfern sollte. Machte eine Weile lang gute Miene zum bösen Spiel. Als die Aufgedonnerte allerdings vorschlug, mich nackt an 1 Stuhl zu fesseln, und als das auch L 1 gute Idee fand, und als L meinte, sie würde mir die Augen verbinden, damit ich nicht sehen, sondern nur hören könne, wie sie es treibt, reichte es mir. Das war 0 Spiel. Es war 1 Demütigung. In jedem Fall nicht die Art der Intimität, wie ich sie mir wünsche. Wir verließen das Kunsthotel noch vor Mitternacht. L war sauer. So sauer hatte ich sie noch nie erlebt. Sie hätte unbedingt bleiben wollen. Sie kochte, während wir schweigend neben einander her zum Stephansdom gingen. Ich dachte mir, sagte sie, dass es dir gefällt, wenn mich andere vögeln. Mir meine Brüste streicheln und mich küssen, während sich große fremde Schwänze zuckend in meiner Pussy entladen. Ich dachte, dass dir das gefällt und du nachher lieb neben mir schlafen wirst.

Menschenmassen auf den Strassen. Raketen und Böller überall, es knallte, zischte, blitzte. Als 1 Kracher zwischen ihren Beinen explodierte, reichte es L vollends. Sie gab mir die Schuld an diesem und allen anderen Desaster. Wollte nur noch nach Hause. Verkroch sich ins Bett. Zog die Decke über den Kopf. Schöne Frauen schweben wie Federn durch das Leben, sie kriegen alles was sie wollen. Aber wenn sie etwas nicht haben können …

3. Januar

L ist immer noch wütend. Sie behauptet, ich hätte ihr gedroht? Aber das ist doch Unsinn. Ich bin ja so froh, dass sie hier ist. Es ist mir unbegreiflich, warum sie so spät nach Hause gekommen ist. Die wildesten Vermutungen, wo sie sich herumgetrieben haben könnte. Bis drei Uhr nachts allein unterwegs. Das hat es noch nie gegeben. Habe mich vor Sorge zerfressen. War nahe daran, die Polizei um Hilfe zu bitten. Natürlich ist es möglich, dass ich laut geworden bin, und wahrscheinlich hat sie irgendetwas missverstanden. Ja, ich habe die Stimme erhoben, ich gebe das zu, ich gebe es zehnmal zu, ja ich habe in der Silvesternacht F und S beschimpft und wahrscheinlich auch beleidigt, und nicht nur sie, sondern alle, die dabei waren, und ja, ich hätte das Ganze für 1 Spiel halten sollen, für 1 ebenso amüsanten wie bedeutungslosen Zeitvertreib. Du wärst schon noch auf deine Kosten gekommen, sagt sie. Wo wir doch alles so schön geplant haben und wo wir uns alle so sehr gefreut haben … Warum will sie mit aller Gewalt unser kleines Glück verderben? 1 fremder Mensch wäre entgegenkommender als L. 1 fremder Mensch hätte mehr Verständnis für meine elende Lage. Soll ich dankbar sein oder soll ich fluchen, dass ich mich trotz allen Unglücks immer nur weiter in sie verliebe?

4. Januar

L ist hart nach aussen, kalt im Innern. Sie behauptet, ich hätte 0 Sinn für Humor! 0 Sinn für Humor? Ich meine, was soll daran lustig gewesen sein? Ich verstehe meine Frau nicht. Was ist aus ihr geworden, was hat W aus ihr gemacht? W! Die Stadt liegt seit Tagen oder Wochen unter 1 grauen Glocke. Sonnenlicht? Man scheint's vergessen zu haben. Die Leute sind mürrisch, verdrossen, unfreundlich, gereizt, ihre Gesichter blass und fahl, man wird wegen Nichtigkeiten angeschnauzt, und als Deutscher hat man das Gefühl, sich ständig für irgendetwas entschuldigen zu müssen. Habe L gebeten, mit mir weg zu reisen, in die Berge, an die Sonne, Skiferien, Rodeln, was weiß ich, aber sie will nicht, sie müsse arbeiten, die nächste Ausstellung vorbereiten etc.

Mein Denken scheint zurzeit nur noch aus wilden Vermengungen zu bestehen. Hintergrundrauschen spontan aufbrechender Erinnerungen, quälender Bewertungen, zwanghaften

Planens, wiederkehrender trauriger Gedanken und kleiner Geschichten und Anekdoten meines Lebens, vermischt mit Schuldgefühlen, mit der Beschäftigung mit vergangenen Verfehlungen, Tagträumen, sexuellen Fantasien. Die Wirklichkeit verschwindet hinter diesem Getöse wie hinter 1 Schleier. Ich habe kaum noch das Erlebnis, beim Denken innerlich Handelnder zu sein.

28. Januar

Vernissage. Nur 30 Besucher. Das Verhältnis zu F/S ist merklich abgekühlt.

Mitte Februar

L ist totunglücklich. Es bricht mir das Herz, zuschauen zu müssen, wie sie in 1 Depression versinkt. Im Zustand der Trauer ist die Normalität ausser Kraft gesetzt. Die Trauer zersetzt alles. Zuerst den Lebensmut. Immerhin scheint sie mir nicht mehr sehr böse zu sein. Aber etwas ist in ihr, das sich tief und tiefer hineinzufressen scheint.

27. Februar

Wenn ich ganz ehrlich bin: Manchmal habe ich den schrecklichen Verdacht, dass sie mich mürbe machen will. Ich fürchte, dass sich nichts an ihrem Verhalten ändern wird, bis ich nicht den ersten Schritt mache und mich entschuldige. Mich dafür entschuldige, eine Spassbremse zu sein, ein alter Griesgram. Wenn ich nur mit ihr darüber reden könnte, was denn sie eigentlich will. Aber sie sagt nur, das ergebe sich von allein oder ich würde es schon noch entdecken. Natürlich macht sie mich mit diesen Antworten rasend, aber ich komme einfach nicht gegen sie an. Seit ich L kenne, habe ich neben allen zum Teil durchaus kindischen Verliebtheiten immer auch etwas Väterliches in unser Leben hineingetragen, ich habe mich, weil ich doch ein ziemliches Stück älter bin, für reifer gehalten, weiser möglicherweise, erfahrener in jedem Fall, ich habe ihr immer nicht nur 1 liebende, sondern auch 1 schützende Hand gereicht. Die Ereignisse der jüngsten Vergangenheit haben diese Illusion zerschellen lassen. L ist reifer, weiser, erfahrener und stärker als ich, sie hat mich in der Hand.

Gleichentags

Empfinde mich seltsam willenlos. All der Wahnsinn, den das Begehren gebärt. Die Ausschweifungen. Die Verderbtheiten. Die niedrigsten Lüste. Sind sie nicht viel leichter zu ertragen als 1 L, die nicht mit mir spricht?

11. März

Treffen uns mit 1 jungen Mann in einer netten Bar. Ein paar Cocktails. Danach zu dritt ins Hotel O, habe die Kaisersuite reserviert. Setze mich in 1 Sessel, die beiden legen sich aufs Bett und legen los. Bin immer wieder erstaunt, wie phantasielos manche Männer im Umgang mit 1 Frau sein können und wie wenig Ahnung sie von den Bedürfnissen 1 Frau haben. Er lässt sich die längste Zeit den Schwanz lutschen, dann fickt er sie eine Weile lang, spritzt ab und glaubt, ihr 1 großen Gefallen getan zu haben. Habe ein paar Mal versucht, ihn zu engagierterem Handeln zu verleiten, aber er ist nicht darauf eingegangen. L hat den offensichtlichen Mangel an erotischem Feingefühl gelassen hingenommen. Sie hat mich nachher angelächelt und mir dann erzählt, wie weit sie mit den Vorbereitungen für die nächste Vernissage sei.

12. März

Wir sind noch einmal durch den gestrigen Abend gegangen. Er hat ihr trotz der offensichtlichen Mängel ihres Liebhabers gutgetan. Im Übrigen versteht sie immer noch nicht, warum ich mir die Augen nicht verbinden lassen wollte. Du musst das unbedingt ausprobieren, sagt sie, du wirst sehen, dass das einzigartig ist.

18. März

Vernissage. 23 Besucher. F/S haben sich entschuldigen lassen. Die Stimmung ist gedrückt. L meint, es sei an der Zeit, das Experiment Kunstraum abzubrechen.

12. April

Treffen mit 1 jungen Mann in einer netten Bar. Ein paar Cocktails. Danach zu dritt ins Hotel O, habe die Kaisersuite reserviert. Setze mich in 1 Sessel, die beiden legen sich aufs Bett und wollen loslegen. Ich übernehme so etwas wie die Regie. Berühr' sie hier, streichle sie da, küss' sie dort. Mach dies, mach das, lass jenes etc. Am wichtigsten ist mir die Verbundenheit mit L, die Liebe, die ich empfinde, die Nähe und Innigkeit. Halte am Anfang noch ihre Hand. Erlaube mir später 1 Spiel mit Nähe und Distanz. Wir sind nur noch mit Blicken verbunden.

11. Mai

Ich biete meine Frau an, ich offeriere sie, ich gebe, ich schenke sie her – nehmen Sie sie, machen Sie mit ihr, was Sie wollen, benützen Sie sie, sie gehört Ihnen und so weiter. Die Gebote der Gastfreundschaft. Allerdings würde das voraussetzen, dass sich L offerieren, anbieten, herschenken lässt, als wäre es 1 Herrschaftsakt, als könnte ich über sie bestimmen, als wäre sie nicht 1 autonome Person …

Treffen mit 1 jungen Mann in einer netten Bar. Ein paar Cocktails. Danach zu dritt ins Hotel O, habe die Kaisersuite reserviert. Dieses Spiel mit Nähe und Distanz, diese … ich habe den Eindruck, dass wir dabei sind, unseren Weg zu entdecken. Der Voyeur und die Exhibitionistin. Der Regisseur und seine Lieblingsschauspielerin. Eine heiße Liebesszene. Ein pornographischer Akt. Das tragische Bewusstsein um die Ein-

samkeit aller Gegenstände und Körper löst sich auf in zügelloser Freiheit. Sinnlichkeit erleuchtet wie ein gebündelter Lichtstrahl die Seele. Nun gut, das ist jetzt ein wenig übertrieben. Aber ich muss zugeben, dass es Spass gemacht hat. Es ist einfach nur schön, L in den Fängen der Lust zu sehen. Weniger schön ist, wenn sie mit ihren Liebhabern flüstert oder wenn sie sich innig küssen oder wenn es scheint, dass sie sich über mich lustig machen. Wahrscheinlich bin ich im Moment einfach noch überempfindlich.
Seltsamer Geruch in der Bäckerstrasse. Wir haben die ganze Wohnung auseinandergenommen, Kästen, Bett, Kühlschrank und so weiter, weil wir eine tote Maus vermuteten. Nichts. Plötzlich war auch der Geruch wieder weg. Kam wohl aus der Kanalisation. Widerlich. Wie verrottendes Fleisch

5. Juni

L hat die V, die für den 14. Juni geplant war, abgesagt. Sie hat Heimweh. Heimweh nach R. Heute wieder dieser widerliche Geruch. L hat mich gezwungen, noch einmal die ganze Wohnung auseinander zu nehmen. Nichts. Nach ein paar Stunden war die Luft wieder rein. Seltsam. Vor allem auch, weil W im Allgemeinen absolut geruchsfrei, ja, neutral ist, die Stadt riecht neutral, sie riecht nach nichts, es dünkt mich, als versuche sie, ihre Vergangenheit dadurch zu verleugnen, dass sie alle Gerüche aus ihrer Mitte verbannt.

10. Juni

Wieder dieser widerliche Geruch. Aber jetzt stehen plötzlich Feuerwehrleute und Polizisten im Hof. Man stürmt die Stufen hoch bis in unseren Stock und bricht die Stahltür zum Turm auf – einer dieser mittelalterlichen Wohntürme, von denen es einst in Wien viele gab, als es innerhalb der Stadtmauern eng wurde und man in die Höhe bauen musste –, die tapferen Männer tragen Gasmasken und klettern bis ganz in den

Turm hinauf, wo sie die verwesende Leiche der alten Dame finden, die den Turm die letzten dreißig Jahre bewohnte. Wir haben die Dame einige Male gesehen, wie sie unten im Hof mit ihren Einkaufstaschen auf 1 Bank sass, und ich habe ihr 1 paar Mal ihre Sachen hinauf bis vor die Eisentür getragen. Sie hat mich nie in ihren Turm gebeten. Wir haben sie nie in unsere Wohnung gebeten. Dann lag sie drei Monate lang tot neben uns. Niemand hat etwas gemerkt. Niemand hat sie vermisst. Die Feuerwehrleute erzählen, dass die Verwesung weit fortgeschritten und alles voller Würmer sei. Wir verstehen nicht, wie so etwas mitten in der Altstadt passieren kann. In einer anonymen Wohnsiedlung, ja, aber hier, in diesem Haus? Man erklärt es schließlich damit, dass der Turm so hoch über die Dächerlandschaft hinausragt, dass der stete Wind die üblen Gerüche wegtrug. Nur die wenigen Male, als Windstille herrschte, drang der Gestank ins Haus herab.

Ende, aus, finito. Schließe das Notizbuch. Muss lachen. Wien, nur du allein ... Hexenkessel, Schlangengrube, ein Gebilde, das fortwährend zum Scheitern, das ununterbrochen zur Infamie und zu Geistesschwäche verurteilt ist. Bernhard hatte Recht. Kunst- und geistfeindlich. Ein stumpfsinniges Provinznest mit dummen Menschen und kalten Mauern ...

Graue mich vor dem Tag, an dem ich heimkehren muss. Naja. Noch ist es nicht so weit. Morgen treff‘ ich Mercken. Bin inzwischen wirklich neugierig. Wie stellt er sich das Ganze vor, der Herr Regisseur?

Sortiere die Zeichnungen, die ich von ihm gemacht habe. Einiges ist gelungen. Werfe ihn mit groben Kohlestrichen auf eine kleine vorgrundierte Leinwand, dreißig mal fünfzig. Merke, dass ich ihn gut im Griff habe. Halbprofil, um seine ausdrucksstarke Nase zu würdigen. Mache mit Acrylfarben weiter. Schnell, nur mit ganz wenig Verdünner. Rotze ihn hin. Starke Kontraste: weißes Haar, helle Haut, helle, wässrige Augen, fast schwarzer Hintergrund. Gut. Ja, das ist Mercken, wie er ist und wie er redet. Klar, präzise, stringent. Habe exakt den Moment erwischt, wenn die Lust am Erzählen die Schatten trauriger Erinnerungen zu vertreiben beginnt. Habe ihn gut getroffen, diesen alten Mann, der unter dem Gewicht seiner persönlichen Tragödie zerbrechen müsste, sich aber aufrafft, der Unabänderlichkeit seines Schicksals trotzt und ihm ins Gesicht lacht.

Werde das Bild einpacken, sobald es trocken ist. Ein Geschenk. Eine kleine Aufmerksamkeit. Ein Dankeschön für den Vorschuss vielleicht.

Treffe ihn zur üblichen Stunde am üblichen Ort. Gebe ihm sein Notizbuch zurück. Überreiche das Bild. Harmonie ist Einheit von Kontrasten und von Ähnlichem, erkläre ich, im Ton, in der Farbe, in der Linie. Ton, das heißt Hell und Dunkel. Farbe, das heißt Rot und seine Komplementärfarbe Grün, Orange und Blau, Gelb und Violett. Linie, das ist die Richtung im Verhältnis zur Waagrechten. Harmonie gleich Kunst.

Das Bild gefällt ihm, ich merke es, aber er kommentiert es nicht.

Haben Sie die Notizen gelesen?, fragt er stattdessen.

Selbstverständlich. Sie wollen also, dass ich Ihre Gattin male? Und Sie wollen, dass ich während der Sitzung mit ihr schlafe? Sie wollen, dass ich sie … und Sie wollen zuschauen?

Ja, entgegnet Mercken ohne auch nur einen Augenblick zu zögern. Ja, das wäre schön. Es ist allerdings nur ein Wunsch. Es besteht keine Verpflichtung dieser Art für Sie. Ich kaufe ausschließlich Ihre Dienste als Porträtist, Ihre Verführungskünste bezahle ich nicht.

Gut.

Ich vermute allerdings, dass Sie der Ausstrahlung meiner Gattin nicht widerstehen werden.

Wir werden sehen. Der Gedanke, dass Sie zuschauen, macht mich nicht an. Habe es lieber privat, wenn ich …

Reden wir über Ihre Arbeit. Ich will nicht irgendein Porträt. Ich will, dass sie meine Frau in den Augenblicken der Auflösung festhalten. Im Moment, da die Leidenschaft sie überwältigt. Wenn sich Lust und Schmerz in …

Wieso fotografieren Sie sie nicht, wieso drehen Sie nicht einen Film?

Wir haben das natürlich gemacht. Fotografieren und fotografieren lassen, und filmen und filmen lassen. Es ist dabei einiges herausgekommen. Aber ich will mehr. Ihr Bild soll mehr als nur die Oberfläche abbilden. Denken wir an Rubens, an Ingres, an Manet, Klimt und Schiele und wie die großen Meister alle heißen, denken wir an ihre Akte, diese großartigen Anbetungen des Weiblichen. Ich bin Alte Schule. Ich glaube noch, dass die Malerei mehr vermag als Fotografie und Film. Die Wahrheit des entkleideten Körpers. Das erotische Kunstwerk ist heilig.

Mercken redet sich in eine Begeisterung hinein, die ich nicht unterbrechen will, also lasse ich ihn schwärmen und glühen und dozieren.

Der modere Künstler drückt eine innere Welt aus, sage ich schließlich, er drückt Energie aus, Bewegung, Kraft, Potenz. Aber wie stellen Sie sich das vor, ich kann ja nicht gleichzeitig mit Ihrer Gattin schlafen und sie malen. Wäre es nicht einfacher, Sie heuern einen jungen, virilen Burschen an. Sie könnten zuschauen. Ich würde skizzieren. Alle wären zufrieden.

Nein, nein! Mercken schüttelt energisch den Kopf.

Das kommt nicht in Frage. Keine weiteren Personen. Nur meine Frau, Sie und ich. Diese Intimität darf kein Vierter stören. Aber machen Sie sich keine Sorgen. Sie werden es schaffen. Ich traue es Ihnen zu. Wir haben uns über Caravaggio unterhalten. Ich weiß, dass Sie ihn lieben. Die gleiche Radikalität erwarte ich von Ihnen, dieses unverstellt, unbedingt und zeitlos Wahre, genau das erwarte ich von Ihnen, eine Ehrlichkeit, die gnadenlos ist, und dennoch von grenzenloser Zuneigung …

Jetzt muss ich aber wirklich …!, fauche ich, damit gehen Sie zu weit! Caravaggio ist ein Jahrhundertkünstler, was sage ich: ein Jahrtausendkünstler! Caravaggio, El Greco, Picasso! Das sind Namen, denen man mit Ehrfurcht, mit Scheu, mit sehr großem Respekt begegnet. Was Sie reden, ist Blasphemie! Diese Ausnahmekönner …

Natürlich, selbstverständlich!, beschwichtigt Mercken. Aber nur weil einer nicht Caravaggio ist, heißt das noch lange nicht, dass seine Bilder nicht begehrenswert sein können. Wir haben vor nicht allzu langer Zeit einem jungen Künstler eine schöne Summe bezahlt. Sein Wert hat sich inzwischen verdreißigfacht.

Und ‚im Stil von' male ich schon gar nicht!, zürne ich weiter. Bin wütend. Einen Caravaggio wollen Sie? Gerne. Einen Picasso? Kein Problem, die Arschlöcher aus Picassos Spätwerk habe ich besonders gut drauf. Dann nehmen Sie Hipfl. Hipfl kann das, malen im Stil von …

Nun beruhigen Sie sich, versucht Mercken zu besänftigen. Ich will Ihnen nicht zu nahetreten und ich will Sie auch nicht beleidigen. Selbstverständlich weiß ich, dass Caravaggios Genie unvergleichlich ist. Dennoch. Sie sind Künstler. Sie werden Ihr Bestes geben. Ich vertraue Ihnen vollständig. Selbstverständlich haben Sie alle Freiheiten. Beinahe alle jedenfalls, ich muss auf formalen Kriterien bestehen. Ich will Öl auf Leinwand, und zwar zwei Meter fünfzig Mal mal ein Meter sechzig. Als Honorar biete ich fünfzigtausend Euro. Zehntausend überweise ich sofort, den Rest erhalten Sie, sobald das Gemälde fertig ist. Können Sie damit leben?

Absolute künstlerische Freiheit?

Absolut. Mit der kleinen Einschränkung natürlich, dass ich keinen Blumentopf will und keinen röhrenden Hirsch und auch keine Abstraktion, sondern meine Frau im Augenblick ihres Orgasmus.

Fünfzigtausend?

Ja, und zehntausend sofort.

Wow. Das ist … gut, denke ich, das ist fantastisch. Einverstanden. Wann werde ich Ihre Frau kennenlernen?

Wir werden morgen zu dritt Abendessen gehen. Um zwanzig Uhr treffen wir uns hier. Nochmals herzlichen Dank für das Porträt übrigens. Mercken steht auf, klemmt es unter den Arm, deutet eine leichte Verbeugung an und verlässt das Café.

Bleibe sitzen. Unglaublich! Wer hätte das gedacht. Fünfzigtausend! Das ist endlich einmal eine Summe. Hätte ich mehr verlangen müssen? Fünfzigtausend klingt gut, aber zweieinhalb Mal eineinhalb Meter, das bedeutet Arbeit, viel Arbeit. Caravaggio hat an seiner *Madonna dei Pellegrini* drei Jahre lang gearbeitet. Das Bild ist auch zweifünfzig mal einssechzig. Zufall? Absicht? Ich traue Mercken alles zu. Hätte ich mehr verlangen sollen?

Nein. Geldgier zerstört die Kreativität. Der Zufall hat mich begünstigt. Ich bin bereit. Ich darf jetzt wirklich nicht jammern. Schließlich bin ich zufrieden, mehr als nur zufrieden, ich freue mich, bin beglückt und begeistert. Wie heißt es so schön? Der Zufall wird den Pinsel führen, aber die Seele der Tat ist die Absicht.

Bestelle Prosecco, eine ganze Flasche. Fünfzigtausend! Soviel habe ich noch nie für ein einzelnes Bild gekriegt. Soviel kriegt auch Hipfl nicht immer.

Am Nebentisch sitzt eine kleine Gruppe älterer Herrschaften, drei Damen und zwei Herren, die angeregt mit einander plaudern, Spanier offenbar, ich verstehe kein Wort. Offeriere ihnen von meinem Prosecco. Versuche, klar zu machen, dass ich etwas zu feiern habe und mit ihnen anstoßen möchte. Es dauert, bis sie begreifen, aber schließlich – Salud! Chinchin! – prosten sie mir zu. Leider sprechen sie kein Deutsch, sie verstehen nicht, was es zu Feiern gibt.

Gehe noch einmal in die Basilica Sant'Agostin zu Caravaggios *Madonna dei Pellegrini.* Studiere die Komposition und vor allem den Übergang von der Schulter zum Hals und den Ausdruck im Gesicht dieser Madonna. Sie wirkt so selbstsicher, so überlegen, sie weiß, dass sie auserwählt ist. Keine Spur von christlicher Demut oder Unterwürfigkeit, keine Hingabe, keine Opferbereitschaft, keine Duldsamkeit oder Schwäche. Das ist eine starke, selbstbewusste Frau, die das schwere Kind trägt, als sei sie ganz andere Lasten gewöhnt.

Mit dem Bus zur Repubblica. Er ist bis zum Bersten mit Leuten gefüllt, die wahrscheinlich alle von der Arbeit nach Hause fahren. Bei jeder Station wollen noch mehr zusteigen, die Türen lassen sich kaum schließen. Kurz vor Repubblica wird ganz in meiner Nähe eine Frau ohnmächtig. Eine andere, jüngere versucht sie aufrecht zu halten. Die Umstehenden helfen nicht, sie bewegen sich nicht. Sie starren, aber sie bewegen sich nicht. Zwänge mich hindurch und helfe, die Ohnmächtige zu einem Sitzplatz zu schleppen. Sie ist kreideblass und hängt schlaff in meinen Armen. Es ist fast unmöglich, die Leute dazu zu bringen, aus dem Weg zu gehen. Sie wirken abgestumpft und leer. Sie begreifen nicht, was eben geschieht. Die Junge und ich schaffen es endlich, die Ohnmächtige hinzusetzen. Ein Mann hilft jetzt, er behauptet, er sei Arzt. Der Bus hält. Repubblica. Steige aus mit dem Bild im Kopf, wie die Frau vom Zustand des Wachseins in die Ohnmacht glitt. Dieser eine, kurze Moment mit dieser einen, kleinen Veränderung des Ausdrucks in ihrem Gesicht, der dennoch keinen Zweifel ließ, dass in ihr in diesem Moment etwas Grundsätzliches passierte …

Gehe über die Via Vittorio Emanuele Orlando zur Via XX Settembre und zur Kirche Santa Maria della Vittoria. Ihr kostbarster Schatz ist Berninis *Verzückung der Heiligen Theresa.*

Trete ein. Orgelklänge. Die Kirche selbst ein barocker Albtraum. Überladener geht nicht. Dutzende nackte Putten an den Wänden und an der Decke. Der Hauptaltar wird von einem gewaltigen Zimborium dominiert. Man muss sehr viel naiven Willen aufbringen, um in ihm nicht eine hoch erregte, geschwollene Vulva zu sehen.

In der linken Kapelle über dem Altar die *Verzückung.* Bernini schlug auch diese Skulptur aus schneeweißem Marmor. Theresa liegt, in langem Kleid und mit Kopftuch, dahingegossen. Die Beine ziemlich gespreizt, das Gesicht gegen den Himmel gerichtet. Neben ihr steht, leicht geschürzt, ein knabenhafter Engel. Er nestelt an ihrem Überwurf und zielt mit einem goldenen Speer auf ihren Unterleib. Die Heilige in hysterischer Ohnmacht. Mit gebrochenem Blick liegt sie auf einer Wolkenmasse. Die Glieder der Wollust entgegengestreckt. Theresa: *„Unmittelbar neben mir sah ich einen Engel in vollkommener körperlicher Gestalt. Der Engel war eher klein als groß, sehr schön, und sein Antlitz leuchtete in solchem Glanz, dass er zu jenen Engeln gehören musste, die ganz vom Feuer göttlicher Liebe durchleuchtet sind. In der Hand des Engels sah ich einen langen goldenen Pfeil mit Feuer an der Spitze. Es schien mir, als stieße er ihn mehrmals in mein Herz, ich fühlte, wie das Eisen mein Innerstes durchdrang, und als er ihn herauszog, war mir, als nähme er mein Herz mit, und ich blieb erfüllt von flammender Liebe zu Gott. Der Schmerz war so stark, dass ich klagend aufschrie. Doch zugleich empfand ich eine so unendliche Süsse, dass ich dem Schmerz ewige Dauer wünschte.“* Die Verwandtschaft von Religion, Lust und Grausamkeit ist offensichtlich. Mich interessiert der Ausdruck. Wie meißelte Bernini das Gesicht? Diese Frauenfigur unterscheidet sich gar nicht so sehr von den üblichen charakterlosen Madonnen. Trotzdem ist sie schön. Wieso? Was zeichnet sie aus? Die geschlossenen Augen? Der leicht geöffnete Mund? Dieser Moment vor der Ekstase, unmittelbar vor dem Höhepunkt. Diese Wollust. Man weiß, dass sie den Mund gleich aufreißen und laut schreien wird … Wenn das himmlische Liebe ist, kenne ich sie auch.

Mache ein paar Skizzen, eine Art Bildergeschichte vom Augenblick an, den Bernini wählte, über den Orgasmus hinaus bis zum Zustand der Erschöpfung. Die Erinnerung an die Dame im Autobus vermischt sich mit der Skulptur …

Gehe zu Fuss nach Hause. Trage ein Bild in mir, wie ich das Porträt komponieren könnte, aber es ist äusserst diffus. Als ob ich es durch Milchglasscheiben sehen würde. Und schon schieben sich Akte von Manet, Renoir, Schiele davor. Merke, dass ich mir Merckens

Frau nun überhaupt nicht mehr vorstellen kann. Monica Vitti soll sie gleichen. Aber welche ist die Vitti? Sophia Loren kommt mir in den Sinn. Anna Magnani.

Es ist dunkel geworden, die Strassen und Plätze sind in mildes, ins Orange changierendes Licht getaucht. Die üblichen Ansammlungen vor der Fontana di Trevi, dem Pantheon und auf der Piazza Navona. Die Schnellzeichner halten noch die Stellung. Viel zu tun gibt es nicht. Bei einem sitzt eine Japanerin. Freundinnen stehen um sie herum und kichern. Das Bild ist weit gediehen, er trifft sie gut, Kompliment.

Schlummertrunk in der Bar del Fico. Wie lange bin ich schon in Rom? Habe das Gefühl für die Zeit verloren? Nicht, dass es etwas bedeuten würde. Trotzdem will man gerne wissen, wohin die Reise geht. Obwohl man tief im Inneren ahnt, dass jede Reise in der Dunkelheit enden wird, weil sie in der Dunkelheit begann.

Gehe früh schlafen, wache früh auf. Bin angespannt.

Verbringe den Vormittag in der Galleria Borghese und lange vor Caravaggios *Madonna dei Palafrenieri*. Eine Komposition mit drei Figuren, Anna, Maria und das nackte Jesuskind, ein kräftiger, ungefähr vier Jahre alter Bub. Er und seine Mutter zerstampfen mit ihren Füssen den Kopf einer Schlange. Die Großmutter schaut zu. Auch diese Maria weicht deutlich von den üblichen Madonnendarstellungen ab. Das ist keine idealisierte Frau, sondern eine, wie man ihr auf der Strasse begegnen könnte. Sie trägt ein rotes Samtkleid, das Dekolletee ist so geschnürt, dass es die vollen Brüste ins Zentrum des Bildes hebt. Diese Maria ist unglaublich lebendig. Das ist nicht einfach eine Figur oder ein Abbild. Das ist eine Frau, die lebt. Einem Künstler fällt es leicht, in den Werken anderer Künstler Makel, Schwächen, Fehler und Ungereimtes zu finden. Aber an

Caravaggio zerschellt alle Kritik. Wenn Mercken mich an Caravaggio misst, muss ich versagen. Da helfen auch keine fünfzigtausend Euro. Wenn er mich an Hipfl messen würde! Bei diesem Gedanken muss ich laut lachen.

Bin rastlos danach. Ein schnelles Panino irgendwo, dazu einen Espresso. Hetze durch die Stadt, komme erst zur Besinnung, wie ich vor dem Petersdom stehe. Gut. Wenige Besucher, bin im Nu durch den Metalldetektor und schon in der Basilika. Gleich links vom Eingang die weltberühmte Pietà von Michelangelo. Eine wirklich großartige Plastik, unübertroffen harmonisch. Mich berührt hauptsächlich, dass die Madonna jünger wirkt als ihr erwachsener Sohn. Das ist keine fünfzig- oder fünfundfünfzig- oder gar sechzigjährige Frau. Sie kann höchstens dreißig sein, allerhöchstens. Michelangelo hat nicht Mutter und Sohn aus dem Stein geschlagen sondern ein Liebespaar.

Endlich Abend. Bin sorgfältig rasiert und stecke in meiner besten Kleidung. Stehe pünktlich am Tresen des Caffè della Pace. Kurz danach betritt Mercken das Lokal. Er ist allein. Spüre, dass ich enttäuscht bin und schon wieder wütend werde. Was soll das? Hält er mich wieder hin?

Mercken beruhigt. Seine Frau erwartet uns, sagt er. Er will zuerst das Geschäftliche regeln.

Er überreicht mir einen Vertrag, in dem das, was wir besprochen haben, festgehalten ist. Habe keine Einwände, scheint alles astrein zu sein. Muss nur in den Durschlägen meine Bankverbindung eintragen, unterschreiben, fertig.

Mercken reicht mir die Hand. Ich freue mich, sagt er, und schüttelt meine.

Wir gehen ein Stück tiberwärts. Schon nach fünfzig

Metern betritt er ein Lokal. Etablì steht diskret neben der Tür. Ein großer, offener Raum. Im hinteren Bereich eine beachtliche Bar, der vordere ist loungeartig möbliert. Mercken steuert auf eine Couchgruppe zu. Eine Dame steht auf. Das ist Lisa? Habe sie mir ganz anders vorgestellt. Glamouröser, auffälliger, schöner. Bin enttäuscht. Habe eine rassige Italienerin erwartet, eine Monica Vitti oder Claudia Cardinale. Merckens Frau hingegen ist … gewöhnlich? Mir schießen die vielen hundert Madonnenbilder durch den Kopf, die ich in letzter Zeit betrachtet habe. So ist Merckens Frau. Nichtssagend. Eine Durchschnittsperson. Ovales Gesicht, dunkles, schulterlanges Haar, braune Augen, ziemlich schmale Lippen. Üppig ist sie, für ihre Grösse beinahe zu üppig.

Sie trägt ein taubenblaues Kleid, knielang, schwarze Stöckelschuhe, schwarze Strümpfe, um den Hals eine Perlenkette und an beiden Handgelenken mehrere Goldreifen. Das sieht einigermassen elegant aus, ist aber doch ziemlich entfernt von einem italienischen Schick, wie man ihm hier regelmässig begegnet.

Muss mich zusammenreißen, damit man mir die Enttäuschung nicht ansieht. Wir nehmen Platz, die beiden auf einer Couch, ich in einem Sessel. Lisa hat einen Gin Tonic vor sich stehen. Bestelle einen Whisky Sour, Mercken trinkt natürlich Cognac. Ein paar Augenblicke lang sitzen wir schweigend da, mustern uns. Bevor es peinlich wird, fragt Lisa, wie es mir in Rom gefällt. War auf das Schlimmste gefasst, aber wenigstens hat sie eine angenehme Stimme.

Gut, sage ich und weiß nichts Besseres zu erzählen als dass ich heute im Petersdom war und Michelangelos Pietà studiert habe. Sie lässt mich eine Weile lang reden, mit ausdruckslosem Gesicht. Die Mundwinkel sind abgesenkt, sie wirkt gelangweilt, angeödet sogar.

Schließlich unterbricht sie mich. Sie wissen natürlich, fragt sie, dass Michelangelo und all' die anderen, Bernini, Leonardo etc., Modelle anfertigten, bevor sie sich über den Marmor hermachten? Stroh-, Lehm-, Terracottamodelle? So konnten sich die Künstler mit den Proportionen beschäftigen, und die Auftraggeber wollten natürlich auch wissen, was sie zu erwarten hatten, so ein Marmorblock, der war ja nicht billig. Leider sind von diesen Modellen nur wenige erhalten. Das Material war nicht für die Ewigkeit bestimmt.

Dumme Kuh! Natürlich weiß ich das. Sie redet auf eine Art und Weise, die herablassend, ja eigentlich beleidigend ist. Es klingt verächtlich und müsste mich kränken. Bemühe mich, mir nichts anmerken zu lassen. Beschreibe stattdessen meine Arbeitstechnik. Rede von modernen Materialien und den Möglichkeiten, die sie bieten. Nehmen wir einmal an, sage ich, dass die erste Farbe, die ich auf die Leinwand auftrage, Rot ist. Nun, diese erste Farbe bestimmt alles weitere, was mit dem Gemälde passiert. Danach könnte ich Gelb auftragen und ein bisschen Blau; dann könnte ich vielleicht das Rot mit Schwarz tilgen, und das Blau würde vielleicht Gelb werden und das Gelb Dunkelrot, während sich das Schwarz in Weiß verändert. Offensichtlich kann alles passieren. Aber der faszinierende Ablauf beginnt mit jenem ersten Rot, und wenn ich nicht mit Rot begonnen hätte, wäre das ganze Bild anders geworden …

Sie hört mir eine Weile lang zu, unterbricht dann und sagt, Rot sei schön, Rot sei Leben, Energie, Potenz, Macht, Liebe, Wärme, Kraft. Rot mache high. Allerdings bewundere sie die Alten Meister, weil sie keine modernen Mittel zur Verfügung hatten, sondern mit primitiven Mitteln arbeiten mussten, keine synthetischen Rottöne also, sondern nur Pigmente etcetera … Abrupt verstummt sie, steht auf und geht zur Toilette.

Mercken bestellt die nächste Runde. Wir trinken, er redet, wir warten auf seine Frau. Sie kommt zurück, setzt sich, zieht ein Gesicht wie ein verwöhntes Kind, das nicht kriegt, was es will.

Ich frage sie, ob sie konkrete Vorstellungen bezüglich des Porträts habe.

Sie meint, es sei ihr egal. Sie gebe sich ganz in die Hände des Künstlers, der ja selbst am besten wissen müsse, wie er zum idealen Ergebnis komme. Sie ist überheblich, sie ist blasiert. Wenn tatsächlich die ersten Sekunden oder gar die ersten Sekundenbruchteile über Sympathie und Antipathie entscheiden, dann wird das nichts mit uns, denke ich und ich denke, dass ich mir nicht vorstellen kann, mit der Dame Sex zu haben, geschweige denn, mich mit ihr in einen Liebesrausch hineinsteigern zu können. Schließlich vermute ich, dass sich die Fünfzigtausend möglicherweise viel härter erarbeiten werden als gedacht.

Mercken scheint nichts zu merken. Er schildert schon wieder, wie ihn der Moment der grössten, der höchsten, der äussersten Leidenschaft interessiere und dass er ihn, wie erwähnt, oft mit der Kamera festzuhalten versucht habe. Vielleicht könne ich die Bilder als Studien gebrauchen? Er stelle sie gerne zur Verfügung.

Habe im Moment ein echtes Problem, mir seine Frau im Kontext irgendeiner Leidenschaft vorzustellen, zu blutleer wirkt sie auf mich, zu distanziert. Wo ist die Frau, die er mir so ausführlich geschildert hat?

Erkläre, dass ich meine eigene Arbeitstechnik habe. Weise darauf hin, dass ich im Allgemeinen von meinen Modellen viel Geduld und Ausdauer verlange. Studien zuerst, Skizzen etc., von den Händen, dem Gesicht natürlich, dem Haar, dem Hals und so weiter, Entwürfe, Versuche, ein vorsichtiges Herantasten. Ich müsse schauen und wieder schauen, bis vor meinem inneren Auge ein klares Bild entstanden sei, ein Bild, das so deutlich sein muss, dass es aus meinen Augen heraustreten und sich auf der Leinwand festsetzen kann. Sehen, erkläre ich, ist ein passiver und ein aktiver Vorgang. Einerseits nimmt das Auge auf, es öffnet sich, gibt sich hin, empfängt und lässt die Welt eindringen. Aber der Blick kann sich auch konzentrieren, er grenzt ein, fixiert, reißt Details aus dem Zusammenhang. Ich sehe, was ich sehen will, sage ich. So schaffe ich zuerst in meinem Innern, was ich dann zu veräusserlichen gedenke. Im Idealfall stimmen das innere und das äussere Bild überein. In der Musik würde man das vielleicht den reinen Klang nennen. Er kann nur entstehen, wenn zwischen dem Innen und dem Aussen keine Dissonanz mehr existiert. Erst, wenn ich das gemeistert habe, sage ich, können wir weiter gehen und versuchen, einen Liebesakt festzuhalten. Ob sie schon überlegt habe, wie sie sich diesen Liebesakt vorstelle?

Das wird sich wie von allein ergeben, antwortet sie.

Aber Sie müssen doch irgendeine Vorstellung haben!

Nein, muss ich nicht. Ich begebe mich ganz in Ihre Hände. Sie werden das schon richtig machen.

Ein seltsames Gespräch. Als ginge es um die Möblierung eines Zimmers oder um die Planung einer Urlaubsreise. Wir tun, als ob uns nichts peinlich wäre, obwohl wir wissen, dass das, was uns verbindet, weder normal noch üblich ist, sondern von den meisten Leuten als pervers eingeschätzt würde.

Bestelle noch einen Whisky. Trinke schnell. Zu

schnell und zu viel.

Wir verabreden uns für den nächsten Tag. Die erste Sitzung soll bei ihnen zu Hause stattfinden. Mercken will noch eine Runde ausgeben. Das ist mein vierter Whisky inzwischen. Eine Jazzband hat zu spielen begonnen, Schlagwerk, Bass und E-Gitarre. Sie sind gut. Cool, sehr cool. Lisa hat die Beine übereinandergeschlagen. Sie wippt mit einem Fuss den Takt, während sie von einer Kunstausstellung im Macro erzählt, dem Museum für zeitgenössische Kunst in Rom. Enttäuschend, sagt sie, aber man weiß ja, dass sich Rom und die Avantgarde nicht vertragen.

Die Last der Geschichte, fügt Mercken hinzu, die unglaubliche Fülle an Unübertroffenem.

Selbstverständlich haben Sie Recht, entgegne ich, aber soll man deswegen aufgeben, als Künstler, meine ich, als einer, der versucht, trotz der titanenhaften Vorbilder etwas Eigenes zu schaffen?

Natürlich nicht, sagt Mercken, aber Sie sind mir ins Gesicht gesprungen, als ich es wagte, eine mögliche Gegenwart mit Caravaggio zu vergleichen.

Er lacht. Er ist ganz entspannt. Das Lächeln seiner Frau ist eher säuerlich. Leonardos *La Gioconda* kommt mir in den Sinn. Habe nie verstanden, wieso man ausgerechnet um dieses Bild ein derart enormes Aufsehen macht. Mona Lisa ist weder besonders hübsch noch wirkt ihr Lächeln besonders ansteckend. Säuerlich, ja, ein nichtssagendes Gesicht mit einem säuerlichen Lächeln. Darin, denke ich, sind sich Merckens und Da Vincis Lisas gleich.

Verabschiede mich nach Mitternacht. Schwanke ein wenig. Bin ziemlich betrunken. Kann lange nicht einschlafen. Habe im Laufe meiner Künstlerkarriere zahllose Akte gezeichnet, gemalt und modelliert. Das ist üblich.

Das ist nichts Besonderes, es gehört zu den Pflichtfächern jeder Akademie. Hatte natürlich eine Reihe von Affären mit meinen Modellen. Auch das ist üblich, es ist wirklich nichts Besonderes. Dieser Auftrag hingegen ... Irgendetwas lässt mir keine Ruhe. Es packt mich in der Magengrube und hält fest und drückt. Löst Gefühle aus, die ich nicht kenne. Versuche sie mit Whisky zu betäuben. Er hilft nicht. Sie werden nicht schwächer, sondern stärker. Aber ich durchschaue sie nicht. Habe ich Angst? Fürchte ich mich, den Anforderungen nicht gewachsen zu sein? Seltsam. Im Allgemeinen habe ich keine Mühe, meinen Fähigkeiten zu vertrauen.

Erwache gegen Mittag. Die Sonne scheint. Rom zeigt sich von seiner freundlichsten Seite. Für die Jahreszeit ist es wieder erstaunlich warm.

Kaffee und Panino.

Danach bereite ich mein Werkzeug vor. Spitze Bleistifte, überprüfe Kohlestifte. Wähle einen Zeichenblock aus, Format A3, starkes Papier, 200 Gramm, 50 Blatt. Radiergummi, Fixativ, Taschenmesser. Verstaue alles in einer Tasche. Ja, ich bin bereit, es kann endlich losgehen, das Vorspiel hat mich lange genug beschäftigt.

Die Merckenwohnung liegt tatsächlich ums Eck in der Via del Governo Vecchio in einem kleinen Palazzo aus dem 16. Jahrhundert und nimmt offenbar die gesamte Beletage ein. Große Räume mit hohen Decken. Fresken, Marmor, altes Holz. Meine Absteige könnte ich bequem im Entree unterbringen. Mercken begrüsst mich. Meine Frau erwartet uns im Teesalon, sagt er. Der Teesalon ist mindestens fünfzig Quadratmeter groß. Gelbe Seidentapeten. An der Decke ein Barockgemälde, flötenspielender Faun und nackte Putten. Merckens Frau sitzt an einem Cembalo. Sie klimpert, Bach wahrscheinlich, kenne mich mit klassischer Musik nicht wirklich aus. Sie trägt, passend zu den Tapeten, einen Morgenmantel aus schwerem, gelbem Brokat. Sie steht nicht auf, aber sie reicht mir die Hand. Der Morgenmantel klafft ein wenig auseinander. Offenbar ist sie darunter nackt.

Der Teesalon ist lichtdurchflutet. Merckens Frau fragt, wo sie sich hinsetzen soll.

Sage, sie könne sitzen bleiben.

Sie will wissen, ob sie sich ausziehen müsse.

Das ist im Moment nicht nötig, entgegne ich. Nur ein paar Skizzen ihres Gesichts.

Sie erweist sich als geduldiges Modell. Es macht ihr nichts aus, die längste Zeit still zu sitzen.

Merken hält sich im Hintergrund. Ab und zu fragt er, ob wir etwas brauchen, einen Kaffee oder ein Glas Wein oder so. Bin zu sehr mit der Arbeit beschäftigt, als dass ich mich von ihm aus der Konzentration reißen lassen würde, aber ich sehe dennoch, dass er in ihrer Gegenwart verändert ist. Er hat etwas Unterwürfiges, Hündisches an sich. Schätzchen hier heißt es und Schätzchen da, wenn er mit ihr spricht, und es macht den Anschein, dass er ihr nicht nur die Wünsche von den Augen abzulesen versucht, sondern sie schon erfüllt haben will, bevor sie auch nur daran gedacht haben könnte. Wenn ich nicht beschäftigt wäre, würde mir das Getue auf die Nerven gehen.

Verfertigte an diesem ersten Tag ein Dutzend Skizzen, bin aber überhaupt nicht zufrieden. Wenn Frau Mercken sitzt und schweigt, kann ich kein Temperament entdecken. Ich finde nichts Lebendiges oder Strahlendes, nichts, was feurig oder glutvoll wäre. Sie sitzt mit einem eingefrorenen Lächeln, einem nichtssagenden, gelangweilten Lächeln, das mich zur Verzweiflung treibt. Versuche, sie zum Reden zu bringen, aber sie bleibt einsilbig. Schweigend gleicht sie den hunderttausend faden Madonnen, welche die römischen Kirchen bevölkern. Erwähne sie, versuche, sie damit aus der Reserve zu locken.

Signora Mercken lächelt. Signora Mercken schweigt.

Dann springt er auf. Haben Sie die beiden Madonnen im Pantheon gesehen? Vor allem die Kopie aus dem 17. Jahrhundert. Die ist doch ziemlich einzigartig, nicht wahr? Sie vermittelt ein Gefühl des Archaischen, sie erinnert an heidnische Muttergottheiten, an Arthemis, Astarte und Isis …

Lasse ihn reden. Soll er. Habe keine Lust, ihm zu erklären, dass sich mit römischen Madonnen kaum jemand besser auskennt als ich.

Bin sehr enttäuscht von den Ergebnissen dieses ersten Tages. Bin nicht einmal ansatzweise an mein Modell herangekommen.

Wir vereinbaren, dass ich zweimal pro Woche mit seiner Frau arbeiten werde.

Die Tage dazwischen nütze ich, um eine mögliche Komposition eines Bildes zu entwerfen.

Scheitere eins ums andere Mal. Das Zimmer, in dem ich arbeite, versinkt im Chaos. Es ist, als ob sich Papier und Stifte, als ob sich Leinwand und Farben gegen mich verschworen hätten. Nichts will gelingen, alles ist Abbild, Oberfläche, Schein. Ich weiß, dass es nicht an mir liegt. Sie versperrt sich. Sie sitzt bewegungs- und reglos da. Sie wäre ein ideales Modell für eine Kunstakademie. Es scheint ihr nichts auszumachen, stundenlang in der immer gleichen Pose auf dem Stuhl zu sitzen.

Wo ist die Frau, die Mercken so ausführlich beschrieben hat? Eine Modeschau kommt mir in den Sinn, die ich vor einiger Zeit noch in Wien besuchte. Keines der großen Labels, aber eines, das sich doch schon einen Ruf und eine gewisse Beliebtheit erworben hatte. Im Festsaal eines Palais war der Laufsteg aufgebaut, über den die Models unter großem Hurra und viel Applaus der Zuschauer hinweg stolzierten. Hatte sehr bald genug. Es lag nicht an den Kleidern. Es lag an den Models. Sie wirkten so leer, so unbeteiligt, so leblos, als schiebe man Schaufensterpuppen über den Laufsteg. Ich hatte bald keine Lust mehr hinzuschauen, die öde Attitüde der Mädchen zerstörte den Glanz noch der schönsten Roben. Man erklärte mir nachher, dass das so sein müsse, die Modeschöpfer verlangen von den Mädchen nichtssagende Gesichter, um nicht von den Kleidern abzulenken. Schön müssen sie sein und nichtssagend. Offenbar, sagte ich damals, wissen die Modeschöpfer nicht, dass schön und nichtssagend ein Widerspruch ist, der das geschulte Auge schmerzt. Aber wie kann ich das Mercken begreiflich machen? Wie kann ich ihm vermitteln, dass seine Frau derart desinteressiert ist, dass ich eigentlich am liebsten aufstehen und ins nächste Wirtshaus gehen möchte. Lieber ein schales Bier als diese unbeteiligte Person! Vielleicht wird sie durch die Anwesenheit ihres Mannes blockiert? Vielleicht verlangt Mercken von seiner Frau ein nichtssagendes Gesicht? Oder sie ist vielleicht überhaupt dagegen, porträtiert zu werden, nackt, schwitzend, geil?

Es muss mir gelingen, sie unbeobachtet von ihrem Mann, dem Auftraggeber, dem unglücklich Begehrenden zu erleben. Ich muss wissen, was in ihr vorgeht. Ich will sehen, wie sie ist, wenn sie einfach sie selbst ist. Diese eigenartige Person, diese … Lisa. Irgendetwas muss an ihr sein, dass sie den alten Mercken so sehr fasziniert. Im Moment und vor mir verbirgt sie es. Ihr Verhalten, diese gelangweilte Herablassung, das demonstrative Desinteresse: ist das eine Maske. Erwartet sie, dass ich ihr die Larve vom Gesicht reiße?

Nach der dritten Sitzung spreche ich mit Mercken unter vier Augen. Erkläre mein Dilemma. Bitte, nein: flehe ihn an, mir Lisa für ein paar Sitzungen allein zu überlassen in einer Umgebung meiner Wahl.

Er versteht das Problem nicht. Sie haben hier alles, was Sie brauchen. Nein, er wolle bei den Sitzungen dabei sein.

Ich gebe nicht auf. Kämpfe wie ein Löwe. Erkläre, dass davon das Gelingen des Bildes abhänge.

Mercken besteht auf seinem Entschluss.

Drohe, den Auftrag hin zu schmeißen. Sage, das Geld sei mir inzwischen egal.

Mercken zögert.

Ich habe eine *nature morte*!, schreie ich, ein Stillleben, ich habe eine Objektkomposition, ich habe eine Leblosigkeit vor mir, die mich zum Verzweifeln bringt. Jedes Werk, erkläre ich, ist ein Zeugnis; die bewusste Anerkennung der Gleichzeitigkeit verschiedener Emotionen in einem Moment: Sehnsucht, Angst, Neugierde, Furcht, Tod, der Erinnerung an jedes dazugehörende heftige Ereignis, ob es einen Namen hat oder nicht. Aber Ihre Frau lebt nicht, sie ist bloß da, ich spüre sie nicht, sie vibriert nicht, ich spüre ihre Seele nicht, ihren Geist. Merken Sie nicht, dass das so nichts werden kann?

Ich mag das trotzdem nicht, beharrt Mercken.

Wieso?

Seit der Geschichte mit diesem Angelo … Nicht, dass ich Ihnen misstraue, aber ich lasse Lisa nicht gerne allein mit einem anderen Mann.

Überlege eine Weile. Sage dann, ich sei zu beinahe jedem Kompromiss bereit. Sie kennen den Nebenraum im Caffè della Pace, das Zimmer mit den historischen

Stichen, mit der roten Samtmöblierung und dem enormen, fast blinden Spiegel im Goldrahmen? Überlassen Sie mir Ihre Frau. Ich will sie vor den Spiegel setzen. Während der Woche und tagsüber ist dieses Zimmer immer leer. Aber es ist ein öffentlicher Raum. Jederzeit kann irgendjemand eintreten. Wenn ihr irgendetwas nicht behagen sollte, muss sie nur rufen. Schon steht eine Kellnerin da.

Wie stellen Sie sich das vor? Sie kann doch nicht nackt …

Ich brauche sie nicht nackt, im Moment noch nicht. Zuerst muss ich sie zum Leben erwecken. Sie wollen mein Bestes?, frage ich. Dann müssen Sie mich machen lassen.

Ich weiß nicht, gibt Mercken endlich nach, ich muss Lisa fragen, ob ihr das recht ist.

Wir gehen zu ihr. Sie nickt. Ihr ist offenbar alles recht.

Wundere mich. Habe nicht erwartet, dass sie sich meinem Wunsch so breitwillig fügt. Was ist los mit den beiden? Man könnte fast glauben, dass er sie gefangen hält oder auf irgendeine widerwärtige Art beherrscht und kontrolliert. Will er sie deshalb nicht aus den Augen lassen?

Schlendere mit dem Gefühl nach Hause, einen Sieg errungen zu haben. Kaufe in der Antica Bottega dei Sapori Prosciutto, Pecorino, Brot und einen guten Wein. Male ein bisschen vor mich hin. Gehe früh schlafen.

Es muss wohl während der ganzen Nacht mal geregnet, dann geschüttet, dann wieder geregnet und danach wieder geschüttet haben. Die Stadt trieft und dampft vor sich hin. Das Unkraut in den Ritzen der Mauern, das Moos auf den Treppen, der Schutt, die Verwitterungen, Verbröckelungen und Verrostungen, die Tümpel auf den Strassen, das alles macht den Eindruck einer uferlosen Trostlosigkeit. Das Caffè della Pace ist schummrig trüb, die Stimmung depressiv. Bin der einzige Gast. Die beiden Kellnerinnen stehen bei der Kaffeemaschine und beklagen sich über irgendetwas oder vielmehr irgendjemanden, jedenfalls kommt immer wieder Giuseppe vor, wahrscheinlich hat er die eine oder andere sitzen lassen. Die Eine stellt endlich den Capuccino vor mich hin, sonst beachten sie mich nicht.

Endlich tritt Lisa ein. Natürlich entdeckt sie mich sofort. Sie lächelt zuerst, dann strahlt sie, und es ist, als ob im Kaffeehaus die Sonne aufgegangen sei. So habe ich sie noch nicht gesehen. So unbekümmert fröhlich, so – lebendig. Sie gibt mir die Hand, tritt dabei so nahe an mich heran, dass ich den Duft ihrer Haut und ihres Parfüms riechen kann. Lisa riecht gut. Stelle irritiert fest, dass mein Körper darauf reagiert. Bin so überrascht, dass ich verlegen herumstottere. Frage sie dann, ob sie etwas trinken wolle, bevor wir beginnen.

Sie entgegnet, sie habe ihren Kaffee schon gehabt, sie sei bereit.

Sie trägt einen teuren hellen Wollmantel und ist sehr dezent geschminkt.

Wir gehen in den kleinen Spiegelsalon. Sie legt ab. Unter dem Mantel trägt sie ein schlichtes, schwarzes Kleid. Setze sie vor den großen Spiegel. Lobe sie für ihre Geduld als Modell. Sie nickt, lacht, streicht sich das Haar hinter die Ohren. Ihre Augen funkeln. Ich merke, dass mich ihr so völlig verändertes Verhalten aus dem Gleichgewicht bringt.

Versuche, abzulenken. Erzähle, dass ich kürzlich im Palazzo Doria-Pamphilj war. Wie mich die Opulenz der Räume beeindruckte. Rede von den zahllosen Madonna-mit-Kind-Gemälden. Von Niccolò Rondinelli, Giovan

Battista Salvi, Girolamo Romanino, Scipione de Gaeta und wie sie alle heißen. Allein von Guido Reni gäbe es drei Stück. Am meisten habe mich natürlich Caravaggios Frühwerk *Il riposa durante la fuga in Egito* fasziniert. Das für Caravaggio so typische Chiarooscura, das Hell-Dunkel-Verhältnis sei hier schon meisterhaft eingesetzt, und auch diese Madonna wirke ganz und gar unverwechselbar.

Kein Wunder, entgegnet Frau Mercken, Caravaggio verwendete als Modell eine Prostituierte. Die gleiche übrigens wie für sein Gemälde *La Maddalena*, das ja direkt daneben hängt. Eine Prostituierte! Stellen Sie sich den Skandal vor! Eine Sünderin, die eine Heilige mimt.

Frau Mercken lacht hell auf. Schaut mich mit Blicken an, die ich nicht wirklich zu deuten vermag. Flirtet sie mit mir? Jedenfalls sitzt mir jetzt eine völlig veränderte Person gegenüber. Sie macht mich verlegen. Erkläre, ich müsse eine Zigarette rauchen, bevor ich beginnen könne.

Gehe vor die Tür. Wieso ist Lisa so verwandelt? Ist etwas passiert oder ist es tatsächlich nur einfach die Tatsache, dass ich sie ohne ihren Mann treffe?

Es regnet nur noch ganz leicht. Die wenigen Leute, die unterwegs sind, schauen alle in die gleiche Richtung hin zu Santa Maria della Pace. Über der Kirche, die die Via dei Parioni abschließt, stehen gleich zwei Regenbögen.

Hole Lisa auf die Strasse. Wir stehen da, schauen, staunen. So schön, sagt sie, so schön! Nennen Sie mich übrigens Lisa. Signora Mercken ist zu förmlich, wenn man bedenkt, was uns bald miteinander verbinden wird. Da dürfen wir uns eine gewisse Intimität bestimmt jetzt schon erlauben. Sie nimmt meine Hand, hält sie zwischen ihren Händen, schaut mir tief in die

Augen und lacht. Sie lacht so leicht und unbekümmert und so ehrlich und echt, dass man nicht anders kann als sich anstecken zu lassen.

Wie wunderbar befriedigend muss es sein, mit ihr zu schlafen ... Der Gedanke schießt mir so unvermittelt durch den Kopf, dass mir das Lachen im Hals stecken bleibt. Täusche einen Hustenanfall vor, während ich um Fassung ringe. Irgendwie ist es ihr gelungen, mit ihrem Verhalten mitten in meine Künstlerseele zu stechen ...

Sie meint, wir sollten wieder hinein gehen, vielleicht sei es doch ein bisschen zu kalt vor der Tür.

Während sie wieder vor dem Spiegel sitzt, bemerke ich, dass die Liebe, die sie mit ihrem Mann verbinde, wohl ebenso schön, so rein und so klar sei wie diese Regenbögen.

Sie schmunzelt zuerst. Dann schaut sie mich an. Minutenlang. Ich schaffe es nicht, ihrem Blick Stand zu halten. Fummle an meinem Werkzeug herum. Sie ist plötzlich so – überlegen? Anlässlich unserer ersten Begegnungen war ihre Herablassung gelangweilt, öd und fad. Jetzt ist sie hochkonzentriert. Schließlich sagt sie: Sie meinen Rolandos Liebesgeschichte? Wieder lacht sie hell auf. Das, was ich Ihnen jetzt erzähle, bleibt unter uns, bestimmt sie. Versprechen Sie mir, dass das unser Geheimnis bleibt?

Ich ...

Sie müssen es versprechen. Schwören Sie!

Ihr Blick ist hypnotisch.

Bis ins Grab, sage ich, bis ins Grab.

Ich vertraue Ihnen, erwidert sie, Rolando würde Ihnen eh kein Wort glauben. Allerdings würde er Sie auf der Stelle aus unserem Leben entfernen, was zur Folge hätte, dass Sie nicht nur auf ein sehr üppiges

Honorar verzichten müssten, sondern auch darauf, mich zu sehen und zu malen, und ich kann mir nicht vorstellen, dass das in Ihrem Interesse ist.

Eigentlich müsste mich diese Arroganz auf die Palme treiben. Habe schon viele hochmütige Weiber erlebt, habe zuschauen müssen, wie sie in ihren Designeroutfits durch mein Atelier stöckelten und so taten, als sei ich nicht einmal den Dreck unter ihren Schuhen wert. Aber ich hab' ihnen noch jedes Mal zeigen können, wer der Meister ist. Ich weiß mit Zicken umzuspringen. Aber Lisa ... Ihre Überlegenheit ist nicht zickig, sondern sachlich, und weder ihre Stimme noch ihr Lachen klingen so, als ob sie mich zu verhöhnen versuche. Dazu kommt, dass ihr Deutsch zwar perfekt, aber dank des italienischen Akzents von betörender Musikalität ist.

Noch einmal lacht sie hell auf. Die Fältchen um ihre Augen sind aber auch wirklich zu entzückend. Diese schöne, reine, klare Liebesgeschichte, sagt sie dann, ist nicht so, wie mein Mann sie erzählt. Sie ist komplizierter, viel komplizierter und auch viel weniger klar, rein und schön. Ich weiß, dass mein Mann Sie mit seiner Lebensgeschichte vollgelabert hat. Ich weiß nicht, der wievielte Fremde Sie sind, mit dem er das macht. Er braucht das. Es kommt allerdings nicht oft vor, dass er einen Fremden nach Hause bringt. Und noch viel seltener, dass er mich mit dem Fremden allein lässt. Er ist furchtbar eifersüchtig. Aber das wissen Sie natürlich bereits. Haben Sie genug geträumt? Kommen Sie, fangen Sie mit der Arbeit an. Soll ich still sein? Oder darf ich, wenn es Ihnen recht ist, ein bisschen schwätzen? Wenn Sie nichts dagegen haben, erzähle ich Ihnen, wie es zwischen Rolando und mir wirklich steht. Allerdings muss es, wie versprochen, unser Geheimnis bleiben!

Versprochen ist versprochen, sage ich und beginne,

ihre Augenpartie zu skizzieren.

Sie müssen wissen, dass ich aus einfachsten Verhältnissen stamme. Mein Vater war Wanderarbeiter und Tagelöhner und schließlich Knecht auf dem Gutshof eines Castellos. Meine Mutter verdingte sich als Magd und Köchin bei den Herrschaften, bei denen wir gelandet waren. Das heißt nicht, dass ich nicht eine schöne, vielleicht sogar glückliche Kindheit hatte, im Gegenteil, die Herrschaften, für die meine Eltern arbeiteten, waren gut zu uns. Natürlich war es klar, dass wir unterschiedlichen gesellschaftlichen Schichten angehören, aber man begegnete mir dennoch so herzlich, dass ich mich beinahe als Teil der Grafenfamilie fühlen durfte. Man ermöglichte mir gute Schulen, ich durfte studieren. Mein Vater starb, als ich noch ein Kind war. Meine Mutter arbeitete weiter für die Grafenfamilie, bis sie, nachdem ich flügge geworden war, zurückkehrte in das Nest auf Giglio, dem sie entstammte. Sie erhielt eine Zuvielzumsterben-Zuwenigzumleben-Rente, aber sie hat nie etwas anderes als äusserste Bescheidenheit gekannt. Ich lebte von einem kleinen Stipendium und von der Hand in den Mund, und auch nach dem Studium ging es mir finanziell so, dass ich mir nur ein winziges Appartement am Stadtrand von Rom leisten konnte. Das heißt wieder nicht, dass es mir nicht gut gegangen wäre, im Gegenteil, ich hatte genug, um mit meinen Freundinnen auszugehen, Restaurants, Partys etc., ich hatte meine wechselnden Liebhaber, nein, das Leben war gut zu mir, ich konnte mich wirklich nicht beklagen, und weil einer dieser Liebhaber die richtigen Beziehungen hatte, konnte ich schließlich ins Stadtzentrum und in das putzige Häuschen hinter dem Arco degli Aletari ziehen. So lernte ich dann eines schönen Tages Rolando kennen. Natürlich beeindruckte er mich. Er war zwar viel zu alt, aber nicht nur wohlhabend und verwitwet, sondern auch ein durchaus interessanter Kopf, ein wacher Geist, ein Schöngeist und einer noch dazu, der das Leben zu genießen verstand. Obwohl er Deutscher war. Sie sind Wiener, nicht wahr? Man sagt, dass die Wiener charmant seien. Sind Sie charmant?

Nein, stottere ich, eigentlich nicht ….

Egal. Rolando also. Als ich merkte, dass seine Interessen an mir nicht platonischer Natur waren, zog ich die Notbremse. Er war mir dann doch zu alt. Viel zu alt. Und ich war mir zu gut, seine Mätresse oder Hure oder sonst was zu sein. Aber er ließ nicht locker. Er gab keine Ruhe. Ich versuchte, ihm zu erklären, dass es keinen Sinn mache, dass wir keine Zukunft hätten, dass seine Familie mich niemals akzeptieren würde, dass der Altersunterschied zu groß sei und schließlich, dass ich mich von ihm weder aushalten lassen könne noch wolle. Es half alles nichts. Er warb mit einer Entschlossenheit um mich, die mich schließlich mürbe machte. Ich vermute, dass er sogar mütterliche Gefühle in mir zu wecken verstand, weil er so verzweifelt verliebt wirkte, so todesgefährlich zielgerichtet in seiner Verletzlichkeit. Er war wie ein Kind, dem man das, was es sich am alleralleralllerliebsten wünscht, einfach nicht verweigern kann. Wie gesagt, ich war nicht verliebt in ihn. Er hingegen war von mir besessen. Allerdings war er klug genug, mich nicht zu sehr zu bedrängen. Lisa lacht jetzt hell auf. Er ging, sagt sie, bei aller Beharrlichkeit erstaunlich schlau, listig und raffiniert vor, wie ein versierter Angler, brüstete er sich später, er hatte mich am Haken, aber er ließ immer wieder Leine, genug Leine, dass ich glauben konnte, mich retten zu können, aber meine Fluchtversuche waren von vorneherein zum

Scheitern verurteilt, ich wäre ja auch ziemlich blöd gewesen, wenn ich seinen Avancen auf Dauer widerstanden und seinen Heiratsantrag abgelehnt hätte. Sie können mich ruhig für berechnend halten, aber wie oft kriegt eine Frau wie ich die Chance auf eine unbeschwerte Zukunft, auf ein Leben, das dem Leben einer Prinzessin gleicht? Mein Vater tot, meine Mutter lebt von einer kargen Witwenrente. Zu erben gab es nichts. Und bei der Arbeitslosigkeit, die wir in Italien haben, da kann man, wenn man dann doch einen Job findet, keine Ansprüche stellen. Sagen Sie jetzt bloß nicht: Arbeit, Leistung, Disziplin. Sie wissen so gut wie ich, dass Arbeit und Leistung zwar hochgeachtet, aber jämmerlich honoriert werden, weil es sonst so vielen fleißigen Leuten, die in diesem Land noch immer existieren, nicht so erbärmlich, so – verzeihen Sie den drastischen Ausdruck – verschissen ginge. Nein, mein Lieber, es wäre mir selbst gegenüber absolut verantwortungslos gewesen, wenn ich den egoistischen Motiven nicht gefolgt wäre.

Also habe ich ja gesagt. Schließlich war er ein netter Kerl. Er sah recht gut aus. Er war anständig, er wusste sich zu benehmen, und er liebte es, mich zu verwöhnen. Gute Restaurants, nette Bars, Theater, Konzerte, die Oper: das sind Orte, von denen ich als Kind nur träumen konnte. Schöne Kleider, Schmuck, Parfums und was noch: da sagt eine Frau nicht nein.

Lisa bemerkt, wie verwundert ich sie anschaue. Sie grinst. Das haben Sie nicht erwartet, nicht wahr, sagt sie, das ist für Sie jetzt ein richtiger Schock.

Es scheint ihr ein diebisches Vergnügen zu bereiten, mich zu verwirren. Inzwischen sitzt sie auch nicht mehr einfach still da. Ich hätte Schauspielerin werden können, erklärt sie, ich habe alle Facetten des Weiblichen in meinem Repertoire. Soll ich weinen für Sie, flennen, schluchzen? Soll ich eine Frau spielen, die tapfer ihr Schicksal erträgt, oder hätten Sie lieber ein, die zu allem bereit und für alles zu haben ist, eine ganz und gar verruchte, verderbte Person?

Hastig skizziere ich, wie sie den Kopf in den Nacken wirft, mit ihrem Haar spielt, es um ihre Finger schlingt. Sie stützt die Hände in ihre Hüfte, drückt die Brust raus und so weiter. Sie verhält sich, als wär's ein Shooting mit einem Modefotografen. Weggewischt das madonnenhafte Getue. Stattdessen viele Gesichter, ein vergnügtes, ein amüsiertes, ein ungezwungenes, ein rotzfreches zum Beispiel, dann ein nachdenkliches, ein kokettes, ein törichtes. Jetzt wirft sie mir einen Blick zu, der mich bis ins Mark hinein trifft. Es ist ein lauernder Blick, der zu gleichen Teilen Versprechen und Drohung ist. Ich hätte vielleicht wirklich Schauspielerin werden müssen, sagt sie. Es muss an dieser ganz einzigartigen, sehr besonderen Beziehung zwischen dem Modell und seinem Maler liegen, nicht wahr, dass ich Ihnen alles zeige? Als Modell muss man ja vermuten, dass einem der Maler bis ins Herz hineinschaut. Man ist ihm ausgeliefert, schutzlos ausgeliefert, und weil man dieses Ausgeliefertsein genießt, ist man bereit, immer weiter zu gehen und sich immer mehr zu öffnen. Man kehrt sein Innerstes nach aussen und hofft, dass es möglichst rein, klar und schön auf die Leinwand kommt.

Nicke, versuche, mich zu fassen, erzählen Sie weiter, sage ich, ich höre Ihnen gerne zu, Sie haben geheiratet, und dann?

Sie lacht schon wieder. Als wir heirateten, sagten Rolandos Söhne zu ihrem Vater, ich sei wohl die Tochter, die er nie gehabt habe. Es wurde viel gelästert damals. Der Professor und seine Studentin. Der alte Sack und sein Spielzeug. Sugar Daddy und Flittchen. Aber ich will Ihnen noch ein Geheimnis verraten. Männer glauben, dass sich Frauen gerne anpassen, gerne unterwerfen, als ob es Teil ihrer Natur sei, die zweite Geige zu spielen. Tatsächlich lieben wir es, die Zügel in die Hände zu nehmen. Ich jedenfalls habe meinem Mann sehr schnell sehr klar gemacht, dass er sich mir anzupassen hat. Ich mag es, wenn ich merke, dass ein Mann in meinen Bann gerät. Die Vorstellung, dass ich errege, erregt mich auch heute noch ungemein. Kling das eitel und selbstgefällig? Ja, ich bin eitel und gefalle mir selbst. Selbstverständlich habe ich Schwächen. Selbstverliebtheit. Die steht eindeutig an erster Stelle. Mein Narzissmus ist ausgeprägt. Rolando glaubt, die Freiheit zu lieben bedeute andere zu lieben. Ich hingegen behaupte, die Macht zu lieben heißt sich selbst lieben. Diese Macht ist nicht etwas, das man einmal erwirbt, einmal jemandem wegnimmt oder einmal verliert. Diese Macht entwickelt sich aus zahllosen Kleinigkeiten und im Wechselspiel ungleicher Charaktere. Verstehen Sie, was ich damit meine?

Ist mir zu kompliziert, antworte ich. Das Einzige, was ich mit Bestimmtheit weiß, ist, dass jeder Mensch, der Macht hat, dazu getrieben wird, sie zu missbrauchen. Kaum hat man Macht, geht man immer weiter, bis man an Grenzen stösst und sie überschreitet. Willst du den Charakter eines Menschen erkennen, so gib ihm Macht, hat irgendwer irgendwann mal gesagt.

Ach, Sie lieber, harmloser Mensch! Lisa grinst mich unverschämt an. Mit Zurückhaltung und Bescheidenheit erreicht man im Leben nichts und schon gar nicht beim anderen Geschlecht. Ich vermute allerdings, dass Ihre Bescheidenheit eine Fassade ist. Eine Fassade, hinter der verzehrender Ehrgeiz lauert. Sie sind doch ehrgeizig, nicht wahr? Sie könnten nicht mit dem Gedanken leben, ein kleiner, unbedeutender Maler zu sein. Der Ehrgeiz nagt an Ihnen, er frisst Sie von innen her auf.

So ein Schwachsinn aber auch!, brause ich auf. Obwohl sie natürlich recht hat. Natürlich kommt mir sofort Hipfl in den Sinn. Im Gegensatz zu ihm produziere ich keine flachen Bildchen von flachen Leuten. Ich male Persönlichkeiten mit Tiefe und Substanz. Ich verleihe meinen Objekten Charakter. Aber wer wird zur nächsten Biennale eingeladen? Wer kriegt ein Staatsstipendium nach dem anderen und die große Einzelausstellung im Museum für moderne Kunst? Hipfl natürlich. Man könnte zum Mörder werden. Ja, ich bin ehrgeizig, selbstverständlich bin ich ehrgeizig, ich kenne keinen Künstler, der nicht unglaublich ehrgeizig wäre. Aber ich trage diesen Ehrgeiz nicht vor mir her wie die Bugwelle eines Ozeanriesen, im Gegenteil, ich bilde mir etwas darauf ein, meinen Ehrgeiz hinter einem anständigen, vernünftigen, zuverlässigen, zurückhaltenden und liebenswerten Wesen zu verbergen.

Wie auch immer, beendet Lisa das Gespräch. Ich habe leider einen Termin bei meinem Friseur. Und Sie beruhigen sich jetzt mal, wir sind hier, um zu arbeiten, und nicht, um uns zu streiten.

Bei unserem nächsten Treffen trägt Lisa zum schwarzen Kleid eines jener schwarzen Hütchen mit Spitzenschleier, wie man sie bei Witwen auf Beerdigungen sieht. Sie setzt sich vor den Spiegel, nimmt das Hütchen aber nicht ab. Bitte sie, zumindest den Schleier zu lüften. Sie zögert, tut es aber dann doch. Ihre Augen sind rot verquollen, sie hat offenbar heftig geweint.

Was ist mit Ihnen?

Ach, schluchzt sie, nichts, nichts …

Unsinn!

Wir haben uns gestritten. Furchtbar gestritten. Rolando wollte mir verbieten, Sie hier zu treffen. Er traut Ihnen nicht.

Aber …

Ich weiß nicht, was ich tun soll. Er ist … nein, nicht einfach nur eifersüchtig, er ist besessen, wahnsinnig, er war ausser sich, hat mich beschimpft, angebrüllt, bedroht, ich weiß wirklich nicht … ich glaube, ich brauche jetzt vor allem einen starken Schnaps, einen Grappa, ach, ich kann nicht mehr, ich will nicht mehr …

Sitze hilflos da. Ertrage es nicht, wenn eine Frau weint. Sie tut mir unendlich leid. Möchte sie in die Arme schließen, trösten, suche stattdessen eine Kellnerin und bestelle für Lisa einen doppelten Grappa und einen Whisky für mich.

Sie trinkt den Grappa nicht, sie schüttet ihn in sich hinein und bestellt sofort noch einen. Auch diesen zweiten doppelten Grappa trinkt sie ohne Absetzen weg. Kichert dann. Geschieht ihm recht, sagt sie, wenn ich betrunken nach Hause komme, was muss er sich so aufführen! Idiot!

Sie legt ihr Hütchen ab, wühlt mit beiden Händen das Haar auf und schaut mich mit dem Ausdruck eines amüsierten Vorwurfs an.

Konzentrieren wir uns auf die Arbeit, sagt sie, Sie haben noch rein gar nichts aufs Papier geworfen. Ich werde Sie unterhalten und Ihnen von dem erzählen, was mich und meinen Mann betrifft. Wo waren wir? Wieder kichert sie und nippt am dritten Grappa, der ihr inzwischen serviert worden ist. Ach ja, wir heirateten also und begannen unser Eheleben, das ich als überaus angenehm empfand, meistens immerhin, man lebt ja dann doch nicht im Märchen, wo alle glücklich sind bis ans Ende ihrer Tage. Natürlich gab es ab und zu Konflikte, es gab Streit, es kam zu Szenen, aber das sind ganz normale Aspekte eines jeden Ehealltags, nicht wahr. Im Allgemeinen war Rolando extrem aufmerksam, er verwöhnte mich nach Strich und Faden, er legte mir buchstäblich seine Welt zu Füssen. Ich war seine Prinzessin, und über ihn erhielt ich Zugang zu gesellschaftlichen Kreisen, die mir bisher verschlossen gewesen waren. Ich war zwar nicht in ihn verliebt, aber ich mochte ihn gern, und wenn Sie jetzt annehmen, ich habe einen Vaterkomplex oder etwas in der Art, dann stimmt auch das wahrscheinlich. Natürlich hat Rolando ein paar Marotten, mit denen ich mir schwertue. Diese deutsche Besessenheit mit der Ordnung zum Beispiel. Er hält es nicht aus, wenn meine Schminksachen nicht fein säuberlich nach Marken und Grösse aufgereiht auf der Ablage liegen. Oder meine Zahnbürste. Meine Zahnbürste muss im Zahnbürstenbecher und meine Zahnpaste im Zahnpastenbecher stehen, und wenn ich mal aus Versehen die Zahnbürste in den falschen Becher stecke, flippt er aus. Auch meine Angewohnheit, meine Kleider beim Ausziehen dort liegen zu lassen, wo sie hinfallen … Das ist für ihn nicht hinnehmbar. Alles muss seine Ordnung haben. Er ist, was das betrifft, geradezu klischeehaft deutsch. Chaos erschaffen, pflegt er zu sagen, kann jeder Idiot. Die Sache mit der Ordnung hingegen braucht ein gut strukturiertes Gehirn und ein fröhliches Herz.

Aber eine Ehe, unterbreche ich sie, ist ja nicht nur Zahnbürste, Kleider und Restaurants. Da geht es doch auch um Intimität, um Körperlichkeit, um Sex …

Lisa kramt in ihrer Handtasche, holt einen Lippenstift heraus und zieht sich ihre Lippen nach. Sex! Natürlich! Jetzt kichert sie wieder. Dann schaut sie mich unter halb geschlossenen Wimpern hindurch mit einem Blick an, den man in einem billigen Roman den schmachtenden Schlafzimmerblick nennen würde. An Lisa ist wirklich eine Schauspielerin verloren gegangen.

Ich war einst dazu bestimmt, sagt sie, jemand zu werden, der vielleicht so ist wie Sie: aufrichtig, zielstrebig, ein Mensch mit einem Gewissen und einer Aufgabe. Leider lässt sich Charakter leichter verlieren als wiederfinden. Wir haben keine Kontrolle über das, was das Leben mit uns macht. Die Dinge geschehen lange bevor man davon weiß. Sobald sie allerdings geschehen sind, zwingen sie einen, manches zu tun, womit man nie gerechnet hat, bis man am Ende jemand geworden ist, der man nie sein wollte. Im Leben ist es oft schwer genug, zu entscheiden, welche Brücke man überquert und welche man abreißt. Aber das ändert nichts daran, dass man sein Schicksal immer wieder auf Wegen findet, auf denen man glaubte, ihm zu entgehen. Aber um auf Ihre Frage zurückzukommen: Im Bett, ach, sagt sie, da hatte ich Schlimmere. Jedenfalls fand ich es nicht unangenehm, wenn er mich anfasste, im Gegenteil, er machte seine Sache recht gut und schien auch nichts dagegen zu haben, dass ich ihn machen ließ und mich eher passiv verhielt. Er war ja trotz seines Alters und seiner Welterfahrenheit sexuell einigermassen unbedarft. Es war kein Problem für mich, ihm die großartigsten Orgasmen vorzutäuschen. Im Gegenteil, es war oft sogar ganz amüsant. Ich war ja schon lange keine Zwanzig mehr, aber er schien sich in der Rolle zu gefallen, in mir die unerfahrene Geliebte zu sehen. Den Gefallen konnte ich ihm gerne machen. Männer lieben es, wenn man ihnen das Gefühl gibt, dass sie einem etwas beibringen können. Nein, der Sex mit ihm war nicht unangenehm. Ein bisschen phantasielos vielleicht. Ein bisschen zögerlich. Er konnte sich nicht vorstellen, dass man als Frau auch gerne mal härter angepackt und vielleicht sogar benützt wird. Behutsam brachte ich ihm gewisse Praktiken, Stellungen und Techniken bei. Er war tief beeindruckt von den Genüssen, die sie ihm verschafften. Wenn es mir in aller vorgetäuschten Unschuld manchmal gelang, ihn zu einem energischeren Liebesspiel zu verführen, entschuldigte er sich nachher vieltausendfach. Das zerstörte natürlich den Spass ein bisschen. Dafür kriegte ich am nächsten Tag eine neue Handtasche oder neue Schuhe oder einen neuen Hut. Kein schlechtes Geschäft, nicht wahr. Und ich ertrug seine erotischen Mängel umso leichter, als ich mir während dieser ersten Ehejahre einen heimlichen Liebhaber hielt. Ich war mit ihm schon vor meiner Bekanntschaft mit Rolando ab und zu ins Bett gestiegen. Angelo war zwar ein perverses Schwein. Aber im Bett war er wirklich gut.

Angelo de Rota?

Ja.

Sie kannten ihn? Ja, aber …

Die Vergewaltigung? Wollen Sie die Wahrheit wissen? Wollen Sie wissen, was wirklich geschah?

Selbstverständlich. Ich meine …Ihr Mann ist ja …

Lisa legt einen Finger auf ihre Lippen. Sie zeichnen, ich rede, sagt sie und grinst wieder übers ganze Gesicht.

Sie steht auf. Sie muss zur Toilette und sich frisch machen. Und Sie, sagt sie, brauchen doch bestimmt eine Zigarette.

Sie hat Recht. Brauche dringend eine Zigarette. Und einen Whisky. Im Augenblick ist das die einzige Möglichkeit, einen einigermassen klaren Kopf zu bekommen.

Es regnet noch immer. Einzelne Passanten hasten unter ihren Regenschirmen durch die Gassen. Aber sonst ist das Viertel wie verlassen. Diese Leere habe ich mitten im Zentrum von Rom bis jetzt noch nicht erlebt. Das Leben hat sich hinter die dicken Mauern zurückgezogen. Hinter diesen Mauern wird in diesem Augenblick gelacht und geweint, geschlafen, gestritten, geträumt. Die Leute essen, trinken, sie lieben sich, trennen sich, versöhnen sich, sie träumen oder verzweifeln, sie lernen und vergessen, sie betrügen, hören Radio, schauen Fern, sie singen, langweilen sich, arbeiten, masturbieren, scheißen, schwätzen und schreiben, und vielleicht stirbt jemand, während ich die Zigarette rauche und an meinem Whisky nippe, und in einem anderen Zimmer kommt ein Menschenkind auf die Welt. Mir ist plötzlich melancholisch zu Mute. Ich frage mich, ob ich nicht in eine Sache geraten bin, die mir über den Kopf wachsen könnte.

Schüttle die trüben Gedanken ab und gehe zurück ins Spiegelzimmer. Bleibe überrascht in der Tür stehen. Wieder hat mich Lisa auf dem falschen Fuss erwischt. Sie sitzt vor dem Spiegel und betrachtet sich darin. Sie hat den Saum des Kleides hochgeschoben. Die nackte Haut, die Ränder ihrer Strümpfe, die schwarzen Strapsbänder. Diese nackte weiße Haut. Ob sie ein Höschen trägt? Nein, denke ich, unter dem Kleid ist sie nackt.

Sie sieht, wie ich sie anstarre. Finden Sie mich vulgär?, fragt sie. Vergessen Sie nur nicht, dass ich mit Stallburschen und Köchinnen aufgewachsen bin. Ihre Lippen sind jetzt blutrot. Ihre Augen funkeln. Jetzt sehe ich endlich die Frau, die ihren Mann in den Bann zu schlagen versteht.

Während sie redet, zeichne ich hastig Skizze um

Skizze. Mache bestimmt über hundert Studien: die Augen, die Lippen, die sie geöffnet hat, die Ohren, die Nase, die Stirn, die Haare, der Hals, die Linien ihres Körpers, ihre Schenkel, die nackte Haut zwischen Kleid und Strümpfen, die Knie, die Waden, die Füsse in den eleganten Schuhen. Lisa ist wirklich nicht schlank. Sie entspricht nicht den gängigen Idealen. Dafür ist sie zu prall, zu füllig, zu fleischig. Aber die Fülle dieses Fleisches, um das sich eine unglaublich helle Haut spannt, strahlt eine Wärme aus, eine Energie, eine … Lüsternheit. Da sitzt eine Frau, die man erobern und besitzen, in die man sich vergraben, in der man sich verlieren, die man ausfüllen muss. Zum Glück trage ich eine weite Cordhose. Ich habe einen Steifen, den eine enge Hose nicht verbergen könnte.

Sie redet unterdessen, als habe sich nichts verändert. Rolando wurde impotent, sagt sie, aber das wissen Sie. Er hat Ihnen bestimmt auch von der Prostataoperation erzählt?

Ja. Schrecklich. Der arme Kerl. Impotenz ist bekanntlich wie Mikado mit gekochten Spaghetti …

Es war schlimmer. Viel schlimmer. Viel, viel schlimmer. Es gab nämlich keine Operation. Das erzählt er nur, weil er sich schämt. Weil er die Wahrheit nicht erträgt. Er hat ihn schlicht und einfach nicht mehr hochgekriegt. Der Ofen war aus. Es hatte sich ja schon vorher abgezeichnet. Er hatte immer Schwierigkeiten. Von Anfang an. Er kriegte ihn oft nicht wirklich steif. Eines üblen Tages ging überhaupt nichts mehr. Aus die Maus! Da halfen weder Pillen noch Pulver. Da half rein gar nichts. Vielleicht hängt es mit seinem Reinlichkeitsfimmel zusammen. Die Kontaminierung durch Sex. Die erlösende Verschmutzung, die uns entidealisiert und ihn daran erinnert, aus welchem Stoff er ist.

Vielleicht hat er es einfach nicht mehr ertragen, sich selbst und mich stöhnend, schwitzend und andere Körperflüssigkeiten verschleudernd zu erleben. Das soll ja gar nicht so ungewöhnlich sein in einer Ehe. Kennen Sie sich da aus? Nein? Aber vielleicht war es auch nur das Alter. Einer Untersuchung zu Folge leiden fünfunddreißig Prozent der Männer im Alter zwischen sechzig und siebzig Jahren und deutlich über fünfzig Prozent im Alter zwischen siebzig und achtzig Jahren an Impotenz. Also jeder zweite. Wieso nicht Rolando. Ist ja kein Drama. Ursachen? Arteriosklerose, Herzerkrankungen, Bluthochdruck, Diabetes und Prostata-Beschwerden und Erschlaffen der Muskulatur des Beckenbodens, die Sauerstoffversorgung und die maximale Durchblutung des Penis werden durch den Alterungsprozess auf ganz natürliche Art und Weise geringer.

Während sie das gesagt hat, ist Lisa halb abgewandt auf dem Samtsofa gesessen und hat sich im Spiegel betrachtet. Sie hat für eine Weile ganz emotionslos gewirkt, als ginge sie die Impotenz ihres Mannes nicht das Geringste an. Inzwischen streichelt sie wie selbstverloren die Haut zwischen Strumpf und Kleid. Manchmal verschwinden die Fingerspitzen unter dem Kleid, um gleich wieder hervor zu kommen.

Weiß, dass ich etwas sagen, mich aus ihrem Bann befreien müsste. Zeichne stattdessen. Die Finger. Die Nägel. Die Strapsbänder. Die Haut.

Jetzt zieht Lisa den Saum des Kleides bis zu den Knien.

Paare, sagt sie ganz geschäftsmässig und nüchtern, die lange zusammen sind, haben kaum noch oder gar keinen Sex mit einander. Die Leidenschaft ist verbrannt oder so, was weiß ich. Ich habe seiner Impotenz keine besondere Bedeutung beimessen können. Und meine

Devise war: Je weniger wir darüber reden, umso schneller kann sein Schmerz heilen. Ich hatte ja noch immer Angelo. Für Rolando hingegen. Für Rolando war das eine Katastrophe. Er war tief verletzt. In seiner Männlichkeit. In seiner Ehre. In seinem Stolz. In seiner Selbstgerechtigkeit. Er war gekränkt, verletzt und tief getroffen. Dabei versuchte er ständig mir einzureden, ich sei die Arme, weil ja jetzt vor allem mir etwas fehle. Er behauptete, ich müsse gekränkt, verletzt, getroffen und unglücklich sein und so weiter. Ich konnte ihm noch so oft versichern, dass er sich meinetwegen keine Gedanken machen müsse. Das machte alles nur schlimmer. Das verstärkte sein Gefühl des Ungenügens ins Unermessliche. Es war grauenhaft. Zuschauen zu müssen, wie dieser gute, starke Mann litt. Wie er sich quälte. Wie er es immer und immer wieder versuchte. Mit allen Mitteln. Zu wissen, dass ihn nichts aus diesem Leiden befreien wird. Ich musste zuschauen, wie er in wenigen Monaten alterte. Wie das aus ihm entwich, was ihn anziehend macht: seine Selbstsicherheit, seine Grösse, seine Stärke. Diese Überlegenheit, die ihm sein Stand und seine finanziellen Möglichkeiten erlaubten. Er war zornig. Auf sich selbst natürlich und wahrscheinlich auch auf mich, weil ich ihn weder groß nach stark machen konnte. Diesen Zorn allerdings verbarg er hinter Depressionen, Larmoyanz und Verbitterung. Es wäre mir lieber gewesen, er hätte den Zorn an mir ausgelassen. Stattdessen tat er etwas, das viel schwieriger zu ertragen war. Er steigerte sich in den Wahn hinein, dass er mich trotz seiner Behinderung befriedigen müsse. Dass er mir Orgasmen sonder Zahl zu verschaffen habe, einen mindestens pro Tag. Er glaubte mir nicht, wenn ich sagte, ich hätte keine Lust oder ich sei müde oder nicht in der Stimmung. Das war für ihn nur noch ein

Beweis mehr dafür, dass ich ihm bloß Erniedrigung, Demütigung und Bloßstellung ersparen wolle. Wo er doch nichts taugt. Als Ehegatte nicht, nicht als Liebhaber, nicht als Mann. Sie können sich gar nicht vorstellen, wie verkrampft und gereizt ich nach kurzer Zeit wurde. Natürlich versteckte ich meine wahren Gefühle, so gut ich konnte. Ich gab vor, begeistert bei der Sache zu sein, wenn er sich schon wieder bemühte. Aber ich fühlte mich bald nur noch elend. Ich hatte bald nur noch Mitleid mit ihm und ich hatte Mitleid mit mir. Diese wunderbare Leichtigkeit, die mich durch die ersten Jahre unserer Ehe getragen hatte, war vernichtet. Ich geriet in Panik. Weil ich mir überhaupt nicht mehr vorstellen konnte, wie der Rest des Lebens an der Seite dieses Mannes zu ertragen sei. Ich musste etwas tun. Ich musste einen Ausweg finden. Ich hätte mich scheiden lassen können. Er schlug eine Scheidung ein paar Mal vor, aber ich bin im Herz doch immer noch ein römisch-katholisches Mädchen, das sich nicht scheiden lässt, in guten nicht und nicht in schlechten Zeiten, und ich hatte durchaus auch Befürchtungen, dass er mir allen Versprechungen zum Trotz eine Scheidung übel nehmen könnte und ich am Ende wieder mittellos dastehen würde? Schauen Sie nicht so entsetzt, Herr Künstler, Sie wollen doch die Wahrheit. Sie wollen die Wahrheit, damit Sie mich porträtieren können. Ich verstehe das. Vor Ihnen habe ich nichts zu verbergen, im Gegenteil. Wenn dieses Porträt auch nur halbwegs interessant werden soll, dann müssen Sie wissen, wer ich bin. Sie müssen mich kennen. Und wenn Sie mich einmal kennen gelernt haben, dann werden Sie wissen, dass ich ein Meisterwerk erwarte und nicht einen müden Abklatsch meiner Person. Ich will, dass Sie mich so malen, wie ich wirklich bin. Was die Geschichte mit

Angelo betrifft … Die erzähle ich Ihnen das nächste Mal. Für heute habe ich genug geredet. Und Sie haben genug gezeichnet. Ich sehe Sie in zwei Tagen zur gleichen Zeit am gleichen Ort? Wieder wir zwei allein?

Sie steht auf, nimmt Mantel und Handtasche, küsst mich doch tatsächlich links und rechts auf die Wangen und entschwebt.

Schon ist sie weg, schon fällt die Tür hinter ihr ins Schloss.

Die Frau hat Nerven! Meine flattern. Was geht hier vor?

Packe das Arbeitsmaterial zusammen. Fühle mich wie erschlagen. Die Sitzung hat über zwei Stunden gedauert. Von meinem Gefühl her könnte es draussen schwarze Nacht sein. Es regnet wieder heftiger. Aber jetzt sind mehr Leute auf den Strassen. Fliegende Händler verkaufen Regenschirme. Touristen tun, als machten ihnen die widerwärtigen Umstände nicht das Geringste aus. Müsste nach Hause. Müsste die Skizzen in Entwürfe übertragen. Habe keine Lust. Bin wirklich wie erschlagen. Was geht hier vor? Wie ein Refrain, dieser eine Satz. Er rollt und rollt mir durch den Kopf. Und dazwischen die Fragen: Wieso ist sie plötzlich so anders? Wieso ist die Person an der Seite von Mercken eine völlig andere als die Frau, die mir eben Modell gesessen ist? Was spielt sie für ein Spiel? Wie stellt sie sich das vor? Ich meine, wenn sie mich in seiner Gegenwart verführt, macht alles einen Sinn. Aber so? Haben sich die beiden überhaupt abgesprochen? Weiß sie, was er will? Weiß er, was sie tut? Schließlich die Geschichte mit Angelo. Sie kannte ihn! Sie hatte ein Verhältnis mit ihm! Wie passt das zur Geschichte, die mir Mercken erzählte? Was geht hier vor? Was geht hier vor?

Sollte mich betrinken. Aber wozu? Was bringt's?

Jedenfalls beginne ich Mercken zu verstehen. Seine Besessenheit von dieser Frau. Diese nichtssagende, banale, überaus gewöhnliche Person, die nur einen Schalter umlegen muss, um nicht zu einem, sondern zu vielen anderen Wesen zu werden. Zauberei? Ist sie eine Hexe? Muss lachen. Mein lieber Schwan, was sind das Gedanken! Wahrscheinlich liegt's an Rom und seinem Katholizismus. Da gelangt man offenbar schnell und selbstverständlich zur Hexerei. Könnte meine Nachbarn um einen Exorzismus bitten. Guter Mond, du gehst so stille. Gaudeamus igitur. Inklusive persönlichem Segen vom Papst.

Der nächste Tag meint es besser. Die Sonne scheint, also spazier' ich hinüber nach Trastevere. Studiere in Santa Maria della Scala die Madonna mit Kind von Caravaggios Lehrmeister Cavalier d'Arpino. Ja, da ahnt man wirklich etwas von der Meisterschaft, die sein Schüler erreichen wird. Dieser Frau sieht man die Anstrengung an, einen Buben aus dem Säuglingsalter heraus zu bringen. Sie ist erschöpft, ihre Augen wirken rotgerändert. Dem Buben ist's egal. Er ist wohlgenährt und vergnügt, ein egoistischer Balg, der in aller Selbstverständlichkeit seine Mutter leergesogen hat.

Schlendere weiter, südwärts der Via S. Francesco a Ripa entlang bis zur Kirche gleichen Namens. Hier ist Trastevere hässlich. Industrie, Polizei und Armee scheinen sich das Viertel untereinander aufgeteilt zu haben. Dazwischen abgelebte Wohnhäuser, Zeichen der Armut, Zeichen des Verfalls. Auch die Kirche selbst … wenig Schmuck und viel nackter Stein. Armeleutebarock! Aber da, in der vordersten linken Seitenkapelle! Diese strahlend weiße Marmorskulptur. Eine Frau in langem Kleid und mit Kopftuch, hingegossen auf einer Chaiselongue, den Kopf zurückgeworfen, die eine Hand an der Brust, die andere über dem Unterleib. Die Augen geschlossen, der Mund halb geöffnet. Bernini natürlich. Die Selige Ludovica Albertoni, 1674 aus dem Stein geschlagen, Marmor und Jaspis, ein Meter achtundachtzig lang. Wieder diese Ekstase, das gleiche Ausgeliefertsein wie bei der dreißig Jahre früher entstandenen Santa Theresa von Avila. Der Orgasmus ist durch alle Poren nach aussen getreten, sie hat gezittert, ihr ist heiß und kalt geworden und Nebel hat sich blitzartig über den eben noch hellen Geist gelegt. Ein Nebel voll angenehm glückseligen Rauschs, der schließlich den ganzen Körper entspannt. Schweiß bedeckt sie von den Schultern über die elektrisierten Brustwarzen bis in die Kniekehlen. Jetzt genießt sie die Erschöpfung. Jetzt atmet sie ruhiger. Jetzt ist sie ganz bei sich, also bei Gott.

Dieser wunderschönen Marmorskulptur gelingt es, meine Nerven ins Gleichgewicht zu bringen. Nein, ich werde mich nicht in Frau Mercken verlieben. Ich werde – Arbeit, Ordnung, Disziplin – ein großartiges Porträt malen. Und Schluss.

Suche auf dem Heimweg Poggi Belle Arti in der Via Cardinale Merry del Val auf, das Geschäft für Künstlerbedarf in Trastevere. Da gibt es alles, was ich brauchen werde. Allerdings taucht unversehens eine grundsätzliche Frage auf. Habe mit Mercken nicht besprochen, wie er seine Frau porträtiert haben will. Ich vermute, er will den ganzen Körper. Nackt oder spärlichst bekleidet. Mit Partner oder allein? Bei der Vorstellung, sie beim Liebesakt mit einem anderen Mann malen zu müssen, durchfährt mich ein heißer Blitz. Eifersucht! Das ist doch nicht möglich, das darf nicht sein. Zum Glück hat Mercken diese Konstellation ausgeschlossen.

Wie ich Poggi Belle Arti verlasse, habe ich rund ein

Drittel meines Vorschusses ausgegeben. Es wird sich lohnen. Das Material ist von bester Qualität. Und doch, schon fühle ich mich wieder seltsam verloren, wie ich durch belebte Gassen schlendere. Die Leute haben vergessen, wie scheusslich das Wetter am Vortag war. Sie flanieren, sitzen vor den Bistros, genießen den Sonnenschein, die Wärme, diese Vorboten des Frühlings, die etwas versprechen, was sie unmöglich einhalten können. Trinke hier einen Capuccino, esse da ein Tramezzino, schlürfe dort ein Chinotto.

Verbringe etliche Stunden vor der Staffelei, bin aber nicht konzertiert. Die Bewegungen meiner Hand sind fahrig, die Striche mit dem Kohlenstift seltsam unentschlossen, mein ganzes Gebaren drückt ein hohes Mass an Verwirrtheit aus.

Es wäre gut, wenn ich Freunde hätte, die mich auf andere Gedanken bringen könnten. Leider habe ich, seit ich in Rom bin, ausser den Merckens eigentlich niemanden kennen gelernt. Wieder einmal fällt mir auf den Kopf, dass ich meistens lieber allein bin als mich in Gesellschaft mit Small Talk zu beschäftigen. Dazu kommt, dass sich mein miserables Italienisch seit meiner Ankunft um keinen Deut verbessert hat.

Fühle mich gefangen. Gefangen in einem Niemandsland. Ein Gedicht kommt mir in den Sinn. Mir ist, als ob es tausend Stäbe gäbe, und hinter tausend Stäben keine Welt. Der weiche Gang geschmeidig starker Schritte, der sich im allerkleinsten Kreise dreht, ist wie ein Tanz von Kraft um eine Mitte, in der betäubt ein großer Wille steht. Meine Kreise sind auch klein, von der Piazza Navona zum Pantheon und zurück und wieder hin und wieder her und noch einmal hin und schon wieder zurück. Gehe schneller als der Strom der Touristen, remple immer mal jemanden an – Scusi! Scusi!

–, bleibe manchmal kurz stehen, um dort einem Strassenmusikanten zuzuhören und hier einem Schnellzeichner über die Schulter zu schauen, aber ich halte es nirgends lange aus, bin zu ungeduldig, zu gehetzt und zu getrieben.

Endlich sehe ich Lisa wieder. Sie trägt wieder ein schwarzes Kleid, aber ein viel kürzeres diesmal, und der Ausschnitt über der Brust ist so groß, dass man ihn für diese Tageszeit als gewagt bezeichnen muss. Dazu einen breiten roten Gürtel und rote, hochhackige Schuhe. So kleidet sich eine Frau, deren Sinn nach Verführung steht. Wieder küsst sie mich links und rechts auf die Wangen und streicht dabei mit einer Hand sanft durch mein Haar. Diese einfache Geste verleiht den unverfänglichen Küsschen eine schier unheimliche Intimität. Merke, dass ich rot werde. Erneut ist es ihr gelungen, mich zu überrumpeln. Versuche, die Oberhand zu gewinnen, indem ich sie frage, ob sie mit ihrem Mann besprochen habe, wie ich sie malen solle: Nackt oder in Dessous? Mit Partner oder allein?

Sie meint, das werde sich alles zur rechten Zeit ergeben, ihr sei es im Moment egal. Hauptsache, mein Mann ist zufrieden.

Womit wäre er am ehesten zufrieden?

Das müssen Sie ihn fragen.

Sie setzt sich vor den Spiegel, legt den Kopf in den Nacken und schaut mich kokett unter halb geschlossenen Lidern hervor an. Sie wollten wissen, was mit Angelo war?, fragt sie. Nun, ich überlegte mir, dass es doch eine wirklich elegante Lösung aller unserer Probleme wäre, wenn ich meinen heimlichen zu meinem offiziellen Liebhaber machen könnte. Natürlich wehrte ich mich zum Schein eine Weile lang gegen Rolandos Vorschlag, mir einen Liebhaber zu nehmen. Ich spielte das treue, entrüstete Eheweibchen sehr überzeugend. Ich bin doch keine Hure, schrie ich, keine Schlampe, kein Flittchen etc. und überhaupt, was brauche ich einen Beschäler. Aber schließlich gab ich dann doch nach. Ich arrangierte anlässlich einer Vernissage ein unverfängliches erstes Treffen. Anschließend verabredeten wir uns für ein Rendez-vous. Ich kann Ihnen versichern, dass das Ganze ziemlich grotesk war. Als ich mich für den entscheidenden Abend vorbereitete, ließ mich Rolando keinen Moment aus den Augen. Er bestand darauf, dass ich mich besonders hübsch mache. Es war, als ob er eine Ware auf den Markt bringen und diese in ihrem besten Licht zeigen wolle. Mit seinem Getue erreichte er allerdings nur, dass ich unglaublich nervös wurde. Ich fühlte mich plötzlich, wie wenn ich auf die Schlachtbank geführt würde. Es war wirklich seltsam. Obwohl ich den Mann treffen wollte, mit dem ich seit vielen Jahren eine zügellose on-off-Affäre hatte, fühlte ich mich wie die Jungfrau vor ihrem ersten Mal. Ich weiß nicht, ob Sie das verstehen können. Am Ende war ich so befangen, dass ich, nachdem wir an der Bar etwas getrunken hatten, unbedingt Zeit gewinnen musste. Ich schlug vor, essen zu gehen. Angelo hingegen … Er wurde ungeduldig. Er drängte und bedrängte mich, obwohl ich von Minute zu Minute weniger Lust hatte, jetzt mit ihm ins Bett zu klettern. Als wir endlich doch aufs Zimmer gingen, benahm er sich ausgesprochen rücksichtslos. Schließlich verlor er die Beherrschung. Ich muss dazu sagen, dass Angelo und ich in der Vergangenheit gerne ungewöhnliche Liebesspiele inszenierten, zu denen auch eine spielerische Vergewaltigung gehören mochte. Ich habe ja schon erwähnt, dass ich es durchaus mag, wenn mich ein Mann ein bisschen härter angreift. Diesmal allerdings wollte ich das nicht.

Ich wollte nicht überwältigt, ich wollte geliebt werden, ich wollte, dass er mich in die Arme nimmt und zärtlich ist. Angelo verstand rein gar nichts. Er gehört zu der Sorte Mann, die immer genau das kriegen müssen, was sie wollen. Er fiel über mich her. Ich wehrte mich. Das machte ihn nur umso wilder. Er glaubte, dass ich mich nur zum Schein wehre und merkte nicht, dass mir längst alle Lust vergangen war. Er warf mich bäuchlings aufs Bett. Er riss mir Rock und Wäsche runter und drang in mich ein. Es war schrecklich. Es tat furchtbar weh. Angelo hat ein Riesenteil, und ich war nicht annähernd feucht genug. Ich schrie. Er glaubte, es seien Lustschreie. Er rammelte noch härter. Er drehte mich auf den Rücken. Nahm seinen Schwanz, presste meine Brüste zusammen, schob den Schwanz dazwischen, schrie Lutschen!, er spielte in seinem eigenen Film, packte seinen Steifen und entleerte sich auf mein Gesicht. Ich war ja mal ziemlich in ihn verliebt gewesen. Aber das! Ich hatte gewusst, dass er ein formidabler Egoist ist. Aber jetzt! Er zerstörte in kürzester Zeit, was mir als Ausweg aus einer schrecklichen Situation erschienen war. Endlich gelang es mir, mich aus seinen Armen zu befreien. Ich rannte davon, stolperte, stürzte und schlug mir das Gesicht blutig. Erst jetzt kam Angelo zur Besinnung. Er wollte einen Arzt rufen, aber ich wollte nur noch nach Hause. Zu Hause wurde alles noch viel schlimmer. Rolando sah schrecklich aus. Er war totenbleich, und als ich ihm erzählte, was geschehen war, geriet er ausser sich. Er verlangte, dass ich das Schwein anzeige. Ich musste alle Überzeugungskünste aufwenden, um ihn von dieser Idee abzubringen. Es wäre ja sofort alles rausgekommen. Rolando schwor, mich zu rächen. Ich fühlte mich grauenhaft. Ich war erpressbar geworden und ich hatte Angst, dass Angelo mit Rolando Kontakt aufnehmen und ihm von uns erzählen könnte.

Ja aber … Das heißt, Ihr Mann ließ den armen Kerl zu Unrecht krankenhausreif prügeln?

Schrecklich, nicht wahr?, sagt sie.

Allerdings scheint sie das Schicksal ihres ehemaligen Geliebten ganz und gar kalt zu lassen.

Haben Sie ihn jemals wieder getroffen?

Angelo? Nein. Wäre er rücksichtsvoller gewesen! Mein Leben wäre anders verlaufen.

Es ist Ihnen also egal, dass Angelo …

Nun spielen Sie nicht den Moralapostel.

Bin sprachlos. Hat diese Frau kein Herz?

Als ob sie meine Gedanken gelesen habe, sagt sie: Zur Hölle, in den tiefsten Schlund hinab mit diesen Ungeheuern der Natur, die kalt und herzlos nur sich selber lieben! Wissen Sie, von wem das ist?

Jetzt schaut sie mich mit einem Blick an, der mich bis ins Mark trifft. Ein Blick, in den sich alles zusammen zu ballen scheint, was man gierig, grausam, lüstern, sinnlich, triebhaft, wollüstig und zügellos nennen mag. Und plötzlich steigt ein Geruch von ihr auf, der Duft der Erregung, sie reibt die Schenkel an einander. Ihre Lippen sind feucht.

Nein, Sie wissen es selbstverständlich nicht, woher auch. Schiller, Friedrich, Turandot, 1. Akt, 1. Szene. Sie sehen, Rolando hat mir einiges an deutscher Kultur beigebracht.

Natürlich ist niemand ganz ohne Bosheit, sonst wären wir Engel, sage ich.

Sie lacht hell auf. Schauen Sie in den Spiegel, Herr Porträtist. Sie wirken, als wären Sie dem Teufel persönlich begegnet. Sie fragen sich wohl, ob mir alles ein eigentliches Element sei, was man Sünde, Zerstörung, kurz das Böse nennt? Beruhigen Sie sich. Jetzt beruhigen Sie sich mal. Angelo hat so viele Frauen benützt und weggeworfen, dass er diese kleine Abreibung verdient hat. Und schließlich hat er mir wirklich wehgetan. Also was soll's? Sie wollen ein Bild von mir malen? Ich liefere Ihnen, was Sie dazu brauchen. Haben Sie schon genug vom verruchten Weib? Wollen Sie, dass ich wieder das biedere Hausweibchen spiele? Oder wollen sie lieber hören, wie es weiterging?

Reden Sie! Reden Sie!, stöhne ich. Ihr Duft ist mir direkt ins Hirn gestiegen. Picasso hat das oft und oft gezeichnet und gemalt. Der schnaubende, stampfende, wilde Stier und die nackte Frau. Er kannte die Menschen. So viel Tierisches steckt im Mann, dass er lieber Weltreiche einstürzen lässt als sich zu beherrschen. Nun … Ich beherrsche mich, sage noch einmal Reden Sie! Reden Sie! und konzentriere mich auf die Arbeit.

Es gab nur einen Ausweg, legt sie auch sofort los, weg aus Rom, weg aus Italien, für mich gab es nur noch die Flucht.

Sie redet weiter und redet. Höre nicht mehr zu. Ihre Stimme ist das Hintergrundgeräusch meiner sich überschlagenden Gedanken. Wenn dich dein Auge zum Bösen verführt, dann reiß es aus und wirf es weg! So oder ähnlich steht es in der Bibel. Es ist besser für dich, einäugig in das Leben zu gelangen, als mit zwei Augen in das Feuer der Hölle geworfen zu werden. Glaube zwar weder an die Bibel noch an ein Höllenfeuer, aber diese Frau … Sie hat etwas an sich, dem ich kaum widerstehen kann. Sie weckt Lüste, sie weckt Begierden, ja, vor allem weckt sie das Verlangen nach einer primitiven Wildheit, einer Zerstörungswut und einer Lust, zu zerfetzen, was den dünnen Schutzfilm des Zivilisierten bildet. Sie will und sie wird mich dazu bringen, dass ich wirklich in sie eindringe, wirklich unter ihre Haut vorstoße, wirklich ihr Herz in die Faust nehme und quetsche. Merke, dass ich mich dagegen weder wehren kann noch will. Was ist los? Ist es nur dieser wilde, geile Duft? Oder ist es die Vorstellung, dass der alte Mercken bloß zuschauen kann? Weiß im Moment nicht einmal, ob mich das zusätzlich erregen oder extrem anwidern würde. Weiß nur, dass mir heiß ist, ich schwitze, mir ist kalt, ich friere, habe Durst und das Gefühl, kotzen zu müssen.

Muss die Sitzung abbrechen.

Wir sehen uns übermorgen, sage ich und sammle mein Werkzeug ein.

Gleicher Ort, gleiche Zeit?, fragt sie, steht auf, streicht mit der Hand über meine Wange. Ganz sanft. Spüre es kaum. Und doch brennt mein Gesicht, als habe sie mich geschlagen. Bleiben Sie gesund, flüstert sie, wir haben zu tun.

Es macht die Sache nicht besser, dass die Zehntausend von Mercken auf meinem Konto eingetroffen sind. Bin gefangen. Gefangen in einer völlig verrückten Situation. Gehe, nein: renne zum Kolosseum und zurück. Versuche, den Kopf frei zu kriegen. Den Auftrag will und kann ich nicht sausen lassen. Aber diese Frau … sie macht mich wahnsinnig.

Trinke im Abbey Theater Irish Pub einen Cognac. Die Kneipe ist rammelvoll. Hauptsächlich amerikanische Studentinnen. Schütten sich mit Tequila zu. Auf den Bildschirmen ein Fussballspiel. AS Roma gegen Juventus Turin. Rom führt mit eins zu null. Den Studentinnen ist's egal. Überschreien sich gegenseitig. Verstehe trotzdem nicht, worum es geht. Liegt nicht an meinem Englisch, sondern daran, dass sie sich Satzfragmente zuwerfen, die sich nur ihnen erschließen. Schade.

Ablenkung wäre hochwillkommen. Stattdessen drängt sich nur immer Lisa ins Bild und die Blicke, mit denen sie mich so masslos verwirrt. Kann mich nicht erinnern, dass mir das jemals zuvor passiert wäre. Rubens bemerkte in einem seiner Briefe, es habe ihm gefallen, ein Weib zu nehmen, das nicht errötet, wenn es ihn den Pinsel zur Hand nehmen sieht. Lisa errötet nicht nur nicht, sie fordert heraus, sie will erobern, besitzen, beherrschen, bezwingen … Und unversehens fällt mir noch etwas auf. Die beiden wissen nichts von mir! Sie wollten keine Referenzen sehen, keine Mappe, keine Entwürfe. Sie interessieren sich nicht im Geringsten dafür, woher ich komme, wer ich bin, wohin ich will, wovon ich träume und wovor ich mich fürchte. Sie kennen noch nicht einmal meinen Namen, sondern nur meine Kontonummer. Haben mich nie danach gefragt. Können mich also auch nicht googeln und finden meine Website nicht. Sie benützen mich wie ein Medium. Ein gesichts- und gestaltloses Medium. Gut. Soll sein. Kann es gerne dabei belassen. Was hätten sie davon, wenn sie wüssten, welche Akademien ich besuchte, welche Galerien mich ausstellen, welche Preise ich gewonnen habe oder über welchen Marktwert meine Werke verfügen? Was für ein seltsames Dreieck wir bilden …

Gehe spät zu Bett, kann die halbe Nacht nicht schlafen. Bizarre Träume, in denen ich ein Dutzend Aufgaben innerhalb einer gewissen Zeit erledigen muss, aber immer zu spät komme.

Erwache schweißgebadet.

Panino und mehrere Kaffees zum Frühstück. Muss mit den beiden reden. Muss ihnen erklären, dass ich mich überhaupt nicht auskenne. Muss ihnen klar machen, dass das so nicht weitergehen kann.

Läute bei ihnen an der Tür. Sind nicht da. Die Haushälterin behauptet, sie seinen ans Meer gefahren.

Irre durch die Stadt. Betrete ein paar Kirchen. Die Madonnenporträts stoßen mich inzwischen ab. Sind alle, als kämen sie aus einem einzigen Pinsel. Wie kann ich Mercken mein Unbehagen beschreiben, ohne Lisas Geheimnisse zu verraten? Andererseits: was gehen mich die Probleme zwischen den beiden an? Wieso genieße ich nicht einfach das Prickeln, in das mich Lisa versetzt hat? Sie hat mich bei den Eiern, ohne Zweifel. Gut, dann wollen wir einmal schauen, was wir daraus machen.

Versuche es am Abend trotzdem noch einmal. Die Haushälterin behauptet, Merckens seien eingeladen. Bei Freunden. Kämen gewöhnlich erst sehr spät nach Hause.

Renne zurück zu meiner Wohnung, verlasse sie aber sofort wieder, um durch die Strassen zu hetzen, als werde ich von hundert Teufeln verfolgt. Es will mir inzwischen nicht mehr gelingen, mich selbst zu täuschen: Ja, Lisa hat mich bei den Eiern, aber ich verstehe noch immer nicht wirklich, wieso. Ein Aphorismus kommt mir in den Sinn: Alle Frauen, selbst die einfältigsten, verstehen eine List zu gebrauchen, um zu ihrem Zweck zu gelangen. So oder irgendwie ähnlich heißt es da. Wenn das allerdings stimmt: was ist Lisas Zweck? Sucht sie ein Abenteuer? Sucht sie einen Ausweg aus ihrer verkorksten Ehe? Fantasien einer abenteuerlichen Flucht schießen durch den Kopf. Der weiße Schimmel, die Insel in der Karibik, die Insel in der Südsee …

Wieder in der Wohnung, arbeite ich bis in die Morgenstunden hinein. Gebe zu, dass sich die Komposition an Berninis *Ludovica Albertoni* orientiert: eine Frau, rücklings auf einer Chaiselongue liegend, den Kopf im Nacken, die eine Hand an einer Brust, die andere zwischen den Schenkeln. Allerdings ist diese Frau nackt. Der Körper schemenhaft, nur in ungefähren Umrissen. Das Gesicht schon deutlich als Lisas zu erkennen. Das Bild ist nicht obszön, es ist nicht pornographisch, sondern ekstatisch. Bin überrascht. Das scheint mir gut zu gelingen. Was wohl Lisa dazu meint. Als ob meine Existenz an ihrem Lob oder Tadel hänge.

Sitze schon eine Stunde vor der Zeit im Kaffeehaus. Bin im Moment der einzige Gast. Habe den Entwurf mitgenommen, werde ihn Lisa zeigen. Bin angespannt wie ein Flitzebogen.

Sie kommt beschwingt herein. Umarmt mich. Küsst mich links und rechts auf die Wangen.

Wo waren Sie gestern?, frage ich. Am Meer?

Ja, in Anzio. Wieso?

Nur so. Ich wollte Sie besuchen.

Hatten Sie Sehnsucht nach mir?

Lassen wir das.

Sie hatten Sehnsucht nach mir!

Wie geht es Ihrem Mann?

Und eifersüchtig sind Sie auch!

Gehe darauf nicht ein. Haben Sie mit Ihrem Mann geredet? Wegen der Komposition des Bildes?

Sie sind verliebt! Lisa lacht hell auf. Kommen Sie her, sagt sie, kommen Sie. Sie fährt mir mit der Hand durchs Haar. Sie müssen nicht eifersüchtig sein, flüstert sie, Sie müssen nur Geduld haben mit mir, viel Geduld.

Ihre Berührung fährt wie ein elektrischer Schlag durch meinen ganzen Körper. Schrecke zurück. Ringe um Fassung. Haben Sie mit Ihrem Mann geredet? Wegen der Komposition? Zeige ihr den Entwurf.

Sie ist fröhlich, nein: übermütig, und meint schnippisch: Ganz hübsch! Ein wenig jünger könnten Sie mich schon machen. Ein bisschen schlanker vielleicht. Wieso, glauben Sie, verbringen Frauen Wochen, Monate, Jahre ihres Lebens vor dem Spiegel? Weil sie sich und ihrer Schönheit nie und nimmer trauen. So kommt jede Schmeichelei zur rechten Zeit. Jedes Kompliment, das einer Frau das Gefühl gibt, wieder so zu sein wie in ihren besten Jahren.

Lisa zwinkert mir zu. Sie zwinkert mir doch tatsächlich zu! Legt einen Zeigefinger an die Lippen. Flüstert jetzt: mein Mann weiß nicht wirklich, was er will. Ich glaube, ihm schwebt ein Paar vor, er sitzt auf einem Sessel, sie, frontal zum Betrachter und mit dem Rücken zu ihm mit gespreizten Beinen auf seinem Schoß. Sein harter Schwanz steckt tief in ihr, am besten im Arsch. Ihre Möse ist prall geschwollen, sie glänzt, Sperma rinnt heraus etcetera, Sie können sich ja bestimmt vorstellen, wie er das meint. Den Mann soll man nicht erkennen, eine Art Satyr vielleicht, seine Gesichtszüge erahnt man mehr als dass man sie sieht, sollen aber doch wohl an ihn erinnern, an meinen Mann, meine ich, allerdings in jüngeren Jahren.

Und das will er über Ihr Bett hängen? Bin entsetzt. Das ist … primitiv, es ist plump, es ist grob, es ist … ohne Stil, ohne Feingefühl, ohne Klasse. Kommt nicht in Frage! Ich bin nicht Hipfl! Ich bin Künstler!

Ach, der Herr Künstler, lacht Lisa. Empfindlich, der Herr. Und voller Eifersucht und Neid wie alle Künstler. Wer ist Hipfl? Sie müssen ihn verehren, sonst hätten Sie nicht ständig sein Bild vor sich …

Werde dunkelrot. Die Impertinenz dieser pfeilhaften Verletzung! Hipfl ist mir Wurst, zische ich. Es geht um Kunst.

Und vielleicht hauptsächlich um die Tatsache, spottet sie, dass Sie den Gedanken nicht ertragen, ein anderer Mann könne mich begatten. Möchten Sie lieber, dass der Satyr Ihre Gesichtszüge trägt?

Sie lacht, schallend. So eifersüchtig, so süss!, prustet sie.

Bin sprachlos. Weiß nicht, ob ich ihr eine Ohrfeige verpassen oder sie küssen soll. Die Modelle, mit denen ich es in der Vergangenheit zu tun hatte, mochten alle möglichen Macken gepflegt haben, in die ich oft genug auch verliebt war, aber keine schaffte es so leicht, mich aus der Fassung zu bringen. Jetzt also eine fidele, ausgelassen beschwingte und vielleicht beschwipste Lisa, und ich weiß wieder nicht, was ich machen soll. Sie ist ein Chamäleon … Nein. Weil sie sich nicht der Umgebung anpasst. Im Gegenteil, sie zwingt die Umgebung, sich ihr anzupassen.

Sie schaut sich noch einmal den Entwurf an. Ihre Augen leuchten, sie zwinkert mir vergnügt zu, meint: doch … das ist wirklich ganz hübsch, Sie haben Talent! Nimmt meinen Kopf zwischen ihre Hände. Küsst mich auf den Mund. Ihre Lippen sind unglaublich weich. Wie Pflaumen oder überreife Pfirsiche. Mir wird schwindlig. Der Kuss endet. Sie löst sich von mir. Bin verzaubert. Verängstigt ein wenig.

Sie haben Talent, sagt sie noch einmal. Schon verändert sich ihr Wesen, als habe sich in Windeseile eine Wolke vor die Sonne geschoben. Ganz geschäftsmässig ist sie jetzt. An die Arbeit, Herr Künstler, Sie sind mit den Ergebnissen doch sicher noch nicht vollständig zufrieden. Sie zeichnen, ich unterhalte Sie! Wo, fragt sie, sind wir stehen geblieben? In Wien, nicht wahr? Soll ich mich wieder vor den Spiegel setzen?

Ich räuspere mich, suche meine Stimme, nicke.

Sie setzt sich aufs Sofa und knöpft ihren Mantel auf. Darunter ist sie nackt. Sie zieht den Mantel nicht aus, sondern lässt ihn einfach achtlos auffallen. Ihre Brüste sind groß und schwer, die Nippel stehen klein und hart ab, sie sind von ganz hellem Rosa, das sich kaum von der weißen Haut abhebt. Der Bauch wölbt sich, die Schenkel sind kräftig und auch das Becken ist ziemlich breit. Ihre Haut ist sehr hell. Alabasterweiß, hätte man früher gesagt, als man noch wusste, was Alabaster ist.

Bin sprachlos. Nicht die Nacktheit an und für sich verstört mich. Bin das gewöhnt. Aktzeichnen ist Pflichtfach. Auch später … weiß nicht, wie viele nackte Modelle im Laufe meines Künstlerlebens durch mein Atelier gegangen sind. Oft genug war eine Spannung in der Luft, die sich entladen musste. Oft genug entwickelten sich daraus flüchtige Liebschaften. Aber hier … mit Lisa … Erstens befinden wir uns nicht in meinem Atelier. Das ist ein Kaffeehaus, ein öffentlicher Ort. Zweitens geschieht jetzt offenbar genau das, wovor sich ihr Mann fürchtet. Wahrscheinlich wollte er uns deshalb nicht allein lassen. Weil er seiner Frau nicht sicher ist und befürchtet, dass zwischen ihr und mir ein Geheimnis entstehen könnte, eine Verschwörung, eine gefährliche Attraktion. Drittens strahlt sie eine Sinnlichkeit aus, dass ich schon wieder mit einem Ständer in der Hose dasitze.

Und viertens benimmt sich Lisa, als wäre ihre Nacktheit die natürlichste Sache der Welt. Das berühmte Bild von Manet kommt mir in den Sinn, Le déjeuner sur l'herbe. Die Herren in lässigen Kitteln und Krawatten, die nackte Dame, die sich ihrer Nacktheit überhaupt nicht bewusst zu sein scheint.

Sie kennen Wien viel besser als ich, plaudert sie los, ich muss Ihnen also nicht erzählen, wie wohl man sich fühlen kann. Die Leute sind freundlich, sie sprechen deutsch, sie gaben uns das Gefühl, willkommen zu sein. Das Ziel der ganzen Reiserei war ja hauptsächlich, dass sich Rolando endlich von seiner Besessenheit löse. Dieses Ziel erreichten wir in Wien. Er wollte mich nun nicht mehr ständig befriedigen. Wir benahmen uns wie ein typisches Ehepaar. Redeten über normale Sachen und nicht immer nur über unser katastrophales Liebesleben. Endlich konnte ich mich entspannen. Das tat gut. Es tat so gut, dass ich nach einiger Zeit wieder richtig Lust kriegte, wieder mal einen ganzen Kerl zwischen den Beinen zu spüren. Eine heimliche Affäre kam allerdings nicht in Frage. Zum einen war ich heilfroh, dass die Vorgeschichte mit Angelo nie ans Tageslicht gekommen war; so etwas wollte und konnte ich nicht noch einmal riskieren. Zum anderen wäre es in Wien auch technisch schwierig gewesen, einen geheimen Seitensprung zu planen. Rolando und ich hatten nicht nur den gleichen Bekanntenkreis, wir verbrachten auch die allermeiste Zeit zusammen. Wie hätte ich jemanden kennenlernen und wie hätte ich ein Schäferstündchen herausschlagen sollen? Zum Glück gab es Franz und Sabine. Ich muss Ihnen bestimmt nicht erklären, wer die beiden sind. Rolando hat alles im Detail erzählt, nicht wahr? Ich gestehe, ich habe die beiden vergöttert. Aussen hui und innen pfui, aber in einem guten Sinn. Solche Schweinderln waren sie, und zugleich die liebenswertesten Leute. Versaut und verdorben mit Würde und Stil. Mit denen hätte ich gerne meinen Spass gehabt. Leider ist Rolando in dieser Beziehung stockkonservativ. Eine Freundschaft ist ihm heilig. Mit perversen Spielen hat er nichts am Hut. Da war nichts zu machen. Da endete sein Humor. Noch nicht einmal zu einer kleinen Silversterorgie ließ er sich überreden. Was ich besonders ärgerlich fand. Sabine, Franz und ich hatten alles bis ins Detail geplant. Ein exklusiver Zirkel. Ein Fest für Augen, Ohren und alle anderen Sinne. Sie kennen den Film Eyes wide shut? Etwas in der Art schwebte uns vor. Eine Art Tanz ums Goldene Kalb, wobei Rolando das Kalb gewesen wäre und wir getanzt hätten. Eine kleine Demütigung vielleicht, ich war mir ziemlich sicher, dass es ihn erregen könnte, wenn seine – Unzulänglichkeit vorgeführt würde, wenn er zuhören müsse, wie seine Unmännlichkeit verhöhnt und verspottet wird. Ich habe mir das als eine Art Schocktherapie vorgestellt. Als ein Theater mit einer echten Katharsis. Nichts wurde daraus ausser einer Katastrophe. Ich war wirklich böse auf ihn. Was für eine Spassbremse, was für ein Spielverderber. Was für ein dummer, dummer Mann!

Meine Enttäuschung habe ich ihn spüren lassen, aber echt. Bis er mir dann doch einen Liebhaber gegönnt hat. Thomas. Ein junger Mann, der sich als erstaunlich potent erwies, und es störte ihn nicht im Geringsten, dass mein Mann dabei war, im Gegenteil, es schien ihm nur Auftrieb zu verleihen. Der junge Bulle führt dem alten Ochsen vor, wie man die Kuh richtig begattet. Die Nacht war fantastisch. Ein Dammbruch, ein Sturzbach. Diese unverstellte Männlichkeit, sie riss mich glatt von den Füssen. Am erstaunlichsten war, dass Rolando darauf überhaupt nicht eifersüchtig wurde. Im Gegenteil. Er schien es zu genießen. Wie wenn er durch Thomas hindurch mit mir Liebe gemacht und sich endlich wieder als ganzer Mann gefühlt hätte. Seltsam, ich weiß. Am seltsamsten war allerdings, dass ich, indem ich mit einem anderen Mann schlief, meinen Mann zurückerhielt. Nach dieser Nacht benahm er sich endlich wieder normal. Und ich, ja, zum ersten Mal verliebte ich mich in meinen Mann. Können Sie sich das vorstellen? Ich glaube nicht, dass Sie das verstehen können oder dass irgendwer das verstehen kann. Es ist auch zu bizarr.

Jahrelang hatte ich mit diesem Mann zusammengelebt, ich wusste alles von ihm, ich kannte seine intimsten Geheimnisse, aber ich hatte nie Herzklopfen gekriegt bei seinem Anblick oder weiche Knie oder was immer diese körperlichen Zustände sind. Ich hatte ihn gemocht, ich hatte ihn gern um mich gehabt so wie man einen guten Freund oder einen schönen Gegenstand gern um sich hat. Aber verliebt? Kopf- und haltlos verliebt? Nein, eindeutig nicht. Und nun war plötzlich alles anders? Seltsam, allerdings. Es gibt bestimmt eine Million psychologischer Gründe, und ein Therapeut hätte seine helle Freude an mir, aber das spielte alles keine Rolle. Das einzige, was eine Rolle spielte, war die Tatsache, dass ich endlich erkannte, dass Rolando der netteste, klügste, lustigste, verständnisvollste und behutsamste Mensch ist und mir alles gibt, was ich nur wünschen kann. Endlich erreichte mich diese Wahrheit mit der vollen Wucht ihrer Bedeutung. Endlich kriegte ich Herzklopfen, zitternde Knie und Schweißausbrüche an den Handgelenken, wenn ich in sein Gesicht und seine Augen schaute.

Allerdings!, werfe ich ein, macht es Ihnen trotzdem nichts aus Ihren Mann zu betrügen.

Noch habe ich ihn nicht betrogen!, faucht sie mich an. Konzentrieren Sie sich, malen Sie und hören Sie mir zu!

Ich lasse mir doch von Ihnen nicht …

Wenn Sie nicht auf der Stelle den Mund halten! Ich stehe auf und gehe, und Sie werden mich nie mehr zu Gesicht bekommen. Sie schaut mir eiskalt in die Augen. Eiskalt.

Mich schaudert. Ich schweige.

Schon lächelt sie wieder. Sie können sich denken, sagt sie, dass ich nach der Nacht mit Thomas bald wieder Lust bekam, mit weiteren Männern zu schlafen, große

Lust sogar, gewaltige. Allerdings gab es in Wien nicht viele Männer, die mir gefielen. Ich fand die meisten uncharmant. Sie verstanden sich nicht aufs Flirten. Sie waren unbeholfen, ungelenk, hölzern und plump. Zu direkt vor allem, zu fadenscheinig, zu bemüht und zu grob. Sie fochten mit dem Säbel statt mit dem Florett und hielten mich für eine Bratwurst, die man vom Rost in den Mund nimmt. Erstaunlich wenige wussten, dass es der Vorbereitung bedarf, und zwar am besten in der Form netter Komplimente.Und in der Art, wie ein Mann zuhört. Erstaunlich wenige hatten eine Ahnung davon, dass man sich einer Frau auf Umwegen schneller nähert als auf der schnurgeraden Hauptallee. Nein, mit den Männern in Wien … Da war für mich zu wenig los. Heimweh hatte ich auch. Nichts gegen Wien, aber Rom ist halt doch etwas anderes. Die chaotische Lebendigkeit und die südliche Sonne fehlten mir. Sie fehlten mir enorm.

Bevor wir heimkehrten, erlaubte mir Rolando, Thomas noch ein paar Mal zu treffen. Er war selbstverständlich jedes Mal dabei. Der Sex war gut. Er war fantastisch. Thomas hatte eine Bestimmtheit, die mich verrückt machte und zum Glühen brachte. Dieses klopfende Gefühl in seinem Schwanz. Wie er mir befiehlt: Aufs Bett! Auf allen Vieren!, so dass ich alles sehen kann! Wie ich zittere, wenn ich aufs Bett steige. Wie ich mich ihm darbiete. Bist du nass?, fragt er. Ja. Soll ich dich ficken? Ja. Sag, bitte. Bitte! Noch einmal. Bitte!! Wie er mich an den Haaren greift, den Kopf in den Nacken zieht, mich von hinten besteigt, mich auf den Arsch schlägt, diese klatschenden Geräusche, wie sehr ich sie liebe, der Hengst und seine Stute, die Schläge, das Pochen, mit dem mein Orgasmus losbricht. Ahhh!, sagt sie. Fragt, ob ich schockiert sei.

Meint, sie habe mir gesagt, dass sie quasi in der Gosse aufgewachsen sei.

Kann riechen, wie sie duftet. Der Raum ist erfüllt von ihrer Essenz. Sie duftet und dehnt und streckt sich. Ich bin ein lasterhaftes Weib, sagt sie. Wahrscheinlich fühle ich mich deshalb zu Ihnen hingezogen, weil nur ein Künstler wahre Lasterhaftigkeit zu schätzen weiß. Roland hingegen … Rolando bekam es mit der Angst. Er fürchtete, dass ich mich in Thomas verlieben könnte. Der Dummkopf, wo ich mich doch gerade in ihn verliebt hatte und wo ich doch dieses Glühen und Verglühen nur ihm verdankte. Es kam soweit, dass ich einen Liebhaber nur ein einziges Mal vögeln durfte. Das ist eine Scheißregel, aber was kann ich tun? Naja, das Leben ist absurd, es ist bizarr und grotesk, nicht wahr? Jetzt dürfen Sie reden, sagt sie nach einer kurzen Pause, während der sie ihren Mantel schließt.

Was soll man sagen? Was soll man sagen, wenn man quasi aus dem Nichts heraus aufgefordert wird, zu reden. Soll ich ihr vielleicht meine Lebensgeschichte erzählen? Oder soll ich ihr sagen, wie sehr ich sie inzwischen begehre. Könnte stattdessen meine Hose öffnen und ihr … Mein Geschlecht hat zwar bestimmt nicht Angelos Riesenformat, aber ich kann damit umgehen. Vielleicht sollte ich mich einfach auf sie stürzen. Alle Vorsicht ausser Acht lassen. Nur das Jetzt und Hier zählt. Sie ist bestimmt fantastisch. Und ausgehungert dazu. Was war denn eigentlich mit Ihrer Galerie?, frage ich stattdessen, ich muss gestehen, dass ich sie nicht kannte.

Dafür brauchen Sie sich nicht zu schämen, antwortet sie. Die ersten Vernissagen liefen zwar ausgezeichnet, aber in einer Stadt wie Wien mit ihrem überbordenden Kulturangebot bewegte sich meine Galerie dennoch unterhalb der Wahrnehmungsschwelle. Meine Klienten waren in erster Linie die italienische Community, dann gab es Freunde und Bekannte von Franz und Sabine, aber das war's dann auch. Jedenfalls ging es sehr schnell sehr steil bergab. Ich habe kaum mehr etwas verkauft. Spass machte es auch nicht, tagelang in der Galerie zu sitzen und darauf zu warten, ob vielleicht ein Zufallskunde hereinschauen möchte, und die Unkosten waren viel zu hoch. Da war ja nicht nur die Miete. Da waren die Transportkosten, die Versicherungen, die Inserate in den Fachzeitschriften, die Vernissagen, zu denen wir die jungen Künstler einfliegen mussten …

Wien ist ein hartes Pflaster, sage ich.

Sie kennen sich aus, entgegnet sie, ist Ihnen jemals aufgefallen, dass die Wiener nicht grüssen können? Sie können zwar Bekannte nicht genug abbusseln, aber einem Fremden die Hand reichen und Grüss Gott oder Guten Tag sagen, das können sie nicht. Was ich sagen will: es fiel uns schwer, Bekanntschaften zu schließen. Naja, nett war's trotzdem, ich habe viel erlebt. Vor allem war ich ja eine Weile lang so richtig verliebt in meinen eigenen Mann.

Eine Weile lang nur? Was ist jetzt?

Jetzt? Sie überlegt, schaut mich wieder mit diesem Blick an, der mir durch die Haut geht, diesem schamlos koketten, verheißungsvoll hungrigen Blick.

In diesem Moment stürmt eine japanische Reisegruppe das Caffè della Pace. Mindestens fünfzig Leute. Aus ist's mit der Ruhe. Der Zauber ist gebrochen. Lisa wirkt verärgert. Ich bin enttäuscht. Wenn sie redet, sprudelt es aus ihr heraus. Habe sie mir gerne angeschaut. Ihr Gesicht lebt. Die ganze Frau strahlt, funkelt, lodert, sprüht, steht in Flammen, die Luft knistert, ist aufgeladen, elektrisiert … Aber jetzt ist das wie weggewischt. Ihre Mundwinkel senken sich ab. Das Gesicht wird madonnenhaft und gewöhnlich. Sie reicht mir kühl die Hand. Bis bald, sagt sie noch und ist schon verschwunden.

Packe mein Material zusammen. Zorn wallt in mir hoch. Möchte am liebsten die Kaffeetasse in die Japanergruppe schmeißen. Oder mit den Fäusten auf sie losgehen. Natürlich tu' ich's nicht. Gehe stattdessen nach Hause. Lege mich aufs Bett und schlafe auf der Stelle ein. Erwache mit Kopfschmerzen, tauben Gliedern und einem üblen Geschmack auf der Zunge. Stelle mich unter die Dusche. Rasiere mich sorgfältig, ziehe die beste Kleidung an und verlasse das Haus. Es ist an der Zeit, einen Schritt weiter zu gehen.

Zum Glück sind Merckens zu Hause. Er wirkt ein wenig verärgert. Offenbar mag er Überraschungen nicht und er mag es nicht, wenn nicht er die Fäden zieht. Lasse mich davon nicht beeindrucken. Behaupte, ich hätte heute einen echten Durchbruch erzielt und müsse ihm unbedingt ein paar Entwürfe zeigen. Beschreibe meine Idee der Liegenden. Versuche, ihm den Unterschied zwischen Pornographie und Erotik zu vermitteln und erkläre, dass ich seine Vorstellungen leider zurückweisen müsse. Zu meiner Verblüffung hat er keine Einwände. Ich solle eintreten und ablegen und ihm in die Bibliothek folgen. Sie ist eine Kopie eines traditionsreichen Londoner Clubs. Eichenholzverkleidete Wände, Regale mit in teure Lederbände eingeschlagenen Büchern, Wandleuchten aus Onyx und Messing, die ein weiches, bernsteinfarbenes Licht verbreiten. An einer Wand hängen dicht an dicht etliche Bilder in Nussholzrahmen, Akte hauptsächlich, Bleistift, Tusche, Aquarelle, aber auch ein Picasso aus der rosa Periode. Eine Sitzgruppe aus dunkelgrünem Leder, ein offener Kamin, in dem ein

Feuer brennt. Lisa sitzt in einem der Fauteuils, ich begrüsse sie, sie lächelt mich ein wenig herablassend an. Sie trägt eine dunkelgrüne Bluse und einen weiten gelben Rock, dazu einen breiten, schwarzer Gürtel und schwarze Schuhe. Sie hat das Haar hochgesteckt, ihre helle Haut verstärkt das spärliche Licht des Raums.

Zumal das, sagt Mercken, nachdem er mir ein Glas Prosecco in die Hand gedrückt hat, was ich als seine Vorstellung eines Bildes beschreibe, nicht im Geringsten seinen wahren Wünschen entspreche. Er wolle nicht mehr und nicht weniger als eine Hommage an die Sinnlichkeit seiner Frau. Das Pornographische sei für ihn auch deshalb nicht interessant, als er zu einer unmittelbaren körperlichen Erregung sowieso nicht im Stande sei.

Lisa schaut mich an, als sei ich ein verzogener Junge, der nicht einsieht, dass er das, was er will, nicht kriegen kann – oder dass er das, was er unbedingt haben will, schon hat, ohne es zu merken.

Meinen Hinweis, dass seine Frau mir dieses pornographische Bild des Bildes übermittelt habe, wischt sie mit einer flüchtigen Handbewegung weg. Wahrscheinlich haben Sie mich falsch verstanden, behauptet sie, wahrscheinlich waren Sie zu sehr mit dem Skizzieren beschäftigt.

Mercken lacht. Sie kann schon verwirren, meine Frau, sagt er. Er vermag sich ganz offensichtlich nicht vorzustellen, dass Lisa lügen könnte.

Wir trinken Prosecco und naschen von den Oliven, den getrockneten Tomaten, dem Brot und anderen Leckereien, welche die Haushälterin hingestellt hat.

Kunst, erklärt Mercken plötzlich, nachdem er aufgestanden ist und sich mit dem Rücken zu uns an den Kamin gestellt hat, ist ein schönes Wort, es ist ein Wort wie Freiheit, das sich immer anders und immer neu auffüllen oder aufblasen lässt bis hin zur Behauptung, Kunst sei die einzige Freiheit, die uns geblieben ist. Diese kühne Verbindung ist elegant, sagt er, sie impliziert alles und nichts und sie kann für allen Sinn und Unsinn verwendet werden. Die banalste Definition von Kunst ist bekannt: Kunst kommt von Können. Nun wird diese Definition allerdings immer unvollständig zitiert. In Wirklichkeit hat Johann Gottfried Herder gesagt, Kunst kommt von Können oder von Kennen her, vielleicht von beiden, wenigstens muss sie beides in gehörigem Grad verbinden.

Giovanni Segantini meinte, fällt ihm Lisa ins Wort und schaut mich dabei an, als sässe ich im ersten Semester auf der Akademie, Kunst sei das Fenster, durch das der Mensch seine höhere Fähigkeit erkenne. Aber was ist eine höhere Fähigkeit angesichts einer Menschheit des 21. Jahrhunderts, die sich vor allem an ihrem zerstörerischen Naturell zu ergötzen scheint?

Versuchen wir es mit Paul Klee, fährt Mercken fort. Kunst gibt nicht das Sichtbare wieder, sondern macht sichtbar, sie ist Betätigung aus Freiheit und Spontaneität, und weil die Freiheit eine seltene Sache ist, kann Alfred Döblin unwidersprochen behaupten, Kunst sei und bleibe eine seltene Sache, was wiederum Oswald Wiener zu folgender Bemerkung veranlasste: Kunst ist Propaganda für die Wirklichkeit und wird daher verboten.

Mit der Behauptung von Oswald Wiener, nimmt Lisa den Faden auf, ist man nämlich an einem Nullpunkt angekommen, am Ground Zero der Kunsttheorie sozusagen. Die einzige Chance der Theorie war, sich des Problems zu bemächtigen und die Kunst dem Diskurs über die Kunst unterzuordnen. Formidabel ausgedrückt in der Behauptung, Kunst sei weniger eine Sprache, als vielmehr die Sprache eine Kunstform. Allerdings erliegt Sprache in dem Moment, wo sie sich zur Kunstform erhebt, der Tragödie ihrer eigenen Wortgewalt: der Diskurs begeistert und besäuft sich an seiner Potenz, er steigert sich in Allmachtphantasien hinein, bis er sich aller Sinnlichkeit entledigt hat.

Wieder übernimmt Mercken das Wort. Die beiden agieren als perfekt eingespieltes Team.

Als Konsument, sagt er, sieht man sich unweigerlich mit der Frage konfrontiert: Wo ist denn nun eigentlich die Kunst geblieben, wenn alles möglich ist, solange es sich nur der korrekten Theorie bedient? Ist Kunst wirklich nur Konzept?

Ein gähnender Abgrund reißt auf, behauptet Lisa, wenn der Kunstdiskurs erklärt, dass man Kunst in Worte fassen könne, wo doch die bildende Kunst eben gerade nicht Literatur ist. In diesen Abgrund fallen nicht nur die Laien. In ihn stürzen auch Künstler hinab, die gelernt haben, dass alles, was sie tun, Kunst ist, einfach kraft ihrer Behauptung „Ich bin Künstler, also mache ich Kunst“ – Quasi einem cogito ergo sum der Kunsttheorie, wirft Mercken ein. – Im Grunde aber nicht wissen, was Kunst ist, weil sie Kunst als Konzept verstehen und immer und immer wieder erleben, wie sich alles im Moment des Zugreifens dem Zugriff entwindet.

Deshalb, schließt Mercken, erwarte ich von Ihnen, dass Sie sich der stärksten Waffen bedienen, um den Weg freizuschlagen, den Pfad hinaus aus dem Dschungel: Sie haben den Spieß umzudrehen, den Theodor Adorno mit seinem «Aufgabe von Kunst ist es heute, Chaos in die Ordnung zu bringen“ schärfte. Sie müssen Ordnung in die chaotisch wuchernde Theorie bringen.

Sie sollen, dürfen, müssen und werden etwas schaffen, das hoch über den zeitgeistigen Erregungen steht und dauernde Gültigkeit aufweisen wird.

Mercken dreht sich um. Er hebt das Glas. Er prostet mir zu.

Natürlich ist Lisa schuld, lacht Mercken, dass ich mich intensiv mit der Kunst und den Kunstbegriffen beschäftigt habe. Wie konnten Sie annehmen, ich sei ein dumpfer Dilettant. Sie müssten mich, nach all dem, was ich erzählt habe, besser kennen. Ihre Ausführungen über Erotik und Pornographie haben mich amüsiert, gehörig amüsiert, aber wir mussten Ihnen das jetzt einfach sagen, und sei es nur, damit Sie sich noch mehr anstrengen, das wirklich perfekte Bild zu schaffen.

Atme erleichtert aus. Nein, er ahnt nichts, ihm geht es wirklich nur um das Bild. Seine Frau hingegen weiß genau, was in mir vorgeht. Sie hat während der ganzen Zeit mit mir gespielt. Während die beiden ihren Kunstdiskurs abspulten, schlang sie anfänglich noch ihr Haar um den Zeigefinger, schleckte mit der Zunge über die Lippen, schlug die Beine übereinander, betrachtete ihre Fingernägel und zupfte am Rocksaum herum. Aber dann … Ich weiß, dass sie Strümpfe trägt. Sie hat mir einen Blick auf ihren nackten Schenkel gewährt. Ich weiß auch, dass sie kein Höschen trägt. Auch das hat sie mir gezeigt. Sie hat mit der Schuhspitze mein Schienbein und mit dem Absatz meine Eier gekratzt. Sie hat mich die ganze Zeit über betrachtet, hat geschaut, wie weit sie gehen muss, bis ich ein Aufstöhnen nicht mehr unterdrücken kann.

Mercken schmunzelt noch immer. Er wirkt gleichmütig, selbstsicher, gönnerhaft. Er ist ganz und gar entspannt.

Der arme Kerl. Er hat wirklich keine Ahnung vom

Doppelspiel seiner reizenden Gattin und ihrem willigen Komplizen. Er ist so über alle Massen von sich eingenommen, dass wir es wahrscheinlich gleich hier hinter seinem Rücken treiben könnten, und er würde nichts merken. Der Gedanke erregt mich. Er kribbelt und erinnert an Teenagergefummel im Treppenhaus, als man ständig damit rechnen musste, vom Vater des Mädchens erwischt zu werden.

Reiß dich zusammen!, denke ich, du bist hier, weil du einen Auftrag zu erledigen hast. Erkläre, dass ich mich jetzt mit den Aktstudien beschäftigen müsse. Schlage vor, dass Lisa zu mir kommt, in meiner Absteige seien die Lichtverhältnisse gut.

Lisa sagt, ihr sei alles recht.

Mercken lässt nicht mit sich reden. Er besteht darauf, dabei zu sein, und er besteht darauf, dass die Studien hier in der Wohnung stattzufinden haben. In diesen Punkten ist er unerbittlich. Die nächsten Sitzungen haben hier stattzufinden. Im Teesalon.

Verabschiede mich. Händedruck von ihm, Küsschen links und rechts auf die Wangen von ihr, dabei hält sie wieder meinen Kopf und kratzt mit langen, scharfen Nägeln geheimnisvolle Muster in die Nackenhaut. Werde rot, schwitze, weiß schon wieder nicht, was ich sagen soll. Habe lange nicht mehr in einer derart verfänglichen Situation gesteckt. Fühle mich befangen und unfähig, angemessen zu reagieren.

Pizza bei Baffetto. Das Lokal ist brechend voll, die Leute reden und lachen und überschreien sich und sind bester Laune. Trinke einen halben Liter Wein, während ich versuche, mir eine Strategie zurechtzulegen, wie ich in Zukunft diesem seltsamen Paar begegnen und wie ich meine Verliebtheit in den Griff kriegen könnte. Es ärgert mich, dass ich so hölzern auf die Situation reagiert und keine Worte gefunden habe. Andererseits hat dieses lüsterne Spiel natürlich auch sehr viel Spass gemacht. Sie treibt es wirklich aufs Äusserste. Und ich bin ihr williger Gefährte. Also was soll's? Der Gentleman schweigt und genießt? Ausserdem bin ich nun wirklich alt genug, um zu wissen, dass diese Verliebtheit zu lächerlich, zu sinnlos und zu grotesk ist, um ernst genommen zu werden.

Aber was sind gute Vorsätze wert? Einen Fliegendreck? Ich bin nämlich wirklich verliebt. Da brauch ich mir gar nicht erst was vorzumachen: Lisa hat mich in der Hand. Ein Königreich für die Möglichkeit, sich einer Verliebtheit zu entziehen, von der man weiß, dass daraus nichts wird?

Kaffee und Cognac im Etablì. Auch hier nur aufgeräumte, fröhliche Leute. Viele Paare, die schäkern, tuscheln und fummeln. Sehe Männerhände auf Frauenschenkeln, sehe das überdeutlich und wie durch ein Vergrösserungsglas. Höre das Gurren und Kirren aus Frauenkehlen, und ich höre es so laut und so klar, als wären die Münder und die Kehlen dieser Frauen direkt an meinem Ohr.

Weiß, dass ich nicht schlafen werde. Bin aufgekratzt. Ist Vollmond oder bin ich dabei, verrückt zu werden? Wie kann ich mich in Lisa verlieben, wo es doch ganz offensichtlich ist, dass sie mich zum Narren hält? Offenbar lasse ich ganz gerne einen Narren aus mir machen. Wie heißt es so schön im Sprichwort: Wo die Liebe hinfällt, bleibt verbrannte Erde zurück. Aber vielleicht ist alles ganz anders. Vielleicht hofft sie, dass ich sie aus einer unmöglichen Lage befreie und erlöse von einem alten Mann, der sie bewacht wie der Drache den kostbaren Schatz. Wenn ich nur wüsste, wer diese Lisa ist. Sie ist vollkommen unschuldig und vollkommen verdorben. Das macht ihre Stärke aus. Sie bietet sich mir an. Sie reibt mir ihre Lüsternheit unter die Nase. Wahrscheinlich glaubt sie, dass ich nicht zugreifen werde, dass ich zu viel Respekt vor ihr oder ihrem Mann habe, zu viel Angst, den Auftrag zu verlieren, zu viel Anstand, ihre unmögliche Lage auszunützen, und zu viel Skrupel, wenn es um Frauen geht.

Trinke, bis man mich hinauskomplimentiert. Wanke durch die schlafende Stadt. Ein paar streunende Hunde, ein paar Katzen. Vereinzelte Nachschwärmer. In einem Torbogen ein Liebespaar, das es miteinander treibt. Sie sehen mich. Es ist ihnen egal. Sie machen einfach weiter, unbekümmert, verschränkt und verrenkt in ihrer Lust.

Es nieselt wieder.

Finde das Haus, in dem Lisa früher wohnte. In dieser Sache glaube ich ihm. Ich kann mir nicht wirklich vorstellen, wie Lisa in einem winzigen Appartement in der Vorstadt lebt. Ein verwunschenes Haus ist die richtige Umgebung für eine seltsame Person. Stelle mich in den Hof. Zünde die nächste Zigarette an. Vor allem habe ich keine Lust, denke ich, das Schicksal von Angelo de Rota zu teilen und krankenhausreif geprügelt zu werden. Bin zwar kräftig genug, um mich wehren zu können, aber gegen den heimtückischen Anschlag eines Lucca wäre ich chancenlos. Andererseits – wie heißt es so schön: no risk no fun. Spass macht es bestimmt mit Lisa. Sie wirkt nicht, als ob sie allzu viele Hemmungen hätte. Sie hielt sich fern und angelte nach mir und schürte meine Glut durch Sprödigkeit, wie jede Hemmung in der Liebe Bahn die Liebe nur entflammt … Weiß nicht, wieso mir das gerade jetzt in den Sinn kommt. Dürfte von Shakespeare sein. Ende gut, alles gut, wenn ich mich richtig erinnere. Es gab mal eine

Zeit, da konnte ich den halben Shakespeare auswendig. Als ich einen Porträtzyklus der Heldinnen und Helden seiner Komödien malte. Lange ist's her. Dachte eigentlich, ich hätte alles vergessen.

Gegen Ende der Nacht lärmt eine Kehrmaschine vorbei. Sie ist so laut, als wolle sie ganz Rom aus den Betten scheuchen.

Es dämmert, als ich endlich nach Hause komme und mich hinlege. Kann trotzdem nicht schlafen. Wälze mich ruhelos. Mir ist heiß. Schwitze. Habe wahrscheinlich Fieber.

Muss dann doch eingeschlafen sein.

Jeder erlebt ein paar wenige Male in seinem Leben ein Aufwachen, von dem man sich wünscht, dass es nie enden wird, weil das Aufwachen so beglückend ist. Du spürst das weiche Kissen, du spürst das Gewicht der Decke, und es ist einfach nur wohlig und wunderbar, und du weißt, dass draussen ein wunderbar wohliger Tag auf dich wartet. So erwache ich, es ist, wenn ich endlich aufstehe, Mittag. Nehme meine Tasche und gehe zu den Merckens. Unterwegs ein schneller Kaffee und ein Panino im L'Emporio alla Pace. Ja, es ist wirklich ein wunderbar wohliger Tag. Über den Häuserschluchten der Altstadt blauer Himmel. Ein paar Zirruswolken. Die Sonne steht hoch genug, um die Gassen aus den Winterschatten zu reißen. Die Luft ist warm. Vor den Caffès sitzen ganze Gruppen, Einheimische und Touristen.

Mercken öffnet die Tür, er ist wie immer elegant und makellos gekleidet. Er geht voran in den Teesalon, der ganz in Gelb gehalten ist. Wände und Decke sind mit kostbaren Seidentapeten bespannt, die Vorhänge, ebenfalls gelb, bestehen aus einer schweren, alten Seide. Das Parkett bedeckt ein chinesischer Seidenteppich, der ebenfalls gelblich schimmert. Zu den gelben Tapeten passt eine mit purpurfarbenem Samt überzogene Chaiselongue. Lisa liegt darauf. Sie trägt wieder den gelben Brokatmorgenmantel. Sie hält ihn über ihrer Brust zusammen. Mercken will, dass wir sofort beginnen. Lisa weist ihn zurecht. Was für ein unmöglicher Gastgeber er sei, er könne doch den hochverehrten Herrn Künstler nicht auf dem Trockenen sitzen lassen. Es finde sich hier ja eine doch eher ungewöhnliche Gesellschaft zusammen, da sei es nur recht und billig, wenn man anstoße und gutes Gelingen wünsche.

Bitte Mercken um einen Whisky.

Er geht zum Teewagen, auf dem eine ganze Batterie unterschiedlichster Flaschen mit Alkoholika steht.

Nein, widerspricht Lisa, wir trinken Champagner, wir wollen ja doch einigermassen nüchtern bleiben.

Mercken verlässt den Salon, um den Champagner aus dem Kühlschrank zu holen. Kaum ist er weg, flüstert sie: Lasterhaftes liegt in der Luft, masslose Unersättlichkeiten. Der Wille zu Wonne und zum Untergang in der Gier. Die letzte Süssigkeit will ich aus Ihnen saugen, aber … Hält den Zeigefinger vor die Lippen. Jetzt nicht!, beschwört sie mit fast mädchenhafter Stimme, er wird gleich wieder hier sein, lassen Sie sich nichts anmerken, sonst …

Schon steht Mercken wieder im Salon. Reicht mir und Lisa Champagner, gießt sich selbst einen Cognac ein.

Wir lassen die Gläser klingen.

Dann also los, treibt er mich an.

Schlucke leer, fasse mich. Ziehen Sie sich aus und legen Sie sich hin, bitte ich Lisa. Öffne die Tasche. Nehme den Fotoapparat heraus.

Sie fotografieren?, fragt Mercken verwundert.

Ja. Diese Phase der Arbeit halte ich immer fotografisch fest.

Lisa legt den Morgenmantel ab. Bis auf die gelben Seidenpantoffel ist sie nackt. Sie legt sich auf die Chaiselongue.

Betrachte sie durch den Sucher. Weiß, dass sie üppig ist. Eine Rubensfigur eher als eine Frau, die strengen Diäten folgt.

Mercken setzt sich ein wenig abseits in einen Fauteuil. Er trinkt seinen Cognac und lässt uns nicht aus den Augen.

Der Blick durch den Sucher erlaubt mir Distanz. Es erlaubt mir, meine Unsicherheit zu verbergen. Lisa ist wirklich füllig. Die Brüste sind schwer, die Hüfte ist rund, die Schenkel sind kräftig, sie hat einen Bauch. Der Körper ist von den Spuren des Lebens gezeichnet. Fältchen und Falten, Fettpölsterchen und –polster, aber die Haut ist in diesem Licht so hell, so weiß, dass ich wieder an das Wort alabasterweiß denken muss. *Venus im Ba*d kommt mir in den Sinn, die drei Frauen in *Paris* und natürlich *Susanna und die beiden Alten.* Blitzschnell schießt mir das durch den Kopf, während ich Lisa durch den Sucher betrachte. Sollte ich vielleicht doch die ganze Komposition umwerfen. Weg von Caravaggio und hin zu Rubens? Die Nackte und ein geifernder Greis … Hatte, als ich noch auf der Akademie war, zu *Susanne und die beiden Alten* eine kleine kunsttheoretische Schrift zu verfassen. Das Bild basiert auf einer biblischen Legende: In Babylon lebte ein reicher Mann namens Joakim. Er war mit der schönen und frommen Susanna verheiratet. In seinem Haus verkehrten zwei hoch angesehene alte Richter, die sich in Susanna verliebten. Bald regte sich in ihnen die Begierde nach ihr, ihre Gedanken gerieten auf Abwege und ihre Augen gingen in die Irre. Sie lauerten ihr im Garten auf, als sie ein Bad nehmen wollte. Sie wollten sie zwingen, mit ihnen zu schlafen, und drohten, sie ansonsten zu beschuldigen, mit einem jungen Mann Ehebruch begangen zu haben. Susanna weigerte sich. Die beiden Alten ließen Susanna verhaften und erklärten, sie beim Ehebruch überrascht zu haben. Susanna wurde zum Tod verurteilt. Daniel allerdings, der Richter, traute der Sache nicht. Er befragte die beiden Alten unabhängig voneinander, unter welchem Baum Susanna ihren Mann betrogen habe. Eine Zeder, sagte der eine, der andere, es sei eine Eiche gewesen. Susanna kam frei. Die beiden Alten wurden hingerichtet.

Eine schöne Geschichte. Ein schönes Bild. Mercken, der lüsterne Alte … Verwerfe den Gedanken. Mercken will Lisa in Ekstase, siehe Heilige Theresa, siehe die Selige Ludovica. Rubens Susanna hingegen fürchtet sich, die lüsternen Alten machen ihr Angst.

Schieße schnell ein paar Dutzend Bilder. Weiß wirklich nicht, was mit mir los ist. Normalerweise stehe ich auf einen ganz anderen Typ Frau. Rank, straff, schlank. Bei Lisa ist alles aus den Fugen geraten. Dennoch find' ich sie schön. Sie wirkt nicht verletzlich in ihrer Nacktheit, sondern auf eine animalische Art stark. Ihre Haut dünstet Fruchtbarkeit aus und eine Verlockung, der ich mich nicht zu entziehen vermag. Sauge Luft durch die Nüstern. Glaube wieder, ihre Erregung zu riechen. Merke, wie erregt ich werde. Wohl ist mir nicht dabei. Die Atmosphäre, die sich im Salon verdichtet, ist zu eigenartig. Auch Merckens selbstsichere Leichtigkeit hat sich verflüchtigt. Er betrachtet seine Frau mit einer Intensität, als sehe er sie zum ersten Mal. Lisa beherrscht uns. Wir werden von ihrer Lust erdrückt.

Mercken schweigt.

Lisa schweigt.

Schweige auch und schieße noch ein Bild.

Wir sind Gefangene unseres Schicksals. Als junger Künstler hätte ich meine Verliebtheit nicht versteckt, hätte die Erregung nicht versteckt, hätte keine Rücksicht auf die Gefühle eines anderen genommen. Als ich noch ein wilder Hund war, hätte ich Mercken ins Gesicht gesagt, dass ich scharf auf seine Frau bin und sie ihm zu stehlen gedenke. Hätte den Mut aufgebracht, mich vor ihn hinzustellen und ihm die Wahrheit entgegenzuschleudern. Die Wahrheit, dass seine Frau ihn nie geliebt hat. Die Wahrheit, dass sie ihn von Anfang an betrogen hat. Die Wahrheit, dass er sie nicht nur vor langer Zeit verloren, sondern nie wirklich besessen hat. Die Wahrheit schließlich, dass ich ihr geben kann, wozu er nicht fähig ist. Würde er daran zerbrechen? Wahrscheinlich. Hätte mich das bekümmert? Sicher nicht. Schließlich ist es ganz normal, dass ein Junger den Alten von seinem Platz vertreibt.

Inzwischen bin ich selbst ein wenig älter, ein wenig reifer, ein wenig netter, fürsorglicher, höflicher und, ja, mutloser und feiger geworden. Habe keine Lust, eine Szene zu machen. Das mag schwach sein, unmännlich sogar. Allerdings schießt man als wilder Kerl leicht über die Ziele hinaus. Klüger ist, mit List zu erreichen, wozu ich inzwischen entschlossen, leidenschaftlich entschlossen bin: Lisa aus den Fängen des Despoten, aus ihrer unglücklichen Ehe zu erretten.

Mercken hängt in seinem Sessel und schaut unverwandt seine Frau an. Er wirkt grotesk, sein Gesicht ist verzogen, als habe er einen Schlafanfall hinter sich. Aus einem Mundwinkel rinnt ein dünner Speichelfaden.

Plötzlich schreckt er aus seiner Erstarrung auf, räuspert und entschuldigt sich dann, er müsse für einen Moment die Toilette aufsuchen.

Kaum ist er durch die Tür, sitzt Lisa auf meinem Schoß. Sie fühlt sich heiß an, sie riecht wunderbar, sie küsst mich, einen endlosen Moment lang küsst sie mich – und huscht zurück auf die Chaiselongue. Rolando darf nichts merken, flüstert sie, er darf nicht ahnen, was uns verbindet. Kann ich mich auf dich verlassen? Bist du bereit?

Schon geht die Tür. Schon sitzt Mercken in seinem Sessel. Der Wille ist stark, die Blase schwach, lächelt er und bittet Lisa, zu beginnen. Sie müssen ja nun doch endlich sehen, wendet er sich mir zu, wie sie ist, auf dem Gipfel ihrer Lust.

Er sagt es tatsächlich so: Wie sie ist, auf dem Gipfel ihrer Lust.

Muss grinsen. Inzwischen macht mir das Ganze so richtig Spass. Er tut mir schon auch leid, der alte Mann. Er weiß nicht, dass das vielleicht das letzte Mal ist, dass er sie so sieht. Er weiß nicht, dass ich mit ihr abhauen werde. Wir werden ihm eine Postkarte schicken. Aus Paris, aus der Stadt der Liebe.

Lisa hat schon angefangen, sich zu streicheln. Sie tut, als gehorche sie ihrem Mann. Tatsächlich sieht sie nur mich. Ihr Mann könnte ebenso gut auf dem Mond sitzen, Lisa berührt und streichelt und liebkost sich so, wie sie von mir liebkost, gestreichelt und berührt werden will. Meine Augen sind ihre Hände. Sie liegt auf dem Rücken, die Beine sind leicht gespreizt, die Schenkel zittern. Sie glüht, sie ist nass, sehr nass, die Geräusche sind zu eindeutig, als dass sich irgendwer irgendetwas vormachen müsste. Sie schaut mich unverwandt unter halb geschlossenen Lidern hervor an. Es ist, als ob sie … Sie hält meinen Schwanz, sie führt ihn, zieht mich in sich hinein, umklammert mich mit ihren Beinen, nimmt mich tief auf. Ihr Gesicht, ihre Augen … Sie lächelt, streckt mir das Becken entgegen, damit ich noch tiefer hineinstoße, sie hechelt, stöhnt, wimmert, ist eine heiße, feuchte, silbrig schimmernde Eruption. Schweiß auf ihrem Rücken, ihren Brüsten, ihren Schenkeln, sie hält mich fest, so fest. Das Blut ist mir in den Kopf gestiegen, die Ohren brennen, ich schieße ein Bild ums andere, aber was ich tue, hat nichts mehr mit Kunst zu tun, das ist reine Gier. Bis Lisa O Dio! schreit, sich mit der einen Hand an die Chaiselongue krallt und sich unter der anderen windet, die Augen schließt und noch einmal schreit, laut schreit O Dio mio!!

Jetzt ist es still im Teesalon. Totenstill. Mercken und ich halten die Luft an, minuten-, stundenlang vielleicht. Atmen endlich wieder aus. Erschöpft. Gesättigt.

Lisa liegt ermattet, Schweiß bedeckt sie von den Schultern über die elektrisierten Brustwarzen bis in die Kniekehlen. Sie genießt die Erschöpfung. Sie atmet ruhig. Sie ist ganz bei sich.

Bis sie ihre Finger zur Nase führt, daran schnuppert und mir dann mit der anderen Hand zu verstehen gibt, ich solle jetzt gehen. Ihre geröteten Wangen, ihr schwerer Atem und die nackten Brüste bilden ein wunderbar erotisches Bild. Das nehme ich noch mit. Dann wirft sie mir eine Kusshand zu, zwinkert und flüstert Bis bald!

Mercken ist weit weg. Er ist in einer anderen Welt oder in einer anderen Zeit. Er bemerkt nicht, dass ich meine Sachen zusammenpacke.

Wie ein Dieb schleiche ich mich aus der Wohnung. Draussen richte ich mich auf. Was für ein Triumph. Möchte am liebsten die ganze Welt umarmen. Gehe auf schnellstem Weg ins Caffè della Pace. Bestelle einen Cognac. Schaue die Bilder durch, die ich eben geschossen habe. Fantastisch! Das ist das Material, das ich brauche, um das Porträt malen zu können. Kritzle in meinem Zeichenblock herum, während ich den Cognac trinke. Überlege nicht viel dabei. Während ich's nochmal durchschaue, sehe ich, dass ich eine Art Comic gezeichnet habe. Eine Entführung, eine Flucht. Sie endet in der Bucht von Neapel. Links der Vesuv, rechts das Castello, in der Mitte die Stadt und das Meer, weit draussen Ibiza und im Vordergrund und auf dem Rücken eines Pferdes Lisa und ich. Muss grinsen. Offenbar bringt Verliebtheit versunkene Bilder zu Tage. Der Gedanke an eine Entführung oder gemeinsame Flucht ist aber auch wirklich zu altmodisch. Tatsächlich werden wir uns wohl zusammensetzen, wie erwachsene Menschen das zu tun pflegen. Wir werden eine gütliche Einigung finden. Werde auf das Honorar verzichten, werde ihm anbieten, auch die Anzahlung zurückzugeben. Am Hungertuch werden wir nicht nagen müssen. Aus praktischen Gründen könnten wir allerdings, bevor wir nach Paris fliegen, tatsächlich nach Neapel fahren, mit der Eisenbahn. Dann Ibiza, danach Paris und dann gemütlich heimwärts gen Wien. Werde sie in meine Kreise einführen, sie wird mir ihre Freunde vorstellen wollen, Sabine und Franz und wie sie alle heißen.

Der Tag ist noch immer so, wie er begonnen hat, blauer Himmel und ein paar Zirruswolken, die Sonne scheint, es ist wohlig warm. Schlendere zur Spanischen Treppe und hinauf in die Gärten der Villa Borghese. Miete ein Fahrrad und sause durch die Parkanlage. Fühle mich jung, stark und so glücklich wie lange nicht mehr. Setze mich an einen Teich, rauche eine Zigarette und genieße die Sonnenwärme und meine Zufriedenheit. Honorar hin, Vorschuss her, das Bild wird gemalt. Ich werde es ihm schenken. Es wird das beste Bild werden, das ich je gemacht habe. Das bin ich uns allen als Künstler schuldig. Erst danach werde ich mit Lisa Rom verlassen.

Radle zur Galleria Borghese. Muss mir *Susanna und die beiden Alten* von Rubens noch einmal anschauen. Erinnere mich an den Eindruck, den ich schon zu Studentenzeiten hatte, an eine Irritation, an etwas, das nicht stimmt.

Wenn ich vor dem Bild stehe, wird es mir sofort klar. Die Brüste passen nicht zum Körper, sie sind zu hoch angesetzt, zu klein, zu rund und zu straff. So sehr Rubens seine Frauen wirklichkeitsgetreu wiedergegeben haben mag, bei den Brüsten ist er einem anderen Ideal gefolgt. Die Brüste seiner Frauen sind die Brüste pubertierender Mädchen.

Lisas Brüste hingegen passen zu ihrem Körper. Sie sind groß und schwer. Wenn sie liegt, hängen sie zur Seite. Sie verkörpert ein unzeitgemässes Frauenbild, das dem Jugend-, Fitness- und Schlankheitswahn der Gegenwart schon fast diametral gegenübersteht. Das ist ein Körper, der im Liebesspiel dampft und schwitzt und riecht.

Stehe lange vor *Susanna und die beiden Alten.* So muss sich Lisa fühlen, wenn Mercken sie anstarrt, diese Angst, die Scham und Verlegenheit. Wie anders, wenn ich sie betrachte. Ihre Freude, die fröhliche Unbekümmertheit.

Werde immer wieder von Touristen angerempelt, die Galleria Borghese ist bis zum Bersten mit Besuchern gefüllt. Das Geschiebe und Gedränge und das schier ohrenbetäubende Geschwätz dringt nicht zu mir durch. Bin das stille Auge im Hurrikan. Stehe einfach da. Habe plötzlich Bammel. Neapel, Ibiza, Paris, Wien – was ist, wenn sich alle Wünsche erfüllen? Erfüllung, denke ich, scheiß Erfüllung! In jede Erfüllung sind Enttäuschungen, Verlust, Depression und der Tod tief eingekerbt.

Nein, denke ich, Lisa ist anders. Natürlich weiß ich, dass es keine gerechte und keine ideale Vollendung gibt. Aber das bedeutet nicht, dass dieses Ende unbefriedigend sein muss. Abgesehen davon verbirgt sie noch immer einen zu großen Teil ihrer Wahrheit. Noch kenne ich erst einige der zahllosen Gesichter Lisas. Ich weiß nicht, wie tief ihre Emotionen reichen. Nein, mit Lisa wird mir nicht langweilig werden. Nicht in nächster Zeit jedenfalls.

Ein Gespräch reißt mich aus meinen Gedanken, das ein Paar unmittelbar neben mir führt. Sie stehen auch vor *Susanna*. Beide sehen gut aus, sie sind jung, schlank und sehr elegant gekleidet. Allerdings ist der Mann offenbar blind. Seine Freundin beschreibt ihm die Komposition des Bildes, sagt, dass zentral die nackte Frau auf einem faltenwerfenden Tuch sitze und über ihre Schulter nach oben auf die im Schatten liegenden Gesichter der beiden sie gierig betrachtenden Männer schaue. Sie erklärt ihm, dass Rubens als Ratgeber und Unterhändler an den Höfen in Madrid, Paris, Den Haag und London seine Vision eines geeinten Europas vertreten habe. Mit seinen Gemälden, Zeichnungen, Tapisserien, Buchillustrationen, Grafiken und Briefen habe er seine politischen Ideen in der ganzen Welt verbreitet. Kaum ein anderer Künstler habe mit seiner Kunst so direkt auf die politischen Prozesse seiner Zeit eingewirkt. Rubens Frauen, sagt sie, mögen für unsere Augen nicht dem Ideal entsprechen. Eigentlich, sagt sie, man müsse diese *Susanna* eigentlich schon als fast hässlich bezeichnen. Die dicken Schenkel, der Schmerbauch, das bäurisch wirkende Gesicht und so weiter. Aber Rubens

Überzeugungen müssen wir unser ganzes Interesse schenken. Er ist, wenn es um die Verbindung von Künstlertum mit politischem Engagement geht, einer der bedeutendsten Männer, die Europa jemals hervorgebracht hat.

Man glaubt immer, das Auge erfasst das Gegenüber zuerst, entgegnet der Blinde, aber das stimmt nicht. Die Ausstrahlung eines Menschen überholt die Augen, die Ausstrahlung wirkt ohne Ansehen der Person.

Die beiden gehen weiter.

Ich bin verwundert und verblüfft. In wenige Worte fasst der Blinde zusammen, was mich seit Tagen bewegt.

Gehe den beiden nach. Sie haben, sage ich, das Wesentliche auf den Punkt gebracht.

Er wendet mir sein Gesicht zu und schaut mit dem für Blinde typischen Blick durch mich hindurch. Ich habe noch nie zuvor so viel Schönheit auf so kleinem Raum gesehen, sagt er. Er lächelt, greift nach seiner Freundin, sucht und findet ihre Hand. Es heißt zwar, fährt er fort, das Auge sei ein genauerer Zeuge als das Ohr, und natürlich ist es die erste Tugend eines Bildes, ein Fest für die Augen zu sein. Aber wenn man über eine charmante Übersetzerin des Sichtbaren ins Hörbare verfügt, verschmerzt sich der Mangel leichten Herzens.

Seine Augen des Geistes sind hoch entwickelt, ergänzt die junge Frau, er kann die Bilder, die ich beschreibe, tatsächlich sehen.

Ihr Mann muss ein großer Künstler sein, sage ich, weil ein Künstler ein Bild sieht, bevor es gemalt ist.

Sind Sie Maler?, fragt sie.

Ja.

Können Sie sehen, was nicht sichtbar ist?

Manchmal.

Wie beneidenswert. Sie reicht mir die Hand. Dann

führt sie die Hand des Blinden, damit er sie mir ebenfalls geben kann. Eine unendlich zärtliche, unendlich vertrauliche Geste.

Muss würgen, um nicht Tränen in die Augen schießen zu lassen.

Es war schön, mit Ihnen gesprochen zu haben, sagt der Blinde, aber leider müssen wir … wir haben ein dichtes Programm vor uns, wir wollen uns noch viele Bilder anschauen.

Sie nicken mir freundlich zu. Auf Wiedersehen, sagt sie, vielleicht laufen wir einander wieder einmal über den Weg.

Zu Hause sperre ich mich ein. Zuerst dusche ich und ziehe saubere Kleider an. Lege all die vielen Entwürfe und Skizzen bereit, die ich für die Ausarbeitung brauchen werde. Überspiele die Fotografien auf den Computer. Baue mit einem Grafikprogramm die Komposition. Den Hintergrund bildet eine Wand des Teesalons mit der gelben Tapete. Davor steht, zentral die Chaiselongue. Werde sie in einem sehr dunklen Purpur halten. Linkerhand hinter der Chaiselongue eine Standuhr aus dem 19. Jahrhundert, die ich aus einem Auktionskatalog heruntergeladen habe. Die Zeiger zeigen auf fünf vor halb Sechs, der Pendel hängt gerade nach unten. Die Hälfte des Minutenzeigers ist abgebrochen. Rechts ein rundes Beistelltischchen, auf dem mehrere Kakteen stehen, phallische Symbole sozusagen, ebenfalls aus dem Internet. Auf der Chaiselongue liegt Lisa. Nackt. Eine Hand an der Brust, die andere zwischen den beinahe geschlossenen Schenkeln. Sie hat den Kopf zurückgeworfen. Auch die Augen sind geschlossen. Der Mund ist halb geöffnet. Über ihr und leicht nach links versetzt hängt ein Bild an der Wand. Ein Porträt ihres Mannes, der mit ruhigem, ernstem Blick auf seine Frau hinab zu schauen scheint. Werde Gesicht und Leib der nackten Frau in einer Manier malen, wie nur ich sie beherrsche. Das Licht fällt scharf von links auf sie. Alles andere liegt ihm Halbschatten und setzt sich auch stilistisch von der Frauenfigur ab. Die Umgebung wird kruder und abstrahierter gestaltet. Erreiche dadurch ein hohes Mass an Plastizität. Das Bild wird dreidimensional. Die Frau schwebt aus dem Bild heraus. Meine Kunst ist künstlich und keineswegs natürlich: Schaffen heißt nicht die Natur nachahmen, sondern ihr gleichkommen und sie sogar mittels einer Erfindung, deren unter allen Lebenden nur der Mensch fähig ist, übertreffen.

Werfe den Computerentwurf mit Hilfe eines Projektors auf die Leinwand. Sie ist schon grundiert. Skizziere die groben Konturen, verfeinere hier, verdeutliche da. Greife zu den Farbtöpfen. Mische einen ersten der vielen Gelbtöne, die mir vorschweben. Tauche den Pinsel ein …

Ein paar Mal klingelt das Telefon. Hebe nicht ab.

Male wie im Fieber. Das Bild hat ein Zeuge zu sein; die bewusste Anerkennung des simultanen Zustands eines Momentes, der ausgefüllt ist mit Sehnsucht, Angst, Neugierde, Furcht, Tod, der Erinnerung an jedes dazugehörende heftige Ereignis, ob es einen Namen hatte oder nicht.

Der Fussboden ist bald übersät mit Tuben und Tiegeln, Schüsselchen und Töpfchen, mit Säckchen voller Pigmente, Pinseln, Lappen, Spachteln und Schwämmen, mit Terpentin, Wasser- und Weingläsern und mit Zigarettenstummeln.

Zum Chaos kommen schmutzige Teller und schmutziges Besteck dazu, eine halbe Schüssel Tomatenspaghetti, die längst erkaltet sind, Pizzareste, Wein- und Whiskyflaschen.

Durch die dünne Wand klimpert's *Für Elise.* Stundenlang. Mit den immer gleichen Fehlern an den immer gleichen Stellen.

Meine Stirn brennt. Schwitze am ganzen Körper. Bin ausser mir. Das Umfeld um die nackte Lisa herum ist erledigt. Arbeite jetzt mit weiß. Alabasterweiß, Silber, ein wenig Elfenbein. Ich kenne über zweihundert Begriffe für Weiß: von Abdeckweiß und Alabaster über Blitzweiß, Kreideweiß und Milchweiß bis zu Zinkweiß, Zinnweiß und Zuckerwatteweiß …

Durch die dünne Wand singt's *Gaudeamus Igitur* und *Guter Mond, du gehst so stille.* Eine Strophe. Pause. Wieder die gleiche Strophe. Pause. Immer und immer wieder. Zum wahnsinnig werden …

Merke endlich, dass ich Fieber habe, hohes Fieber. Versuche, ihm mit Aspirin und Cognac beizukommen. Male ohne Pausen und wie besessen weiter. Das Gelb der Tapete passt zu meiner Stimmung. Bin eifersüchtig. Bin verliebt. Bin wahnsinnig. Bin verrückt. Der Gedanke, dass sie noch Mercken gehört, verursacht körperlichen Schmerz. Wenn er doch nur ein wenig wie Alexander der Große wäre. Der hatte eine Geliebte. Kampaspe. Er bat Apelles, den berühmtesten aller griechischen Maler, Kampaspe zu porträtieren. Als der Herrscher spürte, dass sich Apelles in sein Modell verliebte, schenkte er sie ihm. Das nenne ich Großherzigkeit, Herr Mercken. Davon sollten Sie ein Stück abschneiden.

Stattdessen lässt er mich innerlich verbluten. Sehnsucht und Wahnsinn! Wenn ich nicht male, trinke ich, bis ich einschlafe. Wache öfter am Boden als im Bett auf, inmitten von Skizzen und Zeichnungen, von Farbtöpfen, Lösungsmitteln und Pinseln.

Irgendwann klingelt und klopft und hämmert es so lange an der Tür, dass ich schließlich doch aufmache. Werfe vorher ein Leintuch über das unfertige Bild.

Mercken steht da. Lisa macht sich Sorgen, sagt er. Weil Sie auf ihre Anrufe nicht reagieren.

Grinse. Behaupte, alles sei Bestens.

Sie sehen schrecklich aus, widerspricht er. Sind Sie krank?

Ich arbeite.

Das ist gut. Sind Sie sicher, dass alles in Ordnung ist?

Absolut.

Darf ich eintreten?

Nein.

Darf ich Sie auf einen Cognac ins Caffè della Pace einladen?

Zögere. Überlege. Merke plötzlich, dass ich rasend Hunger habe.

Ein Teller Spaghetti wäre mir lieber, sage ich endlich.

Mercken lächelt. Kommen Sie, kommen Sie, ich lade Sie ein.

Will durch die Tür treten.

Vielleicht sollten Sie etwas anziehen, sagt er.

Merke erst jetzt, dass ich nackt bin. Nackt und vollgeschmiert mit Farben. Gelb, Purpur, Leichenweiß.

Gehen zu *Gino e Pietro.*

Es ist dunkel draussen, nach zehn Uhr schon. Habe vergessen, dass es noch so etwas wie Tag- und Nachtzeiten gibt. Bestelle Spaghetti amatriciana, schütte Unmengen Parmesan darüber, verschlinge alles, als gebe es kein Morgen.

Mercken schaut mir interessiert zu. Sagt, solange ich esse, kein Wort. Als ich den Teller mit Brot sauber gewischt habe, fragt er, ob es mir jetzt besser gehe.

Nicke. Rufe den Kellner herbei. Bestelle noch einmal das gleiche.

Denke plötzlich, dass dieser Mercken doch eigentlich

ein wirklich feiner Kerl ist. Vielleicht sollte ich ihm einfach die Wahrheit sagen. Von Mann zu Mann. Lieber ein Ende mit Schrecken als ein Schrecken ohne Ende, denke ich, da sagt Mercken, er sei überzeugt, dass das Porträt ein Meisterwerk werde. Wann werden Sie damit fertig sein?

Bald, antworte ich, sehr bald.

Wie bald?

Vier, fünf Tage. Vielleicht eine Woche.

Das ist gut, meint er, Lisa und ich werden uns nämlich auf eine Reise begeben. Thailand, Laos, Kambodscha, Vietnam. Danach Australien. Nächste Woche fliegen wir los. Es wäre schön, wenn Sie uns das Bild vorher übergeben könnten.

Habe das Gefühl, dass er mich betrachtet wie eine Schlange ihre Beute. Schauen Sie, dass das Bild fertig wird, sagt er, ich bereite inzwischen die Banküberweisung vor.

Würde ihm am liebsten ins Gesicht schlagen. Diese Arroganz! Diese Eitelkeit!

Wenn du wüsstest, schreie ich ihm lautlos ins Gesicht, dass ich dir deine Frau stehlen werde. Wenn du wüsstest, dass sie dich schon lange nicht mehr liebt, aber inzwischen mich. Wir werden ja sehen, wer mit wem wohin reisen wird.

Er missversteht meine Erregung. Ich weiß natürlich, sagt er, wie schwierige es für einen Künstler ist, sich von seinem Werken zu trennen. Ich habe vollstes Verständnis dafür. Aber Sie werden sicher auch unsere Situation verstehen. Möchten Sie einen *secondo*? Oder einen Kaffee?

Tut mir leid, sage ich, das dauert. Es ist ein Ölbild. Es muss trocknen.

Natürlich. Das kann es auch in unserer Wohnung.

Bis wir von der Reise zurück sind, ist es bestimmt ganz und gar trocken. Machen Sie einfach mit Ihrer Arbeit voran. Möchten Sie nicht doch einen *secondo?* Oder einen Kaffee?

Nein. Wenn ich in einer Woche fertig sein will, muss ich an die Arbeit.

Stürze aus dem Lokal. Renne nach Hause. Kotze das ganze Essen aus mir heraus. Die Anspannung. Die Aufregung. In einer Woche wird sich alles entschieden haben. Arbeite weiter. Eine Woche noch. Vor allem muss ich Lisa treffen. Muss mit ihr meinen Plan besprechen. Wobei dieser schöne Plan nicht wirklich ein Plan ist. Eher eine wilde Abfolge von Wünschen und Fantasien. Werde das Bild zu Ende malen. Werde es ihm übergeben. Fahre dann mit Lisa nach Neapel und so weiter. Aber eine Woche … das reicht kaum, um fertig zu werden. Muss Lisa treffen. Wir müssen die Zukunft besprechen. Wenigstens im Groben. Wenigstens, was die nächsten Schritte betrifft.

Male wie von Teufeln gehetzt. Habe manchmal kaum noch die Kraft, den Pinsel zu halten. Kann die Wände weinen hören. *Für Elise. Gaudeamus igitur. Guter Mond, du gehst so stille.* Es gibt weder Tag noch Nacht für mich, nur Gelb, Purpur, Unschuldsweiß. Bis ich meine Unterschrift auf den rechten, unteren Bildrand setze.

Breche erschöpft zusammen. Schlafe auf der Stelle ein.

Weiß nicht, wie lange ich geschlafen habe. Weiß nur, dass ich, wenn ich aufwache, sofort das Bild sehe. Stehe auf. Schaue es an. Schaue lange und genau. Die nackte Figur scheint vor dem Bild zu schweben. So realistisch wie nötig, so abstrakt wie möglich. Habe mehr als nur den entscheidenden Moment festgehalten. Die Anspannung. Das leise Stöhnen. Den Verlust der Kontrolle. Das Loslassen. Diese vollkommene Nacktheit, die nur in diesem flüchtigen Augenblick möglich ist, wenn sich das Gesicht verzerrt, der Körper aufbäumt … Die Technik, die ich selber entwickelt habe und die futuristische, pointilistische und hyperrealistische Elemente in sich vereinigt, bewährt sich glänzend. Ist *La Giocondas* Lächeln unergründlich, dann ist Lisas Gesicht wie fließend. Es scheint sich je nach Blick, den man darauf wirft, zu verändern. Lisa betrachtet den Betrachter während sie sich einer zügellosen Raserei hingibt. Den Rest des Bildes erahnt man mehr als dass man ihn sieht. Alles liegt im Halbschatten, als ob der Raum, der sie umgibt, ein dunkles Geheimnis berge.

Ja.

Es ist vollbracht.

Ohne Zweifel mein bestes Gemälde. Das ist mehr als ein Porträt. Viel mehr. Das ist eine Liebeserklärung. Es ist die vollendete Darstellung weiblicher Sinnlichkeit. Setze mich auf den Boden. Eine Flasche Wein zwischen den Beinen, schaue ich das Bild an. Betrinke mich. Bis zur Bewusstlosigkeit.

Aufwachend merke ich, dass es im Atelier abscheulich stinkt. Reiße die Fenster auf. Draussen schüttet es aus Kübeln. Gehe trotzdem vors Haus. Rom ist pudelnass. Die Einheimischen haben sich in ihre Wohnungen verkrochen. Wahrscheinlich warten sie ab, bis sie sich wieder als Werkzeuge der Götter mit der ewigen Erhaltung ihrer Stadt beschäftigen können. Vereinzelte Touristen versuchen angestrengt, eine einigermassen freudige Miene zu machen. Es gelingt mehr schlecht als recht. Zwischensaison Das Wetter schlägt aufs Gemüt und aufs Geschäft.

Gehe meinen üblichen Weg zum Pantheon, aber

meine Schuhe sind in kürzester Zeit durchnässt, die Kälte beißt in die Knochen. Kann trotzdem die Anspannung nicht abschütteln. Die Dinge entwickeln sich in einem Tempo, das ich kaum noch kontrollieren kann. In wenigen Tagen reist Mercken ab. Muss Lisa dringend sehen, ein einziges Mal wenigstens, bevor wir die Stadt verlassen. Telefoniere mit Mercken. Behaupte, das Gemälde sei beinahe fertig. Müsse Lisa sehen, einmal noch, und zwar allein, weil etwas fehle, irgendetwas, dem ich auf die Spur kommen wolle.

Mercken wehrt ab. Er wisse um die besondere Beziehung zwischen Maler und Modell. Aber damit sei jetzt genug.

Argumentiere, dass ich dabei sei, das perfekte Kunstwerk zu schaffen, es aber nicht aus der Hand gebe, solange es nicht meine höchsten Ansprüche erfülle. Es gehe um einen bestimmten Schattenwurf unter einem Auge und zwischen Ohrläppchen und Hals, eine Winzigkeit nur, es gebe keinen Grund zur Besorgnis und keinen Anlass, dass seine Frau sich wieder ausziehen müsse.

Mercken bleibt stur. Er erwarte von mir, dass ich das Bild liefere, und zwar bald.

Frage ihn, ob er eifersüchtig sei. Erkläre ihm, wie lächerlich ihn das mache. Versteige mich zur Behauptung, dass er Lisa zu wenig liebe, weil man ja nie eifersüchtiger sei, als wenn man in der Liebe erkalte. Man traut der Geliebten nicht mehr, sobald man sich selbst nicht mehr zu trauen wagt.

So streiten wir lange hin und her.

Bitte ihn schließlich, seine Frau entscheiden zu lassen.

Er erwidert, Lisa werde garantiert nicht darauf eingehen.

Natürlich gehe ich siegreich aus diesem Gefecht hervor. Selbstverständlich ist Lisa bereit, mich noch einmal zu treffen. Morgen um zehn Uhr früh am altbekannten Ort.

Staune über mich selbst. Die Heucheleien und Lügen gingen glatt über die Lippen, die Täuschung ist perfekt gelungen. Noch vor wenigen Tagen hätte ich mir das nicht zugetraut. Die Liebe ist wohl wirklich eine Himmelsmacht.

Fahre mit der Strassenbahn zum Hauptbahnhof. Könnte jetzt schon Fahrkarten für den Superschnellzug nach Neapel kaufen, den Roten Blitz, der uns in etwas mehr als einer Stunde an den Fuss des Vesuv bringen würde. Lasse es dabei bewenden, mir einen Fahrplan einzustecken. Die – Fluchtpläne, sind sie zu – kindisch? Muss mich daran erinnern, dass ich nicht in einem Abenteuerroman stecke und nicht in einer romantischen Frauenlektüre. Wir sind erwachsene Leute. Man wird alles vernünftig besprechen. Lisa wird ihrem Mann erklären müssen, wieso er sich allein auf die lange Reise begeben wird. Ob Lisa und ich nun schon diese oder erst nächste Woche Neapel erreichen, ist nebensächlich. Hauptsache, wir bringen das alles in Würde und mit Anstand hinter uns.

Verbringe den Abend im Restaurant Orso 80, das sich rühmt, die besten Antipasti in ganz Rom zu servieren. Gebe wohl ein seltsames Bild ab, wie ich da allein an einem Tisch sitze mit mindestens zwei Dutzend verschiedenen Schmankerln, die in Tellerchen und Plättchen um mich herumstehen. Allerdings bin ich nicht der einzige seltsame Kauz. Am Nebentisch sitzen zwei Geschäftsleute, Araber wahrscheinlich, zwischen denen ganze Berge von Antipasti aufgebaut sind. Sie reden die ganze Zeit mit kehliger Stimme auf einander ein, würdigen die Speisen aber mit keinem Blick. Als sie nach zwei Stunden bezahlen, aufstehen und gehen, haben sie je ein Glas Wasser getrunken, sonst aber nichts angerührt.

Ich hingegen lasse nichts übrig, trinke dazu einen wirklich vorzüglichen Brunello, danach Kaffee und Armagnac. Man gönnt sich ja sonst nichts, denke ich und schmunzle. Das Leben meint es gut mit mir. Vielleicht sind das, überlege ich, die schönsten Augenblicke im Leben eines Künstlers. Wenn er weiß, dass er das perfekte Kunstwerk geschaffen hat. Dieses Hochgefühl, wenn sich Werden und Vergehen auf ein paar Quadratmetern Leinwand in eine überzeugende Harmonie verdichten. Dieses erotische Kunstwerk hat ohne jeden Zweifel Heiligkeit.

Wenn ich dann auch noch an Lisa denke … Ihr Blick ist vom Vorübergehn der Stäbe so müd geworden, dass sie nichts mehr hält. Ihr ist, als ob es tausend Stäbe gäbe und hinter tausend Stäben keine Welt. Kann mir gut vorstellen, wie erleichtert und befreit sie sein wird. Die Stäbe ihres goldenen Käfigs werden zersplittern. Durchs Augenglas der Liebe blickend wird ihr bald alles ebenso herrlich sein wie mir. Ziehe eine Postkarte aus meiner Jackentasche und lege sie vor mich hin. Ich habe sie am Nachmittag an einem der Bahnhofkioske erworben. Sonne kann nicht ohne Schein, steht da, Mensch nicht ohne Liebe sein. Wir könnten sie Mercken schicken, wenn wir erst einmal in Paris sind. Allerdings neige ich nicht zu Grausamkeit. Stecke die Karte weg und bestelle noch einen Armagnac. Es gehört sich nicht, die Götter herauszufordern. Sie wachen eifersüchtig genug über eines Menschen Glück.

Stehe früh auf. Spaziere, ohne dass ich meine Schritte lenke, hinüber zum Petersdom. Der gewaltige, von den Kolonaden umfasste Platz davor ist beinahe menschenleer. Es regnet wieder mal. Ein paar kleine Pilgergruppen drängen sich unter Regenschirmen. Gehe durch die Eingangskontrolle hindurch hinein in den Dom und zur Pietà von Michelangelo. Ein eigenartiges Gefühl durchrieselt mich. Statt Maria, die ihren toten Sohn auf dem Schoß hält, sehe ich in der Statue plötzlich Lisa und ihren Mann. Merke dann, dass dieser Eindruck nicht gar so befremdlich ist, weil die Madonna jünger wirkt als ihr Sohn. Die Plastik ist ungünstig aufgestellt. Man sieht das Gesicht der Christusfigur nicht wirklich. Ja, es könnte sich wirklich um eine noch ziemlich junge Frau mit ihrem alten Gatten handeln. Armer Kerl. Plötzlich tut mir Mercken leid. Weiß selbstverständlich, dass Mitleid eine schwache Tugend ist, die nichts an der Ursache des Leids verändert, und eigentlich müsste ich nicht Mitleid haben, sondern mich wundern, dass es so weit kommen konnte, wie es gekommen ist. Befinde mich noch immer in Hochstimmung. Das Bildnis der Geliebten ist mir wirklich gelungen. Habe die Nacht zu ihren Füssen verbracht, auf dem Boden, eingewickelt in ein paar Wolldecken. Bin ein paar Mal aufgewacht, habe Lisa über mir schwebend vorgefunden. Beglückende Momente, um dann wieder friedlich einzuschlummern.

Am nächsten Vormittag sitze ich zeitig in meinem Caffè. Lisa ist pünktlich, und im Moment sind wir die einzigen Gäste. Kann ihrem Gesicht nicht entnehmen, was sie denkt. Begrüsse sie, will sie auf die Wangen küssen, aber sie weicht aus. Entschuldigt sich, sagt sie, sie habe schlecht geschlafen und Kopfschmerzen. Sie bestellt einen Orangensaft. Will sie in den Salon führen und vor den Spiegel setzen. Sie meint, sie möchte lieber hier am Fenster bleiben. Der Regen beruhigt mich, sagt sie, und ich mag es, wenn die Tropfen auf die Pflastersteine aufprallen und zerplatzen. Das sieht lustig aus.

Finden Sie nicht auch?

Sie schaut mich erwartungsvoll an. Und schweigt.

Fühle mich plötzlich völlig befangen. Bis vor wenigen Augenblicken war alles glasklar. Jetzt weiß ich nicht, wie ich beginnen soll. Alle Sicherheiten haben sich blitzschnell eingetrübt. Was ist, wenn ihr das Bild nicht gefällt? Das Porträt, sage ich endlich, ist fertig. Es ist gut gelungen. Es wird ihm gefallen.

Wir werden es von einem Spediteur abholen lassen, antwortet sie, das Honorar lässt mein Mann noch heute überweisen.

Gut, sage ich, gut … Und dann … wir fahren nach Neapel, eine Woche Neapel, dann Ibiza, und dann Paris. Oder vielleicht fliegen wir gleich nach Wien. Ich muss dir mein Wien zeigen, ich …

Bitte?

Du kennst das Sprichwort: vedere Napoli è doppo morire. Aber man stirbt nicht. Ein bisschen höchstens.

Wovon reden Sie?

Ich liebe dich, du liebst mich, wir sind erwachsene Menschen, wir müssen uns nichts vormachen …

Lisa schaut mich durchdringend an. Ihre Augen, die ich warm und bernsteinfarben gemalt habe, sind jetzt grau. Grau und grausam kalt. Ich weiß nicht, wovon Sie reden, entgegnet sie, und ihre Stimme ist eiskalt.

Aber … aber: du hast doch … Du hast mit mir geflirtet.

Habe ich das?

Du hast geplänkelt und geschmeichelt. Du hast mich bezaubert, gereizt und bezirzt.

Ja und?

Du hast mir überdeutlich gezeigt, dass du deinen Mann verlassen willst, dass du mich liebst!

Sie sind ein Narr!, fährt sie mir ins Wort. Ich wollte

Ihnen helfen. Mein Gott!, ist das so schwer zu verstehen? Sie waren so etwas von verbockt. Voller Selbstmittleid und selbstgefällig dazu. Aber ich habe mich lange genug in der Welt der Künstler bewegt, um zu wissen, was zu tun ist. Ich habe Sie wachgerüttelt. Ich habe Sie entflammt, ich habe Sie aus Ihrer dumpfen, eitlen Reserve herausgelockt, weil ich wollte, dass Sie ein Meisterwerk schaffen. Ihr Künstler seid nun halt einmal so strukturiert, dass ihr euer Bestes nur bringt, wenn ihr leidet und verzweifelt. Und woran leidet und verzweifelt ihr lieber als an einer hoffnungslosen Liebe?

Bin fassungslos und entsetzt. Mein Gehirn wählt den einfachsten Ausweg. Es blockiert die schlechte Nachricht und veranlasst mich stattdessen, zu reden, um meinen Verstand, meine Gesundheit, meine Zukunft, um mein Leben zu reden: Ich liebe Sie! Ich begehre Sie! Ich will ohne Sie nicht sein! Das ist keine Verwirrung und kein Irrtum. Vertrauen Sie der Liebe! Geben Sie ihr, geben Sie uns eine Chance! Ihr Leben mit Ihrem Mann, das kann nicht Ihre Zukunft sein!

Beschwöre sie, bestürme sie, dränge, insistiere, fordere und sinke schließlich sogar auf die Knie, ich bettle, ich flehe, ich mache, in einem Wort, einen vollständigen Narren aus mir.

Lisa schweigt. Glaube dann allerdings, ein Funkeln in ihren Augen zu entdecken. Das feuert mich umso mehr an. Vergleiche sie mit einer wunderschönen Blume, die man doch nicht vertrocknen lassen dürfe. Ihre Sinnlichkeit, sage ich, ist eine unentdeckte Oase in einer gewaltig öden, kargen Sandwüste …

Lisa lacht.

Halte dieses Lachen für ein gutes Zeichen. Gehe aufs Ganze. Mahne, rede ihr ins Gewissen, bemühe kitschigste Bilder vom Ritt ins Abendrot, vom wachgeküssten Dornröschen und von Rapunzel, der Weggesperrten.

Es reicht! Lisa steht auf, ganz geschäftsmässig jetzt. Auch ihr Lächeln ist geschäftsmässig. Es hat mich gefreut, Ihre Bekanntschaft zu machen, sagt sie, wir lassen das Bild noch heute von unserem Spediteur abholen. Er wird Ihnen eine Bestätigung des Banktransfers aushändigen. Wir freuen uns sehr auf das Bild. Wir sind überzeugt, dass uns etwas Aussergewöhnliches, ein Meisterwerk, erwartet.

Sie gibt mir nicht einmal die Hand, bevor sie das Kaffeehaus verlässt. In der Tür dreht sie sich um. Es tut mir leid für Sie, sagt sie, ändern kann ich nichts.

Setze mich hin. Bin erschlagen. Bin eigentlich schon tot. Warte dann doch, dass sie wiederkommt. Warte und warte. Sie wird sagen, das war ein dummer Scherz. Nein, sie wird sagen, es war eine Prüfung.

Als wär' ich unter einen Lastwagen geraten, so erbärmlich fühl ich mich. Bestelle einen Cognac. Stürze ihn hinunter. Dann noch einen. Und noch einen. Das kann es nicht sein. Das darf nicht das Ende sein. Zorn wallt in mir hoch. Wenn es ein Roman wäre oder ein Film … Eine wie Lisa … müsste sterben! Sie müsste vernichtet werden. Ihr Tod wäre eine Zwangsläufigkeit. Er wäre die notwendige Reinigung und Läuterung, weil die Heldin ein amoralisches Leben geführt oder eine amoralische Lebensphase durchlebt hat, in der Form eines Seitensprungs oder dadurch, dass sie sich dem falschen, dem nicht legitimen Liebhaber hingab. Sie hat, im religiösen und moralischen Sinn, sündig gehandelt und die göttliche Ordnung gestört. Der Tod der Heldin stellt die natürliche Harmonie des Universums wieder her. Der Held kann, wenn auch trauernd und unter Pein und Schmerzen, seinen heldenhaften Weg weitergehen. Der Tod der Frau hat ihn aus den Zwängen und Schicksalshaftigkeiten seiner Geschichte befreit. Er ist gezeichnet, aber deshalb nur umso attraktiver. Er ist endlich wirklich frei.

Der Gedanke gefällt mir. Bestelle noch einen Cognac. Der Vierte? Oder schon der siebente? Ja, Lisa muss sterben. Der Tod kann sie auf unterschiedlichste Art ereilen. Vielleicht wird sie ermordet? Sie stirbt durch ein Verbrechen, ein Verbrechen aus Leidenschaft vielleicht, das zwar ihre Sünden sühnt, aber im Rahmen der göttlichen Harmonie eine neue Ungleichung eröffnet. Tödliche Krankheiten (Krebs!) sind denkbar. Unfälle sind wohlfeil, Unfälle im Haushalt zum Beispiel oder Autounfälle, Flugzeugabstürze, Schiffskatastrophen oder auch bloß ein unglücklicher Zufall, weil sich die Heldin im falschen Moment am falschen Ort befindet. Wenn Lisa also «Es tut mir leid für Sie» sagt, «ändern kann ich daran nichts», und dann das Caffè della Pace verlässt, um zu ihrem Mann heimzukehren, könnte sich von der Fassade des Hauses ein Stein lösen und auf sie herabfallen und sie erschlagen – habe ich erwähnt, dass das Gebäude, in dem sich das Kaffeehaus befindet, zur Zeit renoviert wird? Habe ich erwähnt, dass den Arbeitern manchmal etwas aus der Hand und auf die Strasse fällt? Sie könnte, nachdem sie «Es tut mir leid für Sie» sagt, «ändern kann ich daran nichts», aus dem Haus treten und von einem Motorrad, das viel zu schnell um die Ecke biegt, zu Boden geworfen werden und so unglücklich stürzen, dass sie noch auf dem Weg ins Krankenhaus dahinscheidet. Könnte sie natürlich auch in einen Schusswechsel zwischen verfeindeten Mafiaclans geraten lassen. Es gibt so viele Möglichkeiten, ums Leben zu kommen, und so viele Gelegenheiten, mit denen man nun wirklich nicht rechnen will.

Müsste eigentlich inzwischen sturzbetrunken sein,

habe aber den Eindruck, ich sei so nüchtern und so klar wie schon lange nicht mehr. Obwohl ich immer wieder haltlos vor mich hin kichern muss. Die Leute glauben wahrscheinlich, ich galoppiere auf dem Rücken irgendeiner verrückten Droge. Bestelle noch einen Cognac und einen Espresso dazu. Vielleicht muss Lisa nicht sterben? Vielleicht sollte einfach ich umkommen? Selbstverständlich kommt nur Selbstmord in Frage. Werther hat den Ton vorgegeben. Tosca und die Engelsburg, das ist die Vorlage für Rom. Oder wie Mercken in die Kuppel des Petersdoms steigen und auf Berninis bronzenen Baldachin über dem Papstaltar hinabstürzen. Würde Lisa recht geschehen, wenn sie es in der Zeitung lesen müsste. Oder in den Fernsehnachrichten sehen, wahrscheinlich sitzen sie und ihr Mann jeden Abend vor dem Fernseher und schauen Nachrichten und langweilen sich.

Der Gedanke treibt mir Tränen in die Augen. Schöner wäre, denke ich, eine Doppeltötung à la Romeo und Julia. Damit zeigt man nicht nur, dass die Lage wirklich aussichtslos und die Geschichte unwiderruflich zu Ende ist, sondern man widersetzt sich auch dem Kontinuum der Zeit und errichtet dieser speziellen Liebe ein Monument, das sie fest in einem einzigen Augenblick verwurzelt. Rom bietet genug schöne Örtlichkeiten, um diesen lächerlichsten aller Abschlüsse trefflich in Szene zu setzen. Oder wir lassen den unliebsam störenden Dritten, wir lassen Mercken sterben? Herz- oder Hirninfarkt? In seinem Alter! Ein Unfall, ein schwerer Sturz oder eine Unachtsamkeit bei der Überquerung einer Strasse. Wobei ein Unfall nicht unbedingt in den Tod des armen Kerls münden müsste. Er könnte ins Koma fallen und aus ihm nicht mehr erwachen. Lisa würde ihn aufopfernd pflegen und dabei erkennen, wem ihre wahre Liebe gilt. Nach Merckens Abgang müsste eine angemessene Trauerzeit eingehalten werden, bevor sie und unser Held sich öffentlich als Paar deklarieren.

Merke, dass ich nun wirklich sentimental werde. Der Alkohol vernebelt nicht, er macht mich rührselig. Die großen europäischen Liebesgeschichten thematisieren nicht die Glückhaftigkeit der menschlichen Existenz, sondern deren tragische Aspekte. Wenn Lisa und ich auf dem Rücken des weißen Schimmels in den Sonnenuntergang und in ein ewiges Wohlbefinden fortreiten, machen wir uns des Verbrechens des Kitsches schuldig. Das ist Bolly- und Hollywood, es verortet unsere Geschichte in den rosa schillernden Sphären des Schundes. Stelle mir trotzdem vor, wie ich, traurig, verzweifelt und um die Liebe eines Lebens betrogen, zum Bahnhof gehe, um heimwärts zu fahren nach Wien. Stelle mir vor, wie ich mich ein letztes Mal vergeblich umschaue. Das Abteil betrete, meinen Platz einnehme. Der Zug setzt sich in Bewegung. Ich lege die Hände vors Gesicht. Will weinen – da fragt jemand: ist dieser Platz noch frei? Es ist natürlich Lisa. Sie hat es sich überlegt. Sie weiß, dass sie zu mir gehört. Wir fallen uns in die Arme. Ende gut. Alles ist gut.

Masslose Wut steigt in mir hoch. Nehme das Cognacglas und schmeiße es gegen den Spiegel. Diese Hure! Diese Schlampe! Diese Fotze! Werfe einen Hunderter auf den Tisch und renne ihr nach aus dem Kaffeehaus. Natürlich ist sie längst verschwunden. Stürme zu ihrer Wohnung. Klingle und klopfe wie ein Verrückter. Keine Reaktion. Weder sie noch ihr Mann lassen sich blicken und auch die Haushälterin ist ausser Haus.

Fühle ich mich in einem Masse hintergangen, wie ich es nie für möglich gehalten hätte, obwohl ich doch eigentlich wissen müsste, dass die meisten Enttäuschungen ihre Ursache in übertriebenen Erwartungen finden.

Vor meiner Haustür steht der Lieferwagen einer Spedition.

Heißen Sie Lucca?, frage ich den Chef der Truppe.

Nein, Giovanni. Können wir voran machen? Wir warten schon über eine Stunde.

Lasse sie in die Wohnung

Durch die dünne Wand singen die Studenten. *Guter Mond du gehst so stille. Gaudeamus igitur.*

Habe Lust, mit dem Messer auf das Bild loszugehen und es zu zerfetzen. Aber ich kann es nicht. Ich kann Lisa nicht verletzen.

Wie sie daliegt auf der purpurfarbenen Chaiselongue, deren Purpur nicht einfach nur irgendein Purpur ist. Vielmehr handelt es sich um ein zurückhaltendes Purpur, um eines, das nicht hervortreten, sondern tragen will, ein ins Blau und Schwarz changierendes Purpur, so wie die gelbe Tapete nicht einfach gelb ist, sondern ein Hintergrund, der alle Möglichkeiten der Farbe Gelb in sich birgt, während im Vordergrund und quer durchs Bild und beinahe lebensgroß Lisas Alabasterleib nicht schwebt und nicht liegt, sondern beides zugleich. Der Körper scheint sich zu bewegen, er atmet, man ahnt schon das Keuchen, man ahnt den Schrei. Das Gesicht eine wilde Ekstase. Von ihrem Schweiß verklebte Haarsträhnen. Schweiß unter den Achseln, zwischen den Brüsten, an den Leisten.

Aber das wäre alles nichts. Das ist nur der Untergrund. Das ist das Bild hinter dem Bild. Im Ganzen betrachtet leuchtet und lebt der Akt vom Licht, das, ganz im Geiste Caravaggios, hart von links oben ins Bild fällt und darüber bestimmt, was augenfällig ist und was sich im Obskuren zu halten hat.

Die Komposition erinnert, denke ich, auch ein wenig

an *Die nackte Maja* von Goya. Man schleppt ja doch eine ganze Geschichte und viele Traditionen mit sich. Wie eine Kette meistens. Manchmal allerdings als Inspiration. Die Flut der Farben. Der Realismus des Körpers und des Kopfs. Nackt. Hart. Vielleicht ein wenig hässlich? Aber keineswegs lächerlich, eine starke, große Dame in ihrem besten Moment.

Diese Frau hat meinen Winter zerschlagen, denke ich, auf böse, gemeine Art. Habe erfahren müssen, was sie wirklich ist: eine kleine italienische Schlampe. Aber gemalt habe ich eine Königin. Konzentriere meinen Blick auf eine bestimmte Partie ihres Körpers. Die nackte, seidige Haut. Eine meisterhafte Technik lässt diese Haut wie durchsichtig erscheinen. Die feinen Pinselstriche haben den Schwung des Dekolletés eingefangen, ihre Brüste sind reif, die zartroten Brustwarzen stehen hart und lustvoll vor, als errege sie schon der Gedanke daran, abgebildet zu werden. Zwischen den Brüsten liegen einige Schweißtropfen.

Wenn man es weiß und wenn man ganz genau hinschaut, dann sieht man, dass sich in den Schweißtropfen das kleine Bild spiegelt, das über ihr an der Wand hängt und auf dem schemenhaft ein Mann zu erkennen ist.

Schaue das große Gemälde ein letztes Mal an. Habe das Gefühl, dass jeder Pinselstrich auf der Leinwand zärtlich wirkt. Ja. Es ist gut so. So kann ich es lassen.

Giovanni und seine Leute packen die Leinwand ein. Die Truppe versteht ihr Geschäft. Das noch feuchte Bild wird den Transport heil überstehen.

Gebe Giovanni ein üppiges Trinkgeld. Ich will nicht, dass Lisa beschädigt wird.

Saufe mir einen ungeheuren Rausch an, aus dem ich

erst ein paar Tage später erwache. Versuche noch einige Male, die Merckens zu erreichen, aber sie haben offenbar ihre große Reise angetreten. Ohne sie wirkt Rom leer, und ich weiß nichts mit mir anzufangen. Die Tage schleppen sich dahin. Bis etwas Seltsames passiert. Erhalte an einem Tag gleich zwei Einladungen zu Ausstellungseröffnungen im Goethe-Institut und im Österreichischen Kulturforum. Woher die meine Adresse haben? Und wieso sollte ich dort hingehen? Bin ich nach Rom gekommen, um mir deutsch-österreichisches Kunstschaffen zu betrachten? Klar, man muss Bekanntschaften schließen, Beziehungen pflegen, Kuratorinnen anhimmeln und Sammler in ernsthafte Gespräche verwickeln, aber ich habe weder Lust auf ernsthafte Gespräche, noch will ich irgendwen anhimmeln oder mich der Beziehungspflege widmen, und kennen lernen will ich schon überhaupt niemanden, weil mich doch alles immer nur an Lisa erinnert. Du lieber Himmel, was hatte die Frau für ein Temperament! Jedenfalls sind diese Einladungen der Tropfen, der das Fass zum Überlaufen bringt. Es reicht. Ich muss fort. Könnte mit dem Roten Pfeil nach Neapel fahren. Um dort zu sterben? Wieso nicht? Damit das Sprichwort wenigstens einmal in Erfüllung geht?

Im Bahnhof Roma Termini schaue ich mich ein letztes Mal um, bevor ich den Zug besteige. Betrete ein Abteil, nehme meinen Platz ein. Der Zug setzt sich in Bewegung. Ich lege die Hände vors Gesicht. Will weinen – aber da fragt niemand: ist dieser Platz noch frei?

Es bricht mir das Herz.

Bin nicht nach Neapel gefahren, sondern direkt heimwärts nach Wien. Hier hat sich nichts verändert. Graue Tage angefüllt mit stumpfen Wienern, die nicht zum Aushalten sind. Ein Atelier, dessen vorherrschende

Stimmung trostlos ist. Dumpfe Wut, Müdigkeit, düstere Träume, Schlaf. Sollte meine römischen Skizzen überarbeiten und könnte das Lisa-Motiv weiterbearbeiten, aber ich habe keine Lust. Was bleibt von Rom? Eine Erinnerung? Es heißt, dass eine sorgenfreie Erinnerung an vergangenen Schmerz Freude bringe. Die Erinnerung sei eine Fata Morgana in der Wüste des Vergessens, ein Paradies, aus dem wir nicht vertrieben werden können … Habe damals eine kleine Kopie des Porträts von Lisa gemalt. Es hängt in meinem Atelier und hilft mir, zu erinnern. Trotzdem hat das Vergessen schon eingesetzt.

Treffe zufällig Nowatsky und Müller-Fottinghaus. Sie haben einen Auftrag für mich, wahrscheinlich. Eine Reihe von Porträts, fünf Stück insgesamt, der Verwaltungsrat …

Wieso nicht Hipfl?

Weil Hipfl in Japan ist. Das große Stipendium.

Gibt's einen Vorschuss?

Der muss vom Verwaltungsrat bewilligt werden. Man wird sich melden. Bald …

Vier Wochen, nachdem ich Rom verlassen habe, erhalte ich einen Brief.

Lieber Freund.
Viel Zeit ist verflossen, seit wir uns getrennt haben. Wir befinden uns im Moment auf Bali, werden aber bald nach Lombok weiterreisen und danach sehen, wohin uns die wechselhaften Winde treiben.
Es geht uns gut – nein: blendend, zumal wir von einem jungen Künstler begleitet werden, der sich als überaus eifrig, lernbegierig und, ja, zuweilen auch stürmisch erweist, wenn auch sein Hang zu romantischen Überhöhungen manchmal ein klein wenig anstrengend ist. Im Allgemeinen ist er ein

höflicher, williger und vor allem sehr unterhaltsamer Gast, und wir setzen natürlich alles daran, auch aus ihm das Beste herauszuholen.

Vielleicht haben wir Ihnen von einem Buch erzählt, das einiges von dem erklären mag, was wir mit Ihnen getrieben haben. Das Buch handelt von den Gesetzen der Gastfreundschaft. Darin heißt es unter anderem, dass man etwas verleihe, nur um es umso intensiver zu besitzen. Der Autor meint damit die Gattin des Gastgebers oder immerhin den Körper der Ehefrau. Ihm, dem Autor, geht es dabei um die Idee des Bösen, um Christentum, Moral, Theologie und um das Labyrinth des Sexuellen, welches er als Einbruchstelle des Irrationalen begreift. So faszinierend diese Gedanken sein mögen, geht es uns doch um etwas anderes. Der Protagonist des Buches hält seine Frau für einen Besitz, den er als Pfand in die Gastfreundschaft einbringen darf. Weil wir uns trotz Ehegelübdes nicht besitzen, sondern immer aus freiem Willen zusammen sind, können wir uns gemeinsam herschenken, indem wir uns beide zur Verfügung stellen. Er gibt sich der Lächerlichkeit preis, er ist die Figur des taumelnden Herrschers, des Popanzes, der problemlos vom Thron gestürzt werden kann, während sie den Inbegriff weiblicher Verführungskunst mimt. Ein Schauspiel in vielen Akten mit seinen komischen und tragischen Momenten. Es verlockt unseren Gast dazu, sich als mehr denn nur als Gast zu fühlen. Er wird sich schnell als Herr des Hauses empfinden.

Wenn Sie nun glauben, wir hätten nur mit Ihnen gespielt und Sie zum Narren gemacht, dann täuschen Sie sich enorm. Wir haben Sie tief in unser privates Leben hineinschauen lassen und haben Ihnen Intimitäten und Schwächen gezeigt, die ganz und gar real sind. Vor allem die Schwächen haben uns überhaupt erst dazu gebracht, unsere eigenen Gesetze einer Gastfreundschaft zu entwerfen. Wir mussten uns einen Lebensinhalt geben, einen Lebenssinn. Wir mussten etwas tun, wenn wir uns nicht ganz verlieren wollten. Ja, natürlich hätte Lisa mit vielen anderen Kerlen herum vögeln können, Rolando hätte sie nicht zurückgehalten, im Gegenteil, aber wir hätten uns dabei verloren. Wir mussten uns aneinanderbinden, und wir mussten lernen, mit Schmerz, Erniedrigung, Eifersucht, mit Demütigung und Macht umzugehen. So lernten wir, das Edle dieser Schwächen zu würdigen. Der andere ist uns deshalb nicht weniger wert. Mag unsere Liebe ihren Ausdruck nicht in körperlicher Leidenschaft finden, die Leidenschaften, die in unseren Herzen für einander brennen, sind deshalb nicht weniger mächtig. Vor allem sind sie viel verbindlicher als eine Beziehung, die nur auf ein paar schnellen Ergüssen basiert. Mein Mann und ich, wir sind wirklich für einander bestimmt. Die Motive, wieso wir eine Ehe eingegangen sind, mögen für eine gewisse Zeit tatsächlich egoistischer Natur gewesen sein. Aber gerade sie haben sich zu einem Fundament entwickelt, das auch die vielen Jahre trägt und erträgt, während derer man einander kaum berührt. Wo es keinen intimen Kontakt gibt und man sexuell abstinent leben will. Immer gab und gibt es zwischen uns eine drängende Hingabe und eine besonders zärtliche Liebe. Sogar dann, wenn sich unsere erotische Liebe auf ein Nichts reduziert, haben wir eine stillschweigende Übereinkunft, die auch die Anstrengungen miteinschließt, welche ein täglicher Umgang mit einem anderen Menschen mit sich bringen. Dagegen hat das Versprechen Ihrer Liebe, das mit ein bisschen Leichtsinn, mit ein bisschen Überschwang, mit ein wenig erregter Euphorie und im Zustand trunkenen Fiebers einherkommt, nicht den Hauch einer Chance.

Natürlich fragen wir uns ab und zu, ob unsere Auslegung der Gesetze der Gastfreundschaft nicht nur eine Wahnvorstellung sei, die sich weit von einer realen Erfüllung entfernt befindet. Aber dann treffen wir unversehens auf jemanden wie Sie. Sie unseren Gesetzen der Gastfreundschaft zu unterwerfen hat uns besonders viel Freude gemacht. Ihre Ernsthaftigkeit, Ihr verschlossenes Wesen, Ihre Verbissenheit und Ihr absolutes Unverständnis für Ironie haben Sie zu einem idealen Gast gemacht, weil wir von Beginn weg vermuteten, dass Sie nicht nur ernsthaft, verschlossen, verbissen und humorlos sind, sondern auch entflammbar, enthusiastisch, leichtsinnig und naiv. Tatsächlich sind Sie mit heroischer Unbekümmertheit in unsere Fallen hineinspaziert, Sie haben es uns leicht gemacht, weil Sie neugierig genug waren, das Bild hinter dem Abbild entdecken zu wollen. Wir dürfen davon ausgehen, dass Ihre Leidenschaften so schnell verglühen, wie sie sich entflammen. Wir sind sicher, dass Sie uns für die Scharade, die wir mit Ihnen gespielt haben, nicht (mehr) böse sind – Sie hatten Ihr Abenteuer und kriegten auch noch Geld dafür.

Allerdings war unsere Scharade nicht nur ein Spiel. Sie diente tatsächlich dem moralischen Imperativ, einem Gast alles zu offerieren, wessen man entbehren kann, und ihn vorübergehend zum Besitzer des fremden Heims zu machen. Sie waren ein vorbildlicher Gast. Sie haben unsere Einladung nicht nur angenommen, sondern Sie haben sie für sich eingenommen. Bestimmt erinnern Sie sich an den Nachmittag, als wir zu dritt im Teesalon sassen und uns unseren unterschiedlichen Passionen widmeten. Sie haben uns einen diskreten Orgasmus geschenkt, den wir trotzdem bemerkten, als sich Ihre Hosen nass verfärbten. Es war ein kostbarer Moment.

Was wir bis jetzt geschrieben haben, muss allerdings verblassen hinter dem, worum es bei unserer speziellen Gastfreundschaft wirklich geht. Sie ahnen es vielleicht. Sie erinnern sich an die Momente, die wir in der Bibliothek verbrachten. Wir haben Ihnen keine Gelegenheit gegeben, die Bilderwand genauer zu betrachten. Aber ja, Sie haben richtig gesehen, der zentrale Akt ist ein Picasso aus der rosaroten Periode. Alle anderen Akte sind Porträts von Lisa. Wir sind begeisterte Sammler. Aber wir sammeln nur ein einziges Motiv. Diese Wand stellt einen Ausschnitt aus unserer Kollektion dar.

Leider können wir uns nicht darauf verlassen, dass irgendwann von irgendwem gute Bilder gemalt werden. Wir müssen die Sache selbst in die Hand nehmen. Deshalb sammeln wir hauptsächlich von Künstlern, die für eine Weile unsere Gäste sind. Glauben Sie nun aber bloß nicht, Sie seien einer unter ferner liefen gewesen. Das Gegenteil ist wahr. Nicht viele Gäste haben es über eine Zeichnung, eine Tuscharbeit, ein Aquarell hinausgebracht. Nur einem erlesenen Zirkel haben wir unsere Türen so weit geöffnet, dass es zu einem Ölbild reichte. Und nur Ihnen haben wir das Format zwei Meter fünfzig Mal mal ein Meter sechzig anvertraut, jenem Format, das auch Caravaggio wählte. Und Sie! Sie haben sich unserer Gastfreundschaft als würdig erwiesen. Sie haben ein Meisterwerk geschaffen. Dafür werden wir Ihnen ewig dankbar sein. Und dafür, dass Sie uns in Erinnerung gerufen haben, was die Erklärung ist für den scheinbar verrückten Trieb des Menschen, Maler oder Dichter zu sein, wenn nicht ein Akt des Trotzes gegen den Sündenfall und eine Erklärung, dass er zurückkehren muss zum Adam oder zur Eva des Gartens Eden. Denn der Künstler, verehrter Freund, der Künstler ist der erste Mensch.
In diesem Sinne sind sie uns, lieber Freund, zwar aus den Augen, aber nicht aus dem Sinn.

Lisa und Roland Mercken.

Christoph Braendle
1953 in der Schweiz geboren, lebt und arbeitet seit 1987 hauptsächlich in Wien. Ausgedehnte Reisetätigkeit. Schriftsteller und Essayist. Autor zahlreicher Theaterstücke und Regisseur. Publiziert in vielen Zeitungen und Zeitschriften des deutschsprachigen Raums, z.B. Neue Zürcher Zeitung, Weltwoche, Du, Frankfurter Allgemeine, Merian, Presse, Standard, Falter und Kurier.
Leiter des *Wiener Salon Theaters* und der Konzertreihe *Vollmondserenaden.*
Intendant des Kreativschreibwettbewerbs *Texte. Preis für junge Literatur.*
Buchveröffentlichungen: Die Reise nach Indonesien (1981) Die Wiener (1992) Jede Menge Kafka (1994) Wiener Sonate (1998) Der Unterschied zwischen einem Engel (2000) Ein österreichischer Held (2001) Erinnerungen an die Gegenwart (2005) Der kleine Reporter (2007) Der Meermacher (2009) Reportagen aus der Mitte der Welt (2010) Österreich ist schön, oder? Eingewandert aus der Schweiz (2011, Hrsg.) Das Wiener Dekameron (2011) Onans Kirchen (2011)

Verlag Bibliothek der Provinz

Literatur, Kunst und Musikalien